H. Dieter Neumann
Todeslied

H. Dieter Neumann, Jahrgang 1949, war Offizier in der Luftwaffe der Bundeswehr und anschließend Geschäftsführer in einem mittelständischen Unternehmen. Danach erfüllte er sich seinen Lebenstraum und verlegte sich aufs Schreiben. Er ist verheiratet, hat zwei erwachsene Töchter und lebt in der Nähe von Flensburg auf dem Land.

H. Dieter Neumann

Todeslied

Kira Lunds zweite Reportage

PIPER

Mehr über unsere Autoren und Bücher:
www.piper.de

Wenn Ihnen dieser Krimi gefallen hat, schreiben Sie uns unter Nennung des Titels »Todeslied« an empfehlungen@piper.de, und wir empfehlen Ihnen gerne vergleichbare Bücher.

Wir produzieren nachhaltig
www.piper.de

ISBN 978-3-492-50496-6

Dieses Werk wurde vermittelt durch die Literaturagentur Drews.
Redaktion: Christiane Geldmacher
Satz auf Grundlage eines CSS-Layouts
von digital publishing competence (München)
mit abavo vlow (Buchloe)
Covergestaltung: Emily Bähr, www.emilybaehr.de
Covermotiv: Ricardo Reitmeyer/Shutterstock;
lifeforstock/Freepik
Printed in Germany

Für den
Nordland Kammerchor

Prolog

November 2000

Die Scheibenwischer rasen wie zwei entfesselte Derwische hin und her, schaffen aber immer nur für Sekundenbruchteile klare Sicht. Sturzflutartig donnert der Regen auf das Dach des Jaguars. Nichts anderes ist in der edlen Leder- und Wurzelholzwelt des Innenraums zu hören als unaufhörliches dumpfes Dröhnen – vielfach lauter noch als beim Durchfahren einer Waschanlage.

Der etwa sechzigjährige Mann am Steuer ist immer noch von Kopf bis Fuß durchnässt. Sein volles eisgraues Haar hängt ihm in Strähnen in die Stirn. Die Heizungsdüsen des Luxuswagens blasen warme Luft in sein Gesicht und auf die klamme Kleidung, während ihm ein Schauer nach dem anderen heftig durch den Leib fährt.

Der dumpfe Druck in seiner Brust irritiert ihn. Eben, als er auf der Lichtung im Wald wieder in den Wagen gestiegen ist, hat er ihn plötzlich gespürt.

Unwillig stößt er ein Zischen aus, löst seine linke Hand vom Lenkrad, schüttelt sie und lässt die Schulter kreisen. Das taube Gefühl im Oberarm will nicht weichen. Ganz leicht, wie von vielen winzigen Nadeln gestochen, prickelt die Haut unter seinem Hemd. Verkrampft hockt er auf dem cremefarbenen Ledersitz, rutscht ein Stück näher nach vorn, als könnte er mehr von der Straße erkennen, wenn er ein paar Zentimeter dichter an der Scheibe säße. Immer langsamer wird er, kann dennoch im Scheinwerferlicht durch die Wasserfluten kaum noch den Straßenrand erkennen.

Vor einer halben Stunde, gerade als er aus dem Waldweg heraus auf die Landstraße fuhr, ist der merkwürdige Druck unvermittelt stärker geworden. Nicht schmerzhaft, aber spürbar.

Mehr verwundert als verängstigt hat der Grauhaarige in sich hineingelauscht. Schwäche ist ihm zuwider, körperliche ebenso wie charakterliche. Dennoch hat ihn eine unbekannte Beklommenheit überfallen, eine diffuse Angst sogar.

Genau in diesem Moment haben sich die Schleusen geöffnet. Schon zuvor hat es geregnet – den ganzen Tag ohne Pause. Sonst wäre er dort im Wald nicht so nass geworden. Aber was mittlerweile aus dem Himmel stürzt, lässt ihn an das biblische Märchen von der Sintflut denken.

Ihm ist das schlechte Wetter gar nicht so unrecht gewesen, als er – die Tragetasche auf dem Rücksitz festgeschnallt und unter einer leichten Decke verborgen – zu seinem Ziel fuhr. Was er zu tun hatte, duldete keine Zeugen. Daher auch die sorgfältige Wahl des abgelegenen Treffpunkts. Und der Dauerregen hatte das Seine dazu getan, dass kein Jäger oder irgendwelche abenteuerlustigen Nachtwanderer sich dorthin verirrten. Was angesichts der späten Stunde sowieso kaum denkbar gewesen wäre.

Er ist zufrieden. Niemand hat das beobachtet, was an jener Weggabelung passierte. Außer ihm selbst weiß nur die Frau von diesem Handel, die sich in den letzten zwei Monaten um die Schwangere gekümmert und ihr gestern bei der Geburt beigestanden hat. Und die für ihr Schweigen fürstlich entlohnt worden war – wie auch der schweigsame Mann mit dem rötlichen Vollbart, der vor ein paar Minuten eine Menge Geld in einer Plastiktüte und die Tragetasche mit dem ruhiggestellten Kind an sich genommen hat. Beides fest in seinen Händen, ist der Bärtige dann ohne ein weiteres Wort zwischen den nassen Baumstämmen im Dunkel verschwunden.

Tief atmet der Grauhaarige jetzt durch, blickt konzentriert durch die Windschutzscheibe. Der Druck in seiner Brust ist schwächer geworden, kaum noch zu spüren.

Na also. Wahrscheinlich nichts als die Anspannung.

Und auch der Regen scheint ein wenig nachzulassen. Ein rascher Blick auf den Tacho: siebzig Stundenkilometer. Niemand ist zu dieser Stunde auf der Landstraße unterwegs. Ein wenig schneller könnte er also schon fahren, denkt er, und beschleunigt. Nicht allzu stark, denn auf der nassen, kurvigen Straße könnte er immer noch die Kontrolle über den neuen Wagen verlieren. Undenkbar.

Erst letzten Monat hat er den weinroten XJ 4.0 Sovereign bekommen, und das herrliche Auto ist sein ganzer Stolz.

Natürlich hat er immer schon feine Wagen gefahren. Aber dieser ist die Krönung. Zumindest, wenn man aus Gründen der Contenance darauf verzichtet, sich in einem Rolls Royce fortzubewegen. Das könnte er sich problemlos leisten – finanziell. Aber nicht gesellschaftlich. Da ist ein Hauch Understatement sehr viel angemessener.

Langsam wird sein Haar trocken, spürt er, als er sich eine Strähne aus der Stirn wischt. Er schaut auf den Tageskilometerzähler: Die ersten vierzig der immerhin über dreihundert Kilometer seines Rückwegs hat er schon geschafft. Etwa gegen fünf Uhr morgens wird er zu Hause ankommen, schätzt er. Noch viereinhalb Stunden Fahrt also.

Eine lange, einsame Reise durch die Nacht, aber was macht das schon? Danach wird die leidige Angelegenheit endgültig erledigt und vergessen sein.

Die Lösung dieses Problems hat präzise Planung und einige Diskretion gefordert. Und viel Geld. Nicht eine Minute lang jedoch hat der Grauhaarige in all den Monaten Gefühle für das Kind empfunden – familiäre gar.

Absurder Gedanke! Es war nichts weiter als eine Bedrohung für die Familie. Und die musste beseitigt werden, bevor größeres Unheil entstand.

Seine Aufgabe. Wer sonst hätte sie übernehmen können?

Seine Tochter wird bald darüber hinwegkommen. Noch leistet sie sich hysterische Anfälle – zu jung, um die großen Zusammenhänge zu erkennen. Und die ehernen Verpflichtungen zu akzeptieren, die Menschen wie sie haben.

Jetzt eine Zigarette!

Er tastet mit der rechten Hand auf dem Beifahrersitz herum. Dort liegt irgendwo das goldene Zigarettenetui. Ein Erbstück seines Großvaters.

Plötzlich fährt ein stechender Schmerz in seine Brust, als würde ein scharfes Messer mit wütender Kraft hineingestoßen, und der Mund des Grauhaarigen formt sich zum Schrei.

Doch kein Laut kommt ihm mehr über die Lippen.

Alles um ihn herum scheint für Sekundenbruchteile in gleißendem Licht zu erstrahlen, und direkt danach umfängt ihn nachtschwarze Dunkelheit.

Der Wagen kommt von der Straße ab und gerät mit dem rechten Vorderrad auf das weiche Bankett. Das Heck schleudert herum, und das tonnenschwere Fahrzeug fliegt sekundenlang durch die Luft, bevor es jenseits der Böschung auf einem Acker aufprallt und sich überschlägt.

1

»Eine Katastrophe! Wenn Susanna nicht sofort hier erscheint, müssen wir die Generalprobe absagen! Wo steckt sie bloß?«

Wie oft Siegfried Sagebiehl, Chorleiter des Kammerchors *canticum novum*, diese Frage seinen Sängerinnen und Sängern schon gestellt hatte, hätte niemand von ihnen sagen können.

Ziemlich oft jedenfalls – und mit stetig wachsender Erregung. Mittlerweile hatte seine Stimme einen panischen Unterton angenommen, und dicke Schweißperlen glänzten auf seiner hohen Stirn.

Bereits vor einer halben Stunde hatten sie das Einsingen beendet. Sagebiehl war nichts anderes übrig geblieben, als ohne seine Solistin damit zu beginnen – »wir fangen schon mal an, sie muss ja jeden Augenblick kommen« –, denn nebenan im Saal sammelte sich bereits die kleine Besetzung des *Südjütland Symphonieorchesters.*

»Jana, Sie haben vorhin gesagt, dass Sie mit ihr verabredet waren, nicht wahr?«

»Das stimmt«, gab die Sopranistin zurück, schnäuzte sich und krächzte: »Wir wollten uns um dreizehn Uhr im Bistro *Grand Mère* in der Sønder Havnegade treffen, um eine Kleinigkeit zu essen.«

Sagebiehl sah auf seine Uhr. »Das war ja schon vor vier Stunden! Mein Gott, da müsste sie inzwischen längst aufgetaucht sein, wenn sie sich bloß verspätet hätte.«

Jana Hellmann hob ratlos die Hände. »Ist sie aber nicht.«

»Du wolltest mit Susanna essen gehen?«, kam es mit einem spöttischen Unterton von dem jungen Rolf Schüssler aus dem Tenor. »Dann habt ihr euch also wieder vertragen?«

»Was soll das denn heißen?«, fuhr Jana auf.

»Na, ihr beide seid ja nicht gerade die besten Freundinnen. Ich wundere mich eben.«

Aus dem Bass ertönte Jochen Kramers sonore Falstaff-Stimme: »Hör auf zu stänkern, Rolf! Wir haben im Augenblick andere Sorgen.«

»Genau!«, rief Jana. »Was geht es dich eigentlich an, was ich mache?«

»Beruhige dich, war nicht böse gemeint.«

»Das Treffen war Susannas Idee«, erwiderte die Sopranistin aufgebracht. »Sie sagte, wir sollten mal miteinander reden. Keine Ahnung, was sie wirklich wollte. Jedenfalls ist sie nicht erschienen. Fast eine Stunde habe ich auf die gnädige Frau gewartet und immer wieder versucht, sie auf ihrem Handy zu erreichen. Erst bin ich nur auf ihrer Mailbox gelandet, und später hat sie das Gerät anscheinend ausgeschaltet.« Sie zuckte mit den Schultern und murmelte. »Eine Frechheit ist das.«

Sagebiehl rang die Hände und blickte in die Runde. »Kann sich das irgendjemand erklären? Warum wollte sie überhaupt allein nach Sonderburg fahren? Es war doch geplant, dass Fahrgemeinschaften gebildet werden.«

»Das hat ja auch prima geklappt«, sagte eine Frau aus dem Alt. »Wir sind mit wenigen Autos hergekommen.

Nur lebt Susanna eben nicht in Flensburg und Umgebung. Fahrgemeinschaften sind schwierig, wenn man so weit weg wohnt. Sie fährt eigentlich immer allein, soviel ich weiß.«

»Was sollen wir denn jetzt ...« Mit einer hilflosen Geste brach der Chorleiter ab. »Geht sie denn immer noch nicht ans Telefon?«

»Wir versuchen es fortwährend«, sagte Lena Haber, die erste Vorsitzende des Chors. »Aber ihr Handy ist ausgeschaltet. Auch die WhatsApp-Nachrichten gehen nicht durch.«

»Hat denn schon jemand bei ihr zu Hause angerufen?«, fragte Sagebiehl.

»Natürlich«, meldete sich Jana Hellmann wieder und schniefte ausgiebig. »Als sie nicht ins Bistro kam und ich sie auf dem Handy nicht erreichen konnte, habe ich auf dem Gut angerufen. Die Haushälterin ging ans Telefon und sagte, Susanna habe ihr am Morgen gesagt, sie müsse zu einer Chorprobe nach Dänemark und sei dann etwa um elf Uhr weggefahren.«

Lena Haber wandte sich an den Chorleiter: »Wir verstehen ja deine Besorgnis, Siegfried. Wir alle sind besorgt, aber ich fürchte, wir können im Moment nicht mehr tun.«

Resigniert senkte Sagebiehl den Kopf. »Eine Schande ist das«, sagte er leise. »Wir stehen vor der wichtigsten Generalprobe, die der Chor jemals hatte, und die Solistin fehlt. Ich fasse es einfach nicht!«

Vier Jahre hatte es ihn, der im Hauptberuf Professor für Musik an der Europa-Universität in Flensburg war, gekostet, das weltweit auftretende *Sønderjyllands Symfoniorkester*, das hier im *Alsion* seit dessen Einweihung im Jahr 2007 seine Heimat hatte, für ein Projekt zu gewinnen. Erst mithilfe des dänischen Konsuls in Flensburg war es ihm schließlich gelungen, den ebenso vielbeschäftigten wie anspruchsvollen Orchesterchef für *canticum novum* zu interessieren. Und zwar so erfolgreich, dass bald darauf der Zweite Konzertmeister der bekannten Musiker ein Weihnachtskonzert des Kammerchors im Dom zu Meldorf besucht hatte. Gleich nach der Aufführung zeigte sich der Mann sehr beeindruckt und sprach Sagebiehl noch in der Kirche seine Anerkennung aus.

Schon eine Woche später bekam der Chorleiter eine Mail aus Dänemark. Er möge gern einmal einen Programmvorschlag für ein geistliches Konzert mit dem kleinen Ensemble seines Orchesters im *Alsion* in Sonderburg machen, schrieb der Chef der berühmten Symphoniker höchstpersönlich.

Sagebiehl platzte fast vor Stolz über die Wertschätzung. Dennoch war ihm bewusst, dass dieses Projekt für *canticum novum*, einem Chor, der aus – wenngleich gesanglich ausgebildeten – Laien bestand, eine Herausforderung werden würde. Zumal der Konzertsaal des *Alsion* einer der akustisch besten in ganz Nordeuropa war.

Der Chor war bekannt für sein breites Repertoire, das von Klassik bis Pop reichte, und längst nicht alle waren von dem Gedanken begeistert, nun monatelang nur geistliche Chorsätze einzuüben. Aber die Chance, an einer solchen Stätte zusammen mit einem Weltklasseorchester aufzutreten, wollte sich natürlich niemand entgehen lassen. Nach intensiven Diskussionen einigte man sich schließlich auf ein Programm, das aus zwei Teilen bestand, dem *Requiem in C* von Charles Gounod und dem von Felix Mendelssohn Bartholdy vertonten 42. Psalm. Dass dieser Psalm ausgerechnet *Wie der Hirsch schreit* hieß, löste nicht nur deshalb unter den Chormitgliedern anhaltende Heiterkeit aus, weil einer der Tenöre Hansjörg

Hirsch hieß, sondern auch, weil kaum jemand den gestelzten Bibeltexten aus längst vergangener Zeit etwas abgewinnen konnte. Für die Ohren moderner Menschen war dies eine allzu exaltierte Sprache. Das gelegentliche Feixen über den »schreienden Hirschen«, das »Wallen mit dem Haufen« und andere befremdliche Textstellen fand jedoch ein schnelles Ende unter den intensiven Proben und den hohen Anforderungen, die der Chorleiter dabei stellte. Beide Werke waren anspruchsvoll, und Sagebiehl machte allen unermüdlich bewusst, dass der Chor vor seiner bisher wichtigsten Aufgabe stehe.

Und jetzt das!

Ein Desaster: Die wichtigste Sopranistin fehlte bei der Generalprobe, und niemand wusste, wo sie war. Nicht nur dem Chorleiter stand inzwischen die blanke Panik ins Gesicht geschrieben. Alle waren unruhig geworden, warfen immer wieder verzweifelte Blicke zur Tür des Probenraumes.

Sie hatten bewusst zwei Stücke mit Solopartien für das Konzert gewählt, denn bei *canticum novum* gab es in jeder Stimme ein bis zwei Sängerinnen und Sänger, die diese Aufgabe meistern konnten. Der strahlende Stern des Chores aber war die Sopranistin Susanna von Hohenmarschen-Klamroth, eine Siebenunddreißigjährige mit langjähriger klassischer Gesangsausbildung.

»Wir müssen sofort eine Entscheidung treffen. Ich habe das Orchester vorhin um eine halbe Stunde Zeitaufschub gebeten, aber noch länger dürfen wir die Musiker auf keinen Fall warten lassen«, sagte Sagebiehl. Er sah Jana Hellmann in ihre geröteten Augen. »Jana, bitte! Wir brauchen Sie jetzt. Meinen Sie, Sie können Susannas Part übernehmen – selbstverständlich nur für diese Probe? Sie haben das doch drauf!«

»Unmöglich!«, protestierte die Angesprochene. »Ich kriege ja kaum einen Ton heraus. Bin sowieso nur hergekommen, weil ich mit Susanna den Termin ausgemacht hatte. Und selbstverständlich wollte ich bei der Probe mit Orchester anwesend sein, um zu wissen, worauf wir bei der Aufführung zu achten haben. Eigentlich gehöre ich ins Bett.«

»Ja, Sie haben natürlich recht«, erwiderte Sagebiehl verzweifelt und knetete wieder seine Hände. Tief sog er die aufgeheizte Luft in seine Lungen und wischte sich fahrig über die Stirn. »Dann bleibt mir nichts anderes übrig, als mit dem Orchester zu sprechen. Die Aufschubfrist ist eh schon abgelaufen. Mal sehen, ob ich den Probenbeginn noch einmal verschieben kann, so peinlich das für uns ist. Vielleicht kommt sie ja doch noch, obwohl …« Er ließ den Satz unvollendet, atmete tief durch, straffte sich und ging mit schweren Schritten zur Tür.

Susanna von Hohenmarschen-Klamroth kam auch später nicht, und die Generalprobe musste abgesagt werden.

Bis zum Konzertabend waren es nur noch drei Tage. Für das freundliche Angebot der Dänen, bis dahin einen Ersatz für die Solosopranistin aufzutreiben, bedankte sich Sagebiehl höflich, doch musste zunächst geklärt werden, was mit Susanna geschehen war. Man konnte ja nicht einfach so tun, als bliebe sie dauerhaft verschwunden.

Was mochte da geschehen sein? Wieder und wieder erörterten die Chormitglieder diese Frage und fanden keine plausible Erklärung. Susanna war immer die Zuverlässigkeit in Person gewesen. Niemand konnte sich vorstellen, dass sie leichtfertig die Probe verpasst hätte.

Doch wer oder was hatte sie aufgehalten? War ihr gar etwas zugestoßen?

Lange noch saßen sie im *Alsion* zusammen, versuchten wiederholt, die Vermisste auf ihrem Handy zu erreichen und riefen bei ihr zu Hause an – vergeblich. Allmählich dämmerte ihnen, dass etwas Schlimmes passiert sein musste.

Was konnte man tun? Schon nach so kurzer Zeit eine Vermisstenmeldung abgeben? Würde die Polizei die überhaupt aufnehmen?

Schließlich beschloss man, zwei Sänger, die fließend Dänisch sprachen, zur Polizei zu schicken, um den Vorfall wenigstens zu melden. Bedrückt machte sich der Rest des Chores auf den Weg nach Hause.

Auch Siegfried Sagebiehl fuhr grübelnd zurück nach Flensburg. So sehr er sich auch mühte, er fand keine harmlose Erklärung für Susannas rätselhaftes Verschwinden. Von dunklen Ahnungen getrieben, rief auch er bei Familie von Hohenmarschen-Klamroth an, doch die Haushälterin sagte stets dasselbe: Susanna sei um etwa zehn Uhr weggefahren und bisher nicht wieder aufgetaucht. Und als er Susannas Ehemann sprechen wollte, erfuhr er, dass der vermutlich erst spät am Abend aus seinem Büro in Hamburg zurückkehren werde.

Sagebiehl ließ sich die Hamburger Telefonnummer geben. Eine Mitarbeiterin sagte ihm, Jens Klamroth, ein international bekannter Architekt, sei geschäftlich unterwegs, und schlug ihm vor, es auf dessen Handy zu versuchen. Aber auch unter seiner Mobilfunknummer war Klamroth nicht erreichbar.

Sagebiehl hinterließ eine Rückrufbitte auf der Mailbox und verbrachte dann einen unruhigen Abend in seinem

Fernsehsessel, fiel immer wieder kurz in Schlaf, aus dem er ständig hochschreckte.

Als die Zeiger seiner Wohnzimmeruhr auf Mitternacht zugingen, klingelte doch noch das Telefon, und Susannas Ehemann meldete sich.

Seine Frau sei immer noch nicht zu Hause, sagte Klamroth, und hörte sich bestürzt an, was der Chorleiter ihm zu sagen hatte.

»Ich bin erst vor einer halben Stunde nach Hause gekommen und habe mich gewundert, dass meine Frau noch nicht da ist«, sagte er. »Aber Sorgen habe ich mir keine gemacht, denn ihr sitzt ja oft noch länger zusammen nach den Chorproben. Erst als Line, unsere Haushälterin, mir von den vielen Anrufen erzählt hat, und dass Susanna angeblich vermisst wird, bin ich unruhig geworden. Bitte sagen Sie mir, was Sie wissen.«

»Nichts weiß ich, leider«, erwiderte Sagebiehl niedergeschlagen. »Ihre Haushälterin hat Susanna angeblich um zehn Uhr zu Hause wegfahren sehen, und seither scheint sie wie vom Erdboden verschluckt.« Sie sei vor der Probe mit einer anderen Sängerin in einem Sonderburger Bistro verabredet gewesen, fuhr er fort, aber dort nicht aufgetaucht. »Und auch später nicht. Deshalb haben wir die Chorprobe abgesagt, dann die örtliche Polizei in Kenntnis gesetzt und eine Beschreibung Ihrer Frau hinterlassen. Mehr kann ich Ihnen auch nicht sagen.«

»Um Himmels willen, wie ist so etwas denn möglich?« Klamroths Stimme hatte einen schrillen Klang angenommen. »Das ist einfach irre! Haben Sie eine Erklärung dafür?«

Die hatte Sagebiehl natürlich nicht. »Tut mir leid, Herr Klamroth, ich habe keine Ahnung, was man im Moment in dieser Sache noch unternehmen könnte.«

»Die Polizei müsste eigentlich ihr Handy orten können, oder?«

»Davon verstehe ich nichts«, sagte Sagebiehl bedauernd. »Soviel ich weiß, war Susannas Mobiltelefon die ganze Zeit über ausgeschaltet. Jedenfalls haben das die Chormitglieder gesagt, die versucht haben, sie zu erreichen. Aber vielleicht hat die Polizei ja trotzdem Möglichkeiten ...«

»Ich rufe die sofort an. Die deutsche Polizei muss sowieso erfahren, dass Susanna vermisst wird«, erwiderte Klamroth, verabschiedete sich knapp und legte auf.

Minutenlang noch saß Sagebiehl still in seinem Sessel. Dann raffte er sich auf und ging, von verstörenden Gedanken verfolgt, zu Bett.

Aus dem Traum vom größten Auftritt des Kammerchors *canticum novum* war ein Albtraum geworden.

2

Am Anleger standen ein paar Einheimische, aber vor allem sommerlich bunt gekleidete Urlauber, und warteten darauf, dass der Kutter anlegte. Dreimal in der Woche wurde hier, direkt vor der eindrucksvollen Kulisse des Sonderburger Schlosses, fangfrischer Fisch direkt vom Schiff verkauft. Einer der letzten Berufsfischer der Stadt, der rund um die Insel Alsen seine Fanggründe hatte, machte hier vor allem in der Ferienzeit hervorragende Geschäfte.

Auch Familie Gabbert – Mutter, Vater und zwei Jungen – aus Freiberg in Sachsen stand erwartungsvoll am Steg und schaute über das in der spätsommerlichen Nachmittagssonne funkelnde Wasser des Alsensunds, auf dem das hellblaue dänische Fischerboot gerade herannahte.

Die Eltern freuten sich, hatten schon den ganzen Tag davon geschwärmt, hier meeresfrische Schollen kaufen zu können, um sie danach in der kleinen Campingküche im Vorzelt vor ihrem Wohnwagen zu filetieren und, mit Kräuterbutter und einer Scheibe Zitrone in Alufolie gewickelt, auf den Grill zu legen. Dazu sollte es Mutter Mandys kulinarische Spezialität geben, ihren sächsischen Kartoffelsalat mit Zwiebeln, Dill und natürlich fein gehackten sauren Spreewaldgurken. Sie hatte eine große Schüssel davon bereits gestern zubereitet und in die Kühlung gestellt.

Seit fast zehn Tagen schon genossen sie ihre Ferien auf dem Campingplatz in Sønderby am Strand von Kegnæs, nur ein paar Kilometer von Sonderburg entfernt. Heute hatte ein Ausflug auf dem Programm gestanden – Kultur inklusive. Eben war die Führung durch das Museum des Schlosses, dem Stammsitz des Hauses Schleswig-Holstein-Sonderburg, zu Ende gegangen, an der die beiden Jungen allerdings nicht viel Gutes hatten finden können. Während des für sie quälend langen Rundgangs durch das uralte Gemäuer war ihr Quengeln immer lauter geworden.

Wie befreit waren sie nach zwei Stunden endlich aus dem Portal heraus und den Weg zum Wasser hinunter gerannt und stellten gerade aufgeregte Mutmaßungen darüber an, ob sich wohl unter dem Fang auch ein weißer Hai befände.

»Nu her doch mol zu, wennsch da was sog: Haie gibt's ni in da Ostsee«, sächselte Leon, der ältere der beiden, zum wiederholten Mal mit großer Überzeugung, konnte aber seinen Bruder nicht umstimmen.

»Du host doch geene Ahnung«, erklärte Justin ernsthaft. »S' Wosser uff da Weld is iberall verbunden, des sogsch da! Un däswägn genn de Fische hinschwimm, wo se wolln!«

Der Ältere jedoch hatte unvermittelt das Interesse an diesem tief schürfenden Diskurs verloren. Ihm fiel auf, dass der Fischkutter etwa zwanzig Meter entfernt vom Steg aufgestoppt hatte. Nun dümpelte er im Wasser, nur leicht bewegt von den kleinen Wellen rundum, und laute Rufe erschollen an Deck. Zwei Männer in orangefarbenen Arbeitsanzügen traten an die Reling und schauten hinunter.

Leon kniff die Augen zusammen, konnte aber zunächst nicht genau erkennen, was die Aufmerksamkeit der Fischer erregt hatte. Ein großer, länglicher Gegenstand, grün in der Mitte und mit einem hellen Büschel am einen Ende. Mehr war nicht auszumachen.

Schließlich holte einer der Männer eine lange Stange mit einem Haken und stocherte damit nach dem seltsamen Objekt an der Bordwand, konnte aber offenbar nichts finden, woran er die Stange festhaken konnte.

»Eine Frau!«, rief plötzlich jemand aus der Menge der Wartenden. »Da schwimmt eine Frau, ich seh's ganz deutlich.« Wie auf Kommando drehten sich alle zu dem rotgesichtigen Mann um, der ein Fernglas vor den Augen hatte. Eine junge Frau zog ihr Smartphone hervor und begann, die Szene draußen auf dem Wasser zu filmen. Hektisch taten es ihr andere Umstehende gleich.

»Was sagen Sie da?«, rief Mandy Gabbert fassungslos.

»Der spinnt doch«, murmelte ihr Mann. »Der hat se ni alle.«

»Eine Leiche, ganz klar. Die haben eine Wasserleiche gefunden!«, rief der Mann und setzte sein Glas ab. »Und da kommt auch schon die Polizei!« Er wies in Richtung des Stadthafens. Von dort näherte sich in rasender Fahrt und mit hoher Bugwelle ein graues Boot mit Blaulicht.

Zum Ärger der Gaffer legte sich das Polizeiboot, kaum dass es herangekommen war, zwischen sie und das Fischerboot. Was dann geschah, war von Land aus nicht mehr zu erkennen, dauerte aber nur wenige Minuten. Schließlich jagte das schnittige kleine Schiff wieder davon, der Fischkutter stieß eine ölige Qualmwolke aus seinem Auspuff aus, fuhr einen großen Bogen und legte am Steg an.

Während einer der beiden Fischer die Kisten mit dem Fang zum Verkauf bereitstellte, wechselte sein Kollege ein paar Worte mit Landsleuten, die vorn standen. Im Nu sprach sich unter den Wartenden herum, dass die Polizei die Leiche einer blonden Frau in grünem Kleid an Bord genommen hatte und nun an Land brachte.

»Dassse blond is uff'n Gopp, habsch glei gesähn, wo se noch im Wossr log!«

»Und isch, dasse ä grienes Gleid anhodde!«

Die beiden Jungen aus Sachsen bebten vor wohligem Schaudern. Eine Wasserleiche und ein Polizeieinsatz mit Blaulicht – direkt vor ihren Augen!

Nie hätten sie für möglich gehalten, dass dieser Tag, der so langweilig begonnen hatte, ihnen noch eine derartige Sensation bescheren würde.

»Habt ihr einen Ausweis bei ihr gefunden?«, fragte *Politikommissær* Jacobsen von der Kripo in Sonderburg die beiden Kollegen, die die Leiche hergebracht hatten.

»Nein, Arne, gar nichts, was uns weiterhelfen könnte. Ihr Sommerkleid hat keine Taschen. Aber immerhin trägt sie einen Ehering. Vielleicht ist eine Gravur drin, und wir kommen damit an ihre Identität. Wird bestimmt nicht ganz einfach werden.«

Jacobsen nickte und sah auf die Leiche der schlanken, etwa eins siebzig großen Frau, die jetzt vor ihm auf einem Metalltisch im Untergeschoss des Krankenhauses in der Innenstadt von Sonderburg unweit des Hafens lag.

Ein unerfreulicher Anblick.

Er hatte in seiner Zeit als Polizist erst zwei oder drei Tote gesehen, die aus dem Wasser gezogen worden waren, erkannte jedoch sofort die typische Waschhaut und das Fettwachs, das den Körper aufgedunsen aussehen ließ. Soweit sich Jacobsen erinnerte, kamen Wasserleichen frühestens nach etwa einer Woche wieder an die Oberfläche – je nach Wassertemperatur. So lange brauchte der Verwesungsprozess mindestens, um ein allmähliches Aufschwimmen auszulösen. Die Frau war vermutlich also bereits seit über einer Woche tot.

Er biss sich auf die Lippe. Für solch eine Festlegung wusste er eigentlich viel zu wenig. Sie könnte ja auch schon längere Zeit tot gewesen sein und die Verwesung bereits eingesetzt haben, bevor sie in Wasser geworfen wurde.

Keine Spekulationen, warte erst einmal ab, was die Obduktion ergeben wird, mahnte er sich. Dass der Frau die Kehle durchgeschnitten worden war, konnte allerdings jeder erkennen, auch wenn er kein forensischer Pathologe war.

Er trat einen Schritt näher an die Leiche heran.

Ihr Alter ließ sich nur schwer schätzen, dafür war der Verwesungsprozess zu weit fortgeschritten. Das volle blonde Haar und die sportliche Figur ließen aber vermuten, dass es sich hier um eine relativ junge Frau handelte. So zwischen dreißig und vierzig, mutmaßte der Polizeikommissar.

Das flaschengrüne, dezent geblümte Sommerkleid war zwar durchnässt, teilweise von Algen bedeckt und mit allerlei Schlamm- und Schmutzresten besudelt, ansonsten jedoch unversehrt.

Die Beine waren nackt; Schuhe oder Strümpfe gab es nicht. An den Hacken der Füße entdeckte Jacobsen Abschürfungen, die aussahen, als wäre der Körper über rauen Untergrund geschleift worden.

Widerwillig warf er noch einen Blick auf den Kopf. Schon zuvor hatte er gesehen, dass die Augenhöhlen leer waren. Während die tote Frau im Meer getrieben war, hatten sich wohl die Fische über ihre Augen hergemacht. Oder später, als sie an die Oberfläche gekommen war, die Möwen.

Am Hals gab es einen tiefen Schnitt, der fast von einem Ohr bis zum anderen reichte. Alles Blut war längst ausgewaschen, sodass sich keine Verkrustungen zeigten. Die Wunde klaffte weit auf und schien von einem scharfen Messer zu stammen, denn ihre Ränder waren glatt. Hinten in der breiten Öffnung waren Gewebeteile von bleicher Färbung zu erkennen.

Angewidert wandte Jacobsen sich ab.

»Also«, seufzte er und drehte sich zu seinen Kollegen um. »Was habt ihr veranlasst?«

»Sie wird jetzt in die Pathologie gebracht. Dann sehen wir weiter.«

Jacobsen nickte. Sein Handy meldete sich. Er zog das Gerät aus der Brusttasche seines Diensthemds und blickte auf das Display.

Jesper Bohn stand da. Der Revierleiter.

»Du bist im Krankenhaus, höre ich?«

»Ja, wollte schon mal einen ersten Blick auf die Leiche werfen«, antwortete Jacobsen.

»Komm bitte gleich zurück zur Dienststelle, Arne. Wir glauben zu wissen, wer die Tote ist.«

»Tatsächlich? Wie das?«

»Die Kollegen haben sie beschrieben, nachdem sie sie geborgen hatten. Und Größe, Figur, Haarfarbe, aber auch das grüne Kleid – alles passt zu einer Vermisstenmeldung, die hier vor etwa vierzehn Tagen von zwei Deutschen aufgegeben wurde.«

3

Kein Land in Sicht. Kein Laut zu hören außer dem stetigen Zischen des Wassers am Rumpf und dem Gurgeln der Hecksee.

Es rauscht wie Freiheit,
Es riecht wie Welt.
Natur gewordene Planken
Sind Segelschiffe.
Ihr Anblick erhellt
Und weitet unsre Gedanken.

Kira lächelte. Wieder so ein Augenblick, in dem ihr spontan diese Zeilen von Joachim Ringelnatz in den Sinn kamen.

Sie blickte sich um. Auch hinter dem Boot sah sie nur blaugrünes Wasser, gesprenkelt mit einigen weißen Segeln. Ærø war hinter dem Horizont verschwunden. Dort schwebten jetzt ein paar zarte Federwolken am hellblauen Himmel über der See.

Heute Morgen hatten sie im Hafen von Marstal am südöstlichen Ende der dänischen Insel Ærø abgelegt und nun etwa die halbe Strecke bis zur Einfahrt in die Flensburger Förde hinter sich. Bald würde steuerbord voraus die Südspitze von Alsen auftauchen, das ebenfalls zu Dänemark gehörte.

Ihr letzter Urlaubstag.

Am späten Abend würden sie in Flensburg festmachen und noch einmal an Bord übernachten. Morgen nach dem Frühstück dann aufräumen, alles, was sie an Kleidung und persönlicher Habe an Bord gebracht hatten, wieder im Auto verstauen und gegen Mittag das Schiff an den Vercharterer zurückgeben.

Fast vierzehn Segeltage lagen hinter ihnen. Ihr Törn hatte sie mit einigen Zwischenstationen in kleinen Häfen oder auf lauschigen Ankerplätzen durch die dänische Südsee nach Svendborg geführt. Danach waren sie nordwärts durch den Großen Belt nach *Samsø* gelaufen, hatten zwei Tage auf diesem zauberhaften Eiland im Kattegat verbracht und waren schließlich durch den Kleinen Belt zwischen Fünen und dem Festland wieder nach Süden gesegelt. Die letzten beiden Tage hatten sie auf Ærø verbracht, von wo aus es nur noch ein Tagestörn bis in die Flensburger Innenförde war.

»Magst du etwas essen?«, rief Lukas vom Niedergang hoch. »Zwei Brötchen sind noch übrig vom Frühstück. Schinken, Mettwurst oder Käse drauf?«

Kira grinste. »Iss du sie«, rief sie hinunter. »Hab noch keinen Hunger.«

Lukas' Kopf erschien an der Treppe. »Echt nicht?«, fragte er hoffnungsvoll.

»Kannst dir ruhig beide einverleiben«, bestätigte Kira. »Ich habe in diesem Urlaub schon viel zu viel gegessen.«

»Aber kein Gramm zugenommen, das garantiere ich dir«, behauptete Lukas und grinste. »Segeln macht schlank!«

Da mochte er sogar recht haben, dachte Kira. Bei der ständigen Bewegung auf dem Boot verbrannte sie anscheinend eine Menge Kalorien. Zu ihrem Erstaunen nämlich zwickten die Jeans selbst nach zwei Segelwochen noch nicht am Bund. Jedenfalls nicht mehr als sonst auch. Und das, obwohl sie den Eindruck hatte, ständig irgendetwas gegessen oder getrunken zu haben.

»Schade, dass wir schon nach Hause müssen«, sagte sie, ließ ihren Blick über das in der Mittagssonne glitzernde Wasser gehen und seufzte. »Mit dieser Art Diät könnte ich noch eine Weile weitermachen.«

»Ich auch, Schatz, das kannst du mir glauben«, gab Lukas zurück, stieg auf der Niedergangstreppe noch eine Stufe höher und schaute hoch in den Mast. »Wie viel laufen wir denn?«

Kira sah auf die Logge auf der Rudersäule. »Sechs Knoten. Knapp.«

»Hm.« Lukas nahm nun auch noch die letzten beiden Stufen, trat ins Cockpit und warf einen Blick auf die Segel.

»Was zu meckern?«, fragte Kira.

»Nö, überhaupt nichts. Wieso fragst du?«

»Weil ich dich kenne. Dich drängt es doch, an den Schoten zu zupfen, um noch einen halben Knoten mehr herauszukitzeln, stimmts? Tu dir keinen Zwang an.«

Lukas lachte. »Würde nichts bringen. Für unseren Kurs stehen die Segel bei diesem Wind ganz ordentlich. Hast alles gut getrimmt. Mehr ist aus diesem Wohnwagen kaum herauszuholen.«

»Dann bin ich ja zufrieden.«

»Kannst du auch sein. Du machst das fantastisch.« Er drückte ihr einen schmatzenden Kuss auf die Wange. »Weiter so, wackere Steuerfrau! Ich schmiere rasch die Brötchen, dann komme ich wieder hoch und setze mich zu dir.«

»Bring mir bitte eine kalte Cola light mit hoch!«, rief Kira ihm hinterher.

Lukas war ein begeisterter Regattasegler gewesen, hatte schon in seiner Jugend auf der Kieler Förde im Laser gute Plätze bei den Wettfahrten belegt. Inzwischen ließen ihm jedoch sein Job als Meteorologe – und nun auch noch die Dissertation, an der er seit seiner Rückkehr von einem Forschungsauftrag in der Antarktis vor einem halben Jahr arbeitete – nicht mehr genug Freizeit, um diesen Sport intensiv zu betreiben. So hatte er sich aufs gelegentliche Hochseesegeln verlegt. Wegen seiner Fachkenntnisse war er heute auch ein gefragter Berater bei den Profis in dieser Szene. Dass ein eher gemütliches Charterschiff für ihn ein »Wohnwagen« war, konnte da nicht überraschen.

Kira allerdings fand an der 38-Fuß-Serienyacht, die sie gechartert hatten, nichts auszusetzen. Sie hatte sich schnell mit der einfachen Bedienbarkeit und den gutmütigen Segeleigenschaften des Bootes angefreundet. Natürlich war dies kein Rennboot, aber auf denen suchte man auch vergeblich nach bequemen Kojen, einem komfortablen Salon oder einem Kühlschrank mit Eisfach – vom kleinen, aber feinen Duschbad ganz zu schweigen. Für Kiras Geschmack gab es hier an Bord alles, was das Seglerleben im Urlaub angenehm machte.

Außer zwei, drei Wochenendtörns mit Bekannten auf deren Fahrtenyachten hatte sie überhaupt keine Segelerfahrung gehabt, als sie Lukas vor vier Jahren kennenlernte. Doch seine Leidenschaft für alles, was mit Segelbooten, der See und dem Wind zu tun hatte, war schnell auf sie übergesprungen. Ein eigenes Boot konnten sie sich zwar nicht leisten, aber Lukas war in der Seglerszene bestens vernetzt, hatte in der Saison zahlreiche Gelegenheiten zum Mitsegeln, und bald war auch Kira immer öfter mit an Bord. Als leidenschaftliche Journalistin, die es gewohnt war, allem auf den Grund zu gehen, ärgerte sie sich allerdings schon nach kurzer Zeit darüber, viel zu wenig von dem zu verstehen, was die Leute um sie herum ständig redeten, wenn sie auf dem Wasser waren. Ebenso wie Juristen, Bergleute oder Jäger hatten Segler nämlich ihre ganz eigene Sprache, benutzten Fachausdrücke, die keine Landratte je gehört hatte. Luv und Lee, aber auch Schoten und Fallen voneinander zu unterscheiden, war für sie kein Problem, aber wenn Begriffe wie »halber Wind«, »Schothorn« oder »Hahnepot« fielen, war das für sie reinstes Seglerlatein. Und auch die Grundlagen von Seemannschaft und Navigation fehlten ihr.

Inakzeptabel für sie.

Als Lukas dann zum ersten Mal die Idee aufbrachte, sie beide sollten eine Yacht chartern und zusammen auf einen Urlaubstörn gehen, stand für Kira fest, dass sie den Sportbootführerschein erwerben und ein Skippertraining absolvieren wollte. Im Frühling hatte sie beides an der Hanseatischen Yachtschule in Glücksburg erfolgreich hinter sich gebracht und ihre Prüfung bestanden.

Lukas hatte sich auf diesem spätsommerlichen Urlaubstörn stark zurückgenommen, was die Führung des Boo-tes betraf. Er überließ ihr viele Aufgaben, vor allem die Navigation, gab ihr nur hin und wieder Ratschläge. Selten musste er korrigierend eingreifen, und Kira konnte vieles von dem, was sie gelernt hatte, in der Praxis ausprobieren. Ein rundum befriedigendes Erlebnis – ganz abgesehen von dem herrlichen Wetter, das sie die vollen zwei Wochen begleitet hatte. Von Tag zu Tag stieg ihre Begeis-terung für das Segeln. Kurzum: Lukas hatte genau das Richtige getan, damit seiner Partnerin die sprichwörtlichen »Seebeine« wachsen konnten.

»Dein Handy hat gebrummt!«, sagte Lukas, setzte sich, den Teller mit den Brötchen in einer Hand, auf die Cockpitbank und reichte Kira mit der anderen das Gerät.

Sie warf einen Blick auf das Display. »Signal-Nachricht von Michael.«

»Michael de Jong, dein Chef?«

»Yep«, erwiderte Kira, tippte auf das Smartphone und las. »Na, der hat Nerven!«

»Was will er denn?«

»Er fragt, ob ich vielleicht schon wieder zu Hause sei, und ob ich nach Sonderburg fahren könne. Für eine Reportage. Es sei dringend.«

»Erstens bist du noch nicht zu Hause, und zweitens hast du noch bis Sonntag Urlaub.« Lukas schüttelte missbilligend den Kopf.

»Er muss ein ernstes Problem haben, sonst würde er mir nicht so eine Frage stellen.«

»Soll er sein Problem allein lösen«, knurrte Lukas, biss in ein Mettwurstbrötchen und kaute mit finsterem Blick.

Kira sagte nichts, sondern schaute nach vorn zum Bug, ohne eine Miene zu verziehen.

Schweigen.

Nachdem er auch dem zweiten Brötchen – belegt mit reifem dänischem Esrom-Käse, den man aus olfaktorischen Gründen tatsächlich am besten unter freiem Himmel verzehrte –, den Garaus gemacht hatte, sagte Lukas: »Du willst doch wohl nicht wirklich ...«

Kira sah ihn an, und er verstummte.

»Ja, ja, ich weiß«, kam es resigniert von ihm. »Du hast keine ruhige Minute mehr, bevor du weißt, was da los ist, richtig?« Er stand auf. »Na gut, dann lass mich ans Ruder und ruf ihn halt an, du ... Sensationsreporterin.«

»Wie nennst du mich, du … Wetterfrosch?« Lachend gab Kira ihm einen Knuff auf die Brust, trat zur Seite, setzte sich auf die Bank und tippte auf dem Display des Smartphones herum. Sie hielt es sich ans Ohr, während sie zu Lukas sagte: »Hast ja recht, ich muss wissen, was ihn umtreibt. Er hat es sich bestimmt nicht leicht gemacht, mich …« Sie hob die Hand, als de Jong sich meldete. »Hallo, Michael, ich bin's. Was gibt es denn so Wichtiges in Sonderburg, dass du mich dafür im Urlaub … Aha. Und wieso ist das … Ja, ja, schon gut, ich höre dir zu.«

Das Gespräch dauerte nur drei, vier Minuten, änderte die Planung der letzten beiden Urlaubstage jedoch gründlich.

Im Wasser der Bucht von Sonderburg habe man gestern eine Leiche gefunden, die offenbar einem Gewaltverbrechen zum Opfer gefallen sei, berichtete der Leiter des Studios Flensburg und fragte übergangslos, wo sie denn mit dem Boot gerade seien. »Vielleicht schon in der Außenförde?«

»Warum willst du das denn wissen?«, hakte Kira misstrauisch nach.

»Kira, das ist eine ganz große Sache, das rieche ich förmlich! Als die Dänen heute Morgen bekannt gaben, dass die Wasserleiche, die sie aufgefischt haben, eine Deutsche sei, hat sich Kollege Tim Scholler sofort nach Sonderburg aufgemacht, damit wir die Sache schon mal in unserer App online stellen konnten. Trotzdem brauche ich für heute noch einen Vor-Ort-Beitrag für *Unser Land am Abend.*«

»Das kann Scholli doch ebenso gut machen!«

»Klar, er hat auch schon mit den Recherchen begonnen und erste Kontakte zur dänischen Kripo geknüpft. Aber er war damit einverstanden, dass ich dich anrufe. Er hätte dich gern dort vor Ort – auch weil du fließend Dänisch sprichst.«

»Alles andere wäre auch verwunderlich für jemanden, der der dänischen Minderheit angehört«, fiel Kira ihm spöttisch ins Wort.

»Eben«, konterte de Jong. »Und nicht nur deshalb bist du geradezu prädestiniert für diese Aufgabe.«

»Danke für die Blumen, Michael, aber sag doch einfach, was genau du von mir willst.«

»Es läge mir viel daran, wenn du dich mit Tim Scholler zusammen der Sache annimmst. Du kommst doch mit dem Boot direkt an Sonderburg vorbei – jedenfalls so gut wie. Da dachte ich mir ... ich meine ...«

»Noch mal zur Erinnerung«, fiel ihm Kira ins Wort, »ich habe Urlaub!«

»Meine Güte, ja, aber schließlich nur noch zwei Tage. Die kriegst du natürlich gutgeschrieben und ...«

»Okay, ich hab dich verstanden«, würgte Kira ihn ab. »Ich bespreche das mit Lukas und melde mich wieder. Maile mir bitte inzwischen alles, was bisher über diesen Leichenfund bekannt ist, okay?«

Damit beendete sie das Gespräch und erzählte Lukas, was sie erfahren hatte und was ihr Chef von ihr wollte. »Er vermutet, dass wir irgendwo in der Nähe von Sonderburg sind. Und damit hat er ja nicht unrecht. In ungefähr drei Stunden kommen wir in Sichtweite daran vorbei.«

»Und dann?«, stellte sich Lukas dumm.

Kira gab keine Antwort. Nach langem Schweigen sah sie zu ihm hoch und überlegte laut: »Warum machen wir nicht einen Abstecher dorthin? Wir können auch im Hafen von Sonderburg übernachten. Wenn wir morgen recht früh ablegen, kommen wir noch rechtzeitig zur Charterbasis zurück.«

»Und wozu soll das gut sein? Willst du mir sagen, dass du ab sofort wieder deine Arbeit aufnimmst?«, erwiderte Lukas unwirsch. »Gibt es denn niemanden bei euch, der gerade nicht Urlaub hat und das übernehmen könnte?«

»Vielleicht schon, aber ...«

»... jetzt hast du ...« Er stockte und verzog das Gesicht zu einem schrägen Grinsen. »Fast hätte ich gesagt, du hast Blut geleckt, aber das scheint mir in diesem Falle nicht gerade pietätvoll.«

Sie zuckte fatalistisch mit den Schultern und nickte. »Drücke es aus, wie du willst. Ja, ich gebe zu, ich möchte da jetzt hinfahren. Natürlich könnte ich Michael bitten, für die nächsten Tage noch auf mich zu verzichten, zumal Scholli schon vor Ort ist, aber ich weiß genau, dass mir das hinterher leidtun würde. Ich kann zu so einer Reportage nicht nein sagen. So ist es nun mal, und das weißt du auch.« Trotzig fügte sie hinzu: »Und deshalb wäre es besser, sich von Anfang an in die Sache reinzuknien, statt erst am Montag mühsam alles aufzuarbeiten, was bisher schon passiert ist.«

Ein Grinsen huschte über Lukas' Gesicht. Den Blick nach vorn gerichtet, erklärte er: »Wir würden zwar genauso gut nach Sicht dort hinfahren können, aber zur Übung solltest du vielleicht doch den neuen Kurs berechnen.«

»Du meinst den nach Sonderburg?«

»Welchen sonst?«, stieß Lukas lachend aus.

4

Das trockene Schnarren des Telefons ließ sich nicht länger ignorieren.

Jens Klamroth öffnete widerwillig die Augen und sah auf die Leuchtziffern der Uhr auf dem Nachttisch.

01:25 Uhr.

Sofort überfiel ihn eine böse Vorahnung. Es gab niemanden, der wusste, dass er sich gerade hier aufhielt. Außer einem einzigen Menschen.

Und das bedeutet nichts Gutes.

Er tastete nach dem Lichtschalter, und die Lampe flammte auf. Ein Blick auf die andere Seite des Betts zeigte ihm, dass Aspasia tief und fest schlief. Sie hatte bisher vom Schnarren des Telefons unten im Wohnzimmer nichts mitbekommen.

Ein wohliger Anflug von Selbstgefälligkeit ließ Klamroth unwillkürlich grinsen. Auch wenn er über zwanzig Jahre älter war als die schwarzhaarige Schönheit neben ihm – der Sex mit ihm machte sie jedes Mal so heiß, dass sie sich dabei völlig verausgabte und anschließend regelmäßig in komatösen Tiefschlaf verfiel.

Rasch schwang er die Beine aus dem Bett und lief nackt auf bloßen Füßen zur Treppe, die nach unten in den Wohnbereich führte. Während er die Stufen hinabstieg, warf er einen Blick durch die bodentiefen Fenster, mit denen das Haus rundum verglast war.

Draußen rekelte sich unter funkelnden Sternen majestätisch das ägäische Meer in scheinbarer Unendlichkeit. In der Schwärze der Nacht blitzten auf dem silbrig glänzenden Wasser die Lichter vieler kleiner Fischboote, und weit draußen vor dem sich schwach abzeichnenden Horizont durchquerte die hell erleuchtete Silhouette eines großen Passagierschiffs den Thermaischen Golf nach Süden.

Hier oben in den bewaldeten Hügeln über dem Küstenort Elani auf Kassandra, dem westlichsten »Finger« der griechischen Halbinsel Chalkidiki, hatte Jens Klamroth vor fünf Jahren dieses Ferienhaus gebaut. Mit der Rückseite direkt an den schroffen Stein des Berges. Der rötliche Fels bildete die hintere Wand des weitläufigen Untergeschosses, in dem Wohn- und Essbereich und die großzügige offene Küche ineinander übergingen.

Sein Haus. Susanna kam nie hierher.

Kein Wunder, sie wusste nichts von seiner Existenz.

Sein Refugium. Der Ort, an dem er lieber war als irgendwo sonst auf der Welt. Hier fühlte er sich frei, losgelöst von allen Zwängen.

Unten angekommen, machte er Licht und nahm den Hörer des Telefons ab.

»Ja?«

»Gott sei Dank, Jens!« Robbies Stimme, eindeutig, wenn auch leicht verzerrt. »Ich habe es schon ein paarmal auf deinem Handy versucht, aber das …«

»… ist ausgeschaltet«, unterbrach ihn Klamroth unwirsch. »Nun sag schon: Was willst du von mir?«

»Tut mir leid, dich zu dieser Stunde zu stören, aber …«

»Spar dir diesen Unsinn. Du weißt, dass ich hier nicht angerufen werden will. Warum hältst du dich nicht daran, verdammt noch mal?«

»Dein Sohn hat versucht, dich in Dubai zu erreichen. Es ist was mit deiner Frau«, sagte Robert Fehrmann, Klamroths rechte Hand in der Firma.

»Was? Nick hat ...? Wieso? Ist Susanna gefunden worden? Lebt sie? Wo ist sie jetzt? Nun lass dir nicht alles aus der Nase ziehen!«

»Er hat vorhin auf unserer Firmennummer in Dubai angerufen und gesagt, er habe es schon mehrmals vergeblich auf deinem Handy versucht. Er meint natürlich, du wärest noch im Emirat. Ich habe ihn in dem Glauben gelassen und behauptet, dass du gerade auf der Baustelle bist, draußen in der Wüste. Und dass ich dir sofort Bescheid sage, wenn du zurückkommst.«

Klamroth spürte, dass er zu schwitzen begonnen hatte. Trotzdem fröstelte er, als der kühle Nachtwind, den die Lüftung sanft ins Haus wehte, über seinen feuchten Körper strich. »Okay, danke. Das hast du gut gemacht, Robby. Sorry, dass ich so barsch war. Nun sag schon, was ist mit Susanna?«

»Es tut mir leid, Jens, aber dein Sohn sagt, sie sei tot.«

Jens Klamroth schluckte und setzte sich in einen der Korbstühle, die hier standen.

Man hatte sie also gefunden.

»Das ist ... Wo hat man sie denn ...? Ich meine ...«

»Sie ist wohl ertrunken, wenn ich Nick richtig verstanden habe. Jedenfalls hat er gesagt, man habe ihre Leiche im Alsensund aufgefunden.«

»Ertrunken?«, rief Klamroth. »Was für ein Unsinn! Sie kann schwimmen wie ein Fisch ...!«

»Ich weiß doch auch nicht mehr. Übrigens hat die Polizei auch in unserem Büro in Hamburg nach dir gefragt. Es geht wohl um die Identifizierung.«

Klamroth überlegte fieberhaft. Seine Gedanken überschlugen sich. Der Polizei würde es vermutlich sonderbar erscheinen, dass er im Ausland war, während zu Hause fieberhaft nach seiner vermissten Ehefrau gefahndet wurde.

Ruhe bewahren, befahl er sich, und versuchte, seiner Stimme einen festen Klang zu geben. »Okay, ich rufe Nick und natürlich auch die Polizei an und sage ihnen, dass ich den nächsten Flieger nehme, den ich kriegen kann.«

»Das ist gut. Ich glaube, vor allem Nick braucht jetzt deinen Beistand.«

»Ich weiß«, erwiderte Klamroth. »Aber das muss ich alles sauber arrangieren, zum Beispiel, was die Flugzeiten betrifft.«

»Klar. Kann ich im Augenblick sonst etwas für dich tun?«

»Nein – und danke für deine Diskretion. Ich weiß sie zu würdigen«, erwiderte Klamroth und beendete das Gespräch.

»*Who was on the phone?*«, kam Aspasias Stimme mit dem harten griechischen Akzent von oben. Da sie Deutsch nicht beherrschte und Klamroths Griechisch sich auf ein paar Floskeln des täglichen Lebens beschränkte, unterhielten sie sich immer auf Englisch. Das funktionierte ganz ordentlich, zumal verbaler Austausch nicht gerade der Schwerpunkt ihrer Beziehung war.

Er lief die Treppe hinauf, schlüpfte in seine Jogginghose, die auf einem Stuhl lag, und zog sich ein T-Shirt über. Dann setzte er sich aufs Bett, strich Aspasia über ihre dichten, pechschwarzen Haare und sagte: »Ich muss leider abreisen, mein Engel. Wahrscheinlich schon morgen. Es gibt ein Problem mit meiner Frau.« Dass Susanna seit zwei Wochen vermisst wurde, hatte er ihr nicht erzählt – wozu auch?

Verstört setzte die junge Frau sich auf und starrte ihn aus verschlafenen Augen an, die sich mit Tränen füllten. »Aber du bist doch gestern Nacht erst hergekommen! Du darfst mich jetzt nicht schon wieder verlassen!«

Er rückte näher an sie heran, nahm ihren Kopf in beide Hände und sah ihr fest in die dunklen Augen. »Ich komme wieder, so schnell es geht, versprochen! Was denkst du, wie schwer es mir fällt, dich jetzt schon wieder allein zu lassen? Ich liebe dich, mein Engel – mehr als alles andere auf der Welt.«

»Dann bleibt doch hier!«, schluchzte sie. »Das mit deiner ...«, sie schluckte, »das kann doch nicht so wichtig sein.«

»Angeblich ist ihr etwas zugestoßen«, rang er sich widerwillig ab. »Deshalb muss ich bei meinem Sohn sein, versteh das bitte. Er ist erst zwölf. Ich kann ihn jetzt nicht allein lassen.«

»Muss das wirklich sein?« Verzweifelt schlang sie ihre Arme um seinen Oberkörper.

»Mach es mir nicht so schwer. Offiziell bin ich ja auf der Baustelle in Dubai. Wenn mit Susanna tatsächlich etwas Schlimmes passiert ist, habe ich keine Wahl. Was meinst du, was die Polizei denken würde, wenn ich einfach so täte, als ginge mich das nichts an?«

Vorsichtig löste er sich aus ihrer Umklammerung. »Ich setze mich gleich mal an den Laptop und suche einen passenden Flug aus. Zu früh darf ich zwar auch nicht nach Hamburg kommen, aber auf jeden Fall muss die Ankunftszeit ungefähr im selben Zeitfenster liegen wie die eines Fluges aus Dubai. Ich finde schon was Passendes. Hat bisher immer geklappt.«

Stumm ließ sich die junge Frau aufs Bett zurückfallen und drehte ihren Kopf demonstrativ zum Fenster.

Klamroth kannte das schon. Aspasia liebte ihn mit der Glut der Griechin, leidenschaftlich bis zur Selbstaufgabe und völlig kompromisslos. Doch wenn sie meinte, nicht seine absolute, vollkommene Zuwendung zu bekommen, wurde sie sofort widerborstig.

Lächelnd stand er auf und blickte auf sie hinab. Sie würde sich bald wieder besinnen. Lang hielt sie das Schmollen nie aus.

Er drehte sich um und ging hinunter zu seinem Notebook auf dem Esstisch. Rasch hatte er gefunden, was er suchte. Gleich an diesem Morgen schon hätte er nach Hamburg fliegen können, sah er. Das wäre jedoch nicht klug gewesen. Schließlich käme er ja angeblich direkt von einer Großbaustelle in der Wüste Dubais. So schnell könnte er es von dort niemals schaffen, in sein Hotel in der City zurückzukehren, sich dann zum Flughafen bringen zu lassen und einen Flieger zu besteigen, der bereits am Mittag in Hamburg landete.

Aber morgen um 11:25 Uhr ging ein passender Flug mit *Eurowings* von Thessaloniki, dem internationalen Flughafen, der nur etwa fünfzig Kilometer entfernt im Norden lag. Ankunftszeit in Hamburg: 13:10 Uhr. Und nur eine Viertelstunde früher landete dort ein *Emirates*-Flug aus Dubai. Das passte perfekt.

Falls jemand überhaupt jemals auf die Idee käme, das zu überprüfen.

Er rief das Buchungsportal auf, stellte fest, dass noch ein paar Plätze auf dem Flieger frei waren, und buchte sofort einen.

Während er wieder die Treppe hinaufstieg, nahm er sich vor, bei Tagesanbruch – natürlich von dem Prepaid-

Handy mit deaktivierten Standortdiensten, das nicht auf ihn registriert war, – seinen Sohn anzurufen.

»Aspasia, *o ángelós mou*, wir können in Ruhe ausschlafen und haben dann noch einen ganzen Tag für uns!«, sagte er lockend, als er vor das Bett trat. »Ich muss erst morgen Vormittag zum Flughafen fahren.«

Strahlend blickte sie ihm entgegen und streckte die Hände nach ihm aus. »*Kaftós mou epivítoras*, dann zieh dir das komische Zeug wieder aus und komm rasch zu mir. Ich will dich noch einmal spüren, bevor wir wieder zusammen einschlafen!«

Jens Klamroth hatte nichts dagegen – ganz im Gegenteil. Ungeduldig riss er sich das T-Shirt vom Leib und schleuderte die schlabbrige Hose von den Beinen.

»Mein heißer Hengst« hatte sie ihn eben genannt.

Nicht schlecht für einen Mann, der in wenigen Monaten seinen fünfzigsten Geburtstag feiern würde, fand er.

5

Das Großsegel hatten sie geborgen, als sie in die Bucht von Sonderburg eingefahren waren. Das Vorsegel, eine Selbstwendefock, zog das Boot nun mit schwachem Wind gemächlich um die Landzunge herum, auf der erhaben und Respekt gebietend das Backsteinschloss aus dem zwölften Jahrhundert den Zugang zum Alsensund beherrschte.

Begleitet von weithin hörbarem Glockenschlag öffneten sich gerade die beiden Flügel der Klappbrücke über den Sund, und sofort kam Bewegung in die vielen Segel- und Motorboote, die im Hafenbecken dümpelten. Alle strebten nun der Brücke zu, wo sie sich mehr oder weniger geordnet aufreihten, um nacheinander zwischen den beiden aufgeklappten Brückenteilen hindurch in die Meerenge zu schlüpfen. Diese trennte die Insel Alsen vom jütländischen Festland und mündete nach etwa acht Kilometern in den Alsen Fjord, von dem man auf direktem Weg in den Kleinen Belt gelangte.

Kaum war das Heck des letzten Bootes durch, wiederholte sich das Ganze in entgegengesetzter Richtung. Nun passierten die Boote, die von oben aus dem Sund kamen, die Klappbrücke in südlicher Richtung, um in die Flensburger Außenförde einzulaufen.

Die Brückenflügel schlossen sich unter lautem Klingeln, und kurz darauf rollten die Fahrzeuge, die sich vor den

Schranken auf der viel befahrenen *Kong Christian den Xs Bro* gestaut hatten, wieder in beiden Richtungen über die Brücke.

»Immer wieder ein nettes Spektakel«, sagte Lukas grinsend.

»Wegen der Brücke ist das hier ein besonders abwechslungsreiches Hafenkino«, gab Kira zurück und deutete nach rechts hinüber zum Kai, an dem bereits einige Schiffe festgemacht hatten. »Da, hinter dem blauen Zweimaster wäre noch Platz für uns.«

»Ja, sieht gut aus. Ich gehe steuerbord längsseits an die Pier.«

Mehr brauchte nicht gesprochen zu werden. Sie waren in den beiden Wochen ein eingespieltes Team geworden.

Während Lukas den Motor startete und die Reffleine durchholte, mit der die Fock eingerollt wurde, ging Kira aufs Vorschiff, nahm nacheinander drei Fender aus dem Ankerkasten und befestigte sie so am Relingsdraht, dass sie schützend außen am Rumpf hingen. Dann machte sie die Vorleine klar, belegte sie auf der Klampe, stellte sich – das andere Ende der Leine in der Hand – mittschiffs an die Reling und blickte auf das rege Treiben auf der *Sønder Havnegade*, der Straße, die vor den dicht nebeneinander stehenden bunt gestrichenen Häusern direkt an der Pier entlanglief.

Das Boot fuhr einen Bogen und schob sich langsam hinter das Heck des Zweimasters. Lukas stoppte auf, und die Fender schmiegten sich schmatzend an die Betonwand des Kais. Sofort sprang Kira hinüber und machte die Vorleine auf einem Poller fest. Dann kam sie zurück, übernahm von Lukas die Achterleine und belegte auch die an Land.

»Der hat es aber eilig«, murmelte sie, als sie den Mann erkannte, der mit großen Schritten auf sie zulief. »Moin, Scholli!«, rief sie ihrem Freund und Kollegen Tim Scholler zu, der wie sie als Videojournalist – kurz: VJ – im nördlichsten Studio ihres Senders mitten in Flensburg arbeitete. Dort teilten sie sich nicht nur ein Büro, sondern arbeiteten oft auch gemeinsam an Beiträgen für das Regionalprogramm, vor allem die im ganzen Norden beliebte Sendung *Unser Land am Abend.*

»Gut, dass du da bist!«, sagte Scholli, als er herangekommen war. »Der Chef hat mir vorhin gemailt, dass er dich gebeten hat, dabei zu sein.«

»Na, ›gebeten‹ würde ich das nicht gerade nennen«, erwiderte Kira mit einem schiefen Grinsen. Dann wurde sie ernst. »Hoffentlich bist du nicht sauer, dass ich nun auch noch hier auftauche. Michael de Jong hat behauptet, du hättest nichts dagegen. Oder hat er das nur gesagt, um meine Bedenken auszuräumen?«

»Keineswegs« erwiderte Scholli. »Hier ist die Hölle los wegen dieser Wasserleiche. Und es wimmelt bereits von den lieben Kollegen der Boulevardpresse. Ich war gerade bei der Polizei, habe aber höchstens die Hälfte von dem verstanden, was man da erzählt hat – was eh nur wenig war. Mein Dänisch ist erbärmlich, wie du weißt.«

»Okay. Lass uns erst mal an Bord gehen. Wir machen uns einen Kaffee, und du bringst mich auf den neuesten Stand in dieser Sache«, sagte Kira. »Danach planen wir, wie wir weiter vorgehen, einverstanden?«

Scholli folgte ihr an Deck, wo Lukas gerade damit fertig geworden war, die von ihm ausgebrachte Vor- und Achterspring so zu belegen, dass das Boot ruhig am Kai lag.

Die beiden Männer begrüßten sich. Sie hatten sich schon ein paarmal getroffen, wenn Lukas Kira im Sender besucht oder Scholli sie zu Hause abgeholt hatte, um gemeinsam mit ihr zu einem Reportageauftrag zu fahren.

Videoreporter machten das, was Reporter zu allen Zeiten gemacht hatten, jedoch wurden heute viel höhere Ansprüche an sie gestellt als früher. Ausgerüstet mit einer kompakten HD-Kamera und einem Dreibein-Stativ machte auch Kira nichts anderes als gute alte Reporterinnenarbeit, nur eben als Journalistin, Kamerafrau, Beleuchterin und Tontechnikerin in Personalunion. Wenn es sich aber um ein besonders komplexes Ereignis handelte, das journalistisch bearbeitet werden musste, war es unmöglich, diese Arbeit allein zu tun – jedenfalls, wenn viel Recherchearbeit erforderlich war und man Wert auf seriöse Berichterstattung legte. So wie bei Kiras bisher schwierigstem und, wie sich bald herausgestellt hatte, lebensgefährlichem Auftrag, der erst ein gutes halbes Jahr zurücklag.

Ein denkbar schlimmer Fall, einer, der sie erstmals fast an ihrem Beruf hatte verzweifeln lassen. Bis heute hatte sie den Tod ihrer besten Freundin nicht verwunden, die bei einem Tauchgang in der Ostsee heimtückisch unter Wasser ermordet worden war. Was folgte, hatte sich zu einem spektakulären Immobilienskandal ausgewachsen, und Kiras Beitrag dazu hatte es unter dem Titel ›Der Klintwischen-Deal‹ bis ins Hauptprogramm des Fernsehens gebracht.

Für die journalistische Arbeit an diesem Fall, die sich über Wochen hinzog, hatte Kira mit Scholli ein Team gebildet. Der kluge und immer verlässliche Kollege – wegen seiner Vorliebe für den Gebrauch von Sprachbildern auch als ›Metaphern-Scholli‹ bekannt – war ihr eine unverzichtbare Stütze gewesen. Dennoch hatte auch er nicht verhindern können, dass der Zwiespalt zwischen ihrer persönlichen Betroffenheit und ihren Verpflichtungen als engagierte Journalistin sie dabei mehrmals an Grenzen gebracht hatte – ganz abgesehen davon, dass sie selbst ins Fadenkreuz gefährlicher Leute geraten und einem Mordversuch nur knapp entkommen war, als sie sich mit ihren Nachforschungen der Wahrheit zu dicht genähert hatte.

»... wusste ich sofort, dass unser Urlaub beendet war«, hörte sie Lukas zu Scholli sagen. So tief war sie für Sekunden in die Vergangenheit eingetaucht, dass sie nicht mitbekommen hatte, was die beiden miteinander sprachen. Doch sie konnte es sich denken, als sie diesen letzten Satzfetzen hörte, und setzte ein schelmisches Grinsen auf.

»Ja, du bist schon mit mir geschlagen, du armer Mann«, sagte sie. »Aber beklag dich bitte nicht! Ich habe schließlich fast vier Monate lang einsam und verlassen in unserem Häuschen gesessen, während du in der Antarktis auf dem Eis wilde Partys gefeiert hast.«

»Genau«, gab Lukas feixend zurück. »Mit Millionen von notgeilen Pinguinen! Da ging die Luzie ab, das kannst du glauben!«

6

Nachdem sie im Cockpit einen Kaffee getrunken hatten, war Lukas, seinen Kulturbeutel unter dem Arm und das Badetuch um den Hals, zum Sanitärgebäude aufgebrochen, das etwa hundert Meter entfernt unter den Pfeilern der Brücke lag.

Scholli machte den Schokokeksen auf dem Teller, den Kira auf den Tisch gestellt hatte, zielstrebig den Garaus und berichtete dabei das, was er bisher zum Leichenfund im Alsensund in Erfahrung gebracht hatte.

»Schöne Schlagzeile übrigens: ›Leichenfund im Alsensund‹ – reimt sich sogar!«, konnte er sich nicht verkneifen. »Die endgültige Bestätigung steht bisher aus, weil noch keine Identifizierung der Leiche durch Angehörige stattgefunden hat«, schloss er schmatzend seinen Bericht und wischte sich die Hände an seinem Taschentuch ab.

»Wieso denn nicht?«

»Der Sohn ist minderjährig, und der Ehemann hält sich in Dubai auf, habe ich erfahren. Seine Firma, ein Architekturbüro, hat er zwar in Hamburg, ist aber derzeit wohl auf einer Großbaustelle tätig.«

»Soll das heißen, der Mann ist im Ausland und arbeitet, obwohl seine Frau vermisst wird?«

Scholli zuckte mit den Achseln. »Sieht so aus. Vielleicht ein wichtiger Auftrag … Keine Ahnung, wie das zusammenhängt.«

»Interessant«, sagte Kira versonnen.

»Immerhin liegt aber eine Vermisstenanzeige vor – mit genauer Beschreibung der Person und ihrer Kleidung zum Zeitpunkt des Verschwindens. Alles spricht dafür, dass es sich um eine gewisse Susanna von Hohenmarschen-Klamroth handelt, siebenunddreißig Jahre alt, wohnhaft auf einem Gut südlich von Husum an der Westküste.«

»Etwa Gut Hohenmarschen auf Eiderstedt?«, hakte Kira nach. »Das ist doch eines der prächtigsten Herrenhäuser im Land.«

»Keine Ahnung«, erwiderte Scholli. »Kennst du das näher?«

»Nein, ich weiß nur, wo es ungefähr liegt. Wird oft von Touristen besucht und gern fotografiert.«

»Aha.« Scholli fixierte den leeren Keksteller. Dabei schien ihm etwas einzufallen. »Wo ist eigentlich Ditch?«

»Der macht auch Urlaub – bei unseren Nachbarn auf der *Knudswarft*. Er hat es nicht so mit dem Segeln. Unter seinen tierischen Freunden auf dem Bauernhof fühlt er sich viel wohler als an Bord.«

Ditch, ihr bärenähnlicher Bernhardiner-Labrador-Mischling, begleitete Kira häufig ins Büro. Der riesenhafte, gutmütige Hund und Scholli waren schnell dicke Freunde geworden, was wohl auch daran lag, dass der Kollege immer Leckerlis in großer Menge in seiner Schublade vorhielt.

Seinen ungewöhnlichen Namen hatte Lukas dem Hund verpasst. Der Mischling stammte aus einem Wurf von sechs Welpen und war im Flensburger Tierheim zur Welt gekommen, wo das verwahrloste, abgemagerte Muttertier abgegeben und wieder aufgepäppelt worden war. »Wahrscheinlich ist er das Ergebnis einer ungeplanten Liaison unter irgendeiner Laterne«, hatte Kira vermutet, und sofort hatte Lukas ›Ditch‹ als Namen vorgeschlagen, das englische Wort für Straßengraben.

»Also«, sagte Kira und stellte ihre Tasse auf den Cockpittisch. »Dann fasse ich mal zusammen, was du bisher in Erfahrung gebracht hast: Gestern Nachmittag wurde vor dem Schloss eine weibliche Wasserleiche geborgen. Die Polizei spricht davon, dass sie wahrscheinlich einem Gewaltverbrechen zum Opfer gefallen sei, nennt dazu aber keine weiteren Details. Eine Obduktion ist veranlasst, Ergebnisse wurden noch nicht bekannt. Aber vor etwa zwei Wochen wurde eine Vermisstenanzeige bei der Sonderburger Polizei gestellt, betreffend eine Frau von Hohenmarschen, eine Deutsche. Und die Beschreibung der Vermissten scheint auf die Wasserleiche zu passen. Das bedeutet …« Sie unterbrach sich, sah ihren Kollegen an und fragte: »Wer hat eigentlich die Anzeige aufgegeben?«

»Mitglieder eines deutschen Chores, soweit ich verstanden habe. Der sollte hier auftreten, aber diese Hohenmarschen, die wohl eine wichtige Rolle bei der Aufführung hatte, war nicht erschienen. Und ist auch später nicht aufgetaucht.« Tim Scholler hob die Hände und schnitt eine Grimasse. »Wohlgemerkt: wenn ich alles richtig verstanden habe. Die haben nur Dänisch gesprochen, was man ihnen ja kaum verübeln kann. Ich hab zwei, drei Nachfragen auf Englisch gestellt, aber viel hat das auch nicht gebracht.«

»Wenn sich die Vermutung zur Identität der Leiche bewahrheitet, wird sicher auch die deutsche Kripo hinzugezogen werden«, sinnierte Kira. »Und die dafür regional zuständige Dienststelle ist die Mordkommission in der Flensburger Polizeidirektion, denke ich.«

»Du meinst Hauptkommissarin Christ?«

Kira lächelte. »Das wäre nicht schlecht«, räumte sie ein.

Helene Christ, die Chefin der Flensburger Mordkommission, war Kira wohlbekannt, obwohl ihre Arbeit als Reporterin diesseits und jenseits der deutsch-dänischen Grenze natürlich nur selten dermaßen dramatische Ereignisse wie Tötungsdelikte betraf. Meistens standen ganz andere Themen auf der Tagesordnung. Die Menschen wollten im Regionalprogramm erfahren, was in ihrem Umfeld passierte – am liebsten unterlegt mit aktuellen Reportagen. Das bedeutete, dass Kira für *Unser Land am Abend* an einem Tag auf Sylt mit betroffenen Müttern und einer Hebamme über die geplante Schließung der letzten Geburtsstation auf den nordfriesischen Inseln sprach und am nächsten aus Schleswig von der Verseuchung des Wassers in der Schlei durch am Ufer vergrabene Altlasten berichtete.

Reportagen über Leichenfunde hingegen gehörten keineswegs zu Kiras beruflichem Alltag. Um genau zu sein, war der Fall ihrer bei einem Tauchgang ermordeten Freundin der allererste und bisher einzige Auftrag dieser Art gewesen. Und der hatte sie damals auch in Kontakt mit der Leiterin der Flensburger Mordkommission gebracht, die Kira – nach längerem vorsichtigen Abtasten und mit größter Diskretion – mit einigen Informationen versorgte.

Als Kira dann bei ihren Recherchen eher zufällig auf ein wichtiges Detail von entscheidender Bedeutung für die Kripo gestoßen war, geriet sie ins Fadenkreuz gefährlicher Leute und wäre fast einem Mordanschlag zum Opfer gefallen.

Während sie im Krankenhaus allmählich wieder gesund wurde, besuchte die Hauptkommissarin sie regelmäßig, und Kira teilte ihre Rechercheergebnisse freimütig mit ihr. Das brachte für die Kripo nicht nur den lang ersehnten Durchbruch bei den Ermittlungen, auch entstand zwischen den beiden Frauen darüber eine gewisse Vertrautheit, die sogar dazu führte, dass sie sich auf das gegenseitige ›du‹ einigten.

Um aber eine engere Freundschaft schließen zu können, sahen sie sich zu selten. Kira bedauerte das, denn sie mochte Helene. Allerdings waren ihre beruflichen Interessen vermutlich zu konträr, musste sie sich eingestehen.

»Ich werde sie gleich mal anrufen. Wer weiß, vielleicht kann sie uns schon etwas sagen.«

»Die Frage ist wohl eher, ob sie der Presse schon etwas sagen *will*«, erwiderte Scholli. »Da ist sie ja sehr zurückhaltend, soviel ich weiß.«

»Wir werden sehen«, sagte Kira, grinste verschmitzt und stand auf. »Wie auch immer – aus dem, was wir bisher wissen, müssen wir einen Beitrag für die Sendung zusammenbasteln«, erklärte sie. »Zeigst du mir nachher, was du schon im Kasten hast?«

»Klar. Ich hole die Kamera gleich aus dem Auto. Hauptsächlich sind das ein paar Takes aus der Pressekonferenz. Kannst die interessanten Teile ja übersetzen. Und dann sollten wir vielleicht auch eines der Handy-Videos bringen, die im Netz aufgetaucht sind. Hab sie alle gespeichert.«

»Was für Handy-Videos?«

»Von der Bergung der Leiche im Sund vor dem Schloss. Da haben viele Leute herumgestanden, die auf den Fischer gewartet haben. Die haben Videos gemacht und auf den *social media* eingestellt, Facebook und so. Von der Leiche selbst sieht man so gut wie nichts, aber als Aufmacher sind die Bilder nicht schlecht.«

»Die sehe ich mir an«, sagte Kira. »Aber vor allem sollten wir versuchen, noch mehr über die Identität der Toten herauszukriegen. Und darüber, wie es zu der Vermisstenanzeige kam. Wie heißt dieser Chor eigentlich? Und woher in Deutschland kam der denn, um hier zu singen?«

Scholli zuckte die Achseln. »Keine Ahnung. Ich habe nicht gehört, dass die Polizei vorhin dazu etwas gesagt hat. Der Kommissar – er heißt Jacobsen, wenn ich mich recht erinnere – war sowieso nicht sonderlich auskunftsfreudig. Und sein Chef erst recht nicht, ein *Vicepolitiinspektør* namens Bohn. Der ist wohl der Polizeichef von Sonderburg.«

»Vielleicht werden sie etwas gesprächiger, wenn ich Dänisch mit ihnen rede. Ein paar mehr Fakten – meinetwegen auch begründete Vermutungen – wären schon nicht übel für unseren Beitrag.« Sie griff nach ihrem Smartphone. »Aber erst versuche ich es mal bei der Flensburger Mordkommission. Ach, übrigens: Was ist mit dem Equipment – Kamera, Aufzeichnungsgerät und so weiter? Der Chef sagte mir, er wolle dafür sorgen ...«

»Hab ich mitgebracht, liegt im Kofferraum. Keine Sorge, wir sind mit allem ausgerüstet, was wir brauchen.« Er stand auf. »Mein Wagen steht auf dem Parkplatz bei der Kirche. Ich gehe mal hin und sichte das Material, das ich bei der Pressekonferenz aufgenommen habe. Die Amateurvideos, die im Netz kursieren, hab ich schon zusammenkopiert. Bin in einer halben Stunde wieder hier.«

7

Der Airbus A 320 legte sich sanft nach rechts, um in den Endanflug auf Fuhlsbüttel einzudrehen.

Jens Klamroth sah nun die ausgedehnten Hafenanlagen unter sich. Viele Schiffe aller Größen tummelten sich wie Wasserflöhe auf der im Sonnenlicht glitzernden Elbe. Über der Spitze der Tragfläche kam das imposante Gebäude der Elbphilharmonie in Sicht, und bis zum Horizont öffnete sich ein umwerfender Blick auf die große Stadt.

Natürlich hatte Aspasia wieder eine fürchterliche Szene gemacht, als das bestellte Taxi nach Thessaloniki vor dem Haus vorfuhr und hupte, aber das kannte er schon. Es war ihre sehr griechische Art, ihn ihrer leidenschaftlichen Liebe zu versichern. Erst nach vielen Beteuerungen, in wenigen Tagen wieder bei ihr zu sein, nach wiederholten Treueschwüren und nicht enden wollenden Umarmungen war es ihm gelungen, die Tür hinter sich zu schließen und in das wartende Auto zu steigen, das ihn zum Flugplatz brachte.

Auf der etwa einstündigen Fahrt ließ er noch einmal im Kopf die Telefonate Revue passieren, die er tags zuvor mit seinem speziell präparierten Handy geführt hatte.

Zunächst hatte er die Nummer der Kripo in Flensburg angerufen, die Robby ihm gegeben hatte. Er wurde zu einer Hauptkommissarin namens Christ durchgestellt, die ihm bestätigte, dass die Leiche einer Frau aus dem Alsensund geborgen worden war, auf die die Beschreibung der vorliegenden Vermisstenmeldung seiner Frau passte.

»Natürlich muss ich Sie bitten, die Tote noch zu identifizieren«, sagte die Kriminalbeamtin. »Aber es sieht leider danach aus, als ob es sich tatsächlich um Ihre Frau handelte. Tut mir sehr leid, Ihnen das sagen zu müssen, Herr Klamroth.«

»Was, um Himmels willen, ist ihr denn zugestoßen?«

»Das möchte ich am Telefon nicht mit Ihnen besprechen, bitte haben Sie dafür Verständnis. Nur so viel: Leider scheint sie das Opfer eines Gewaltverbrechens geworden zu sein.«

Klamroth schwieg dazu, und in die Stille hinein fragte die Kommissarin betont beiläufig: »Bin ich richtig informiert, dass Sie sich in Dubai aufhalten?«

»Ja, das ließ sich nicht vermeiden. Ich bin Architekt und muss mich hier persönlich um das Projekt kümmern, das ich leite. Da kann ich nicht wochenlang abwesend sein. Außerdem hätte ich mich zu Hause bei der Suche nach meiner Frau sowieso nicht nützlich machen können.«

»Oh, Sie brauchen sich mir gegenüber nicht zu rechtfertigen«, erwiderte Kommissarin Christ betont freundlich. »Lässt Ihr Projekt es angesichts der … nun, sagen wir: besonderen Situation wohl zu, dass Sie jetzt zeitnah herkommen können?«

Der Unterton, den er bei dieser Frage herauszuhören glaubte, gefiel Klamroth überhaupt nicht. »Selbstverständlich komme ich«, gab er ärgerlich zurück. »Ich habe bereits einen Flug mit *Emirates* gebucht. Der Flieger landet morgen Mittag in Hamburg.«

»Dann melden Sie sich bitte, sobald Sie Zeit haben, sich mit mir und den dänischen Kollegen in Sonderburg zu treffen.«

»Klar, aber was macht die Polizei inzwischen? Sind die Ermittlungen nach dem Täter schon angelaufen?«

»Ich kann Ihnen sagen, dass die deutsche und die dänische Kriminalpolizei bei den Ermittlungen eng zusammenarbeiten werden«, sagte Christ. »Alles Weitere können wir besprechen, wenn wir uns treffen. Ich habe übrigens auch an Sie noch ein paar Fragen.«

»Aha«, sagte Klamroth. »Was wollen Sie denn von mir wissen?«

»Das hat noch Zeit, Herr Klamroth«, erwiderte die Kriminalbeamtin freundlich und beendete das Gespräch.

Das zweite Telefonat hatte er mit seinem Sohn geführt. Er hatte ihn sofort auf seinem Mobiltelefon erreicht. Der Junge war immer noch im Ferienlager und hörbar enttäuscht, erst jetzt einen Anruf von seinem Vater zu bekommen.

»Mama ist tot, und du lässt überhaupt nichts von dir hören!«, klagte er vorwurfsvoll. »Ich verstehe dich nicht. Bist du denn gar nicht traurig?«

»Sicher bin ich das, Nick. Sehr sogar. Das ist ganz furchtbar. Aber du hast doch von meinem Stellvertreter gehört, dass ich draußen in der Wüste auf der Baustelle war. Ich habe mich natürlich sofort auf den Weg gemacht, aber so schnell geht das eben nicht. Jetzt bin ich jedenfalls auf dem Weg nach Hause«, versuchte Klamroth, ihn zu besänftigen.

»Holst du mich dann ab? Ich will nicht mehr hier im Lager bleiben!«

»Natürlich«, erwiderte Klamroth und fügte hinzu, er habe kurzfristig einen Flug ab Dubai buchen können.

»Morgen Mittag lande ich in Hamburg. Zwei Stunden später bin ich bei dir und wir fahren zusammen nach Hause. Dann sehen wir weiter. Wir müssen jetzt zusammenhalten.«

»Was ist Mama denn zugestoßen?«, rief der Junge und begann zu weinen. »Kannst du dir das erklären, Papa? War das ein Unfall oder hat ihr jemand etwas angetan?«

»Ich weiß es auch nicht genau, Nick. Ich habe gerade mit der Polizei telefoniert. Die Kommissarin will mir alles persönlich erklären, wenn ich sie treffe.«

»Wieso, Papa, wieso?«, rief der Junge verzweifelt mit tränenerstickter Stimme. »Mama hat doch niemandem was getan!«,

Klamroth wusste nicht, was er darauf antworten sollte, also schwieg er und hörte Nicks Weinen zu.

»Halte durch, morgen bin ich bei dir«, sagte er schließlich. »Ich denke an dich, mein Sohn! Bleib stark!«

8

Seit vielen Jahren schon hielt der Kammerchor *canticum novum* seine Übungsabende im Musiksaal einer Schule am Stadtrand von Flensburg ab. Der Raum hatte eine gute Akustik, und ein regelmäßig gestimmter, wenn auch hochbetagter Bechstein-Flügel stand dort ebenfalls zur Verfügung.

Diesmal jedoch blieb der Deckel des Flügels zugeklappt. Niemand würde heute singen. Die Menschen, die nach und nach eintrafen, kamen nicht zu einer Chorprobe.

Sie kamen, um ihre Fassungslosigkeit miteinander zu teilen.

Wie ein Lauffeuer hatte sich die Nachricht von Susannas schrecklichem Tod unter den Chormitgliedern verbreitet, und spontan waren sie übereingekommen, sich hier zu treffen.

Die übliche Sitzordnung im Halbrund nach Stimmen – vorn Sopran und Alt, jeweils dahinter Tenor und Bass – spielte an diesem Nachmittag keine Rolle. Wer neu hinzukam, setzte oder stellte sich zu einer der Gruppen, die sich schon gebildet hatten.

Sonderbare Stimmung hing im Raum, eine eigenartige Mischung aus Entsetzen und Sensationsgier. Das Stimmengewirr wogte auf und ab, bisweilen unterbrochen von ungläubigen Ausrufen, und untermalt von Schluchzern.

»Ich glaube das einfach nicht«, stieß Rolf Schüssler, ein junger blonder Mann in Jeans und weißem T-Shirt, der in einer kleinen Gruppe neben dem Flügel stand, unwillig aus.

»Was denn nicht, Rolf?«, fragte Jochen Kramer, der Bass mit der Falstaff-Stimme. »Ihre Leiche wurde doch mittlerweile so gut wie sicher identifiziert. Was gibt es da noch zu zweifeln?«

»Das meine ich nicht. Es geht um Susannas Verschwinden. Dass es angeblich keine Anhaltspunkte gibt, was genau da passiert ist – also, ich weiß nicht recht. Gewisse Leute aus dem Chor müssten dazu eigentlich etwas sagen können, denke ich. Zum Beispiel ...« Er brach ab. »Lassen wir das lieber. Bringt ja nichts.«

»Drück dich gefälligst klarer aus«, fuhr Kramer den Blonden an. »Was willst du damit sagen? Verdächtigst du etwa einen von uns, etwas mit ihrem Tod zu tun zu haben?«

»Nein, nein, es ist nur ...«, wehrte der junge Tenor ab. »Ach, ich sage lieber gar nichts mehr. Überlassen wir das der Kripo.«

Eine gepflegte grauhaarige Frau hatte den Wortwechsel im Vorbeigehen mitbekommen und trat nun einen energischen Schritt auf Schüssler zu. »Was sagst du da?«, fragte sie mit scharfer Stimme. »Los, raus mit der Sprache! Was weißt du, was wir nicht wissen?«

»Gar nichts, Lena, reg dich bitte ab. Ich meine nur ... Na ja, ihr werdet schon sehen: Die Polizei wird sich bestimmt auch bei uns im Chor umhören.«

»Aus welchem Grund sollte sie das tun?«, hakte die Grauhaarige misstrauisch nach.

»Das frage ich mich auch«, meldete sich in bedrohlichem Unterton Helmut Tessmann, ein schlanker, großgewachsener Mittvierziger mit vollem dunkelblondem Haar, der der Unterhaltung bisher schweigend zugehört hatte, und fixierte Schüssler aus zusammengekniffenen Augen.

»Das solltest du wohl am besten wissen!«, schnappte der junge Mann und bedachte seinen Mitsänger mit einem herausfordernden Blick.

Tessmanns Gesicht wurde schlagartig blass, und er schluckte hart. »Das ist ja wohl ...«, setzte er zu einer Entgegnung an, verstummte aber sofort, als die Tür zum Probenraum aufgestoßen wurde und Professor Siegfried Sagebiehl hereinkam.

Der blieb überrascht stehen, als er sah, dass sein Chor fast vollzählig versammelt war – und das an einem normalen Arbeitstag. Seine Augen wurden feucht, und gerührt sagte er: »Gut zu sehen, dass wir in dieser Stunde zusammenhalten, ihr Lieben.«

Während alle Augen auf den Chorleiter gerichtet waren, der nun stockend versuchte, ein paar tröstliche Sätze zu sprechen, trat Helmut Tessmann an seinen jungen Mitsänger heran und zischte ihm ins Ohr: »Halt bloß die Schnauze, du Schwätzer!«

»Wer hat sie eigentlich identifiziert?«, fragte eine Sängerin aus dem Alt.

Inzwischen hatten alle Platz genommen. Im Halbkreis – wie an einem ganz normalen Übungsabend – saßen sie nun um den Flügel herum. Vor ihnen stand ihr Chorleiter und lehnte sich mit dem Rücken an den wuchtigen Bechstein, als erwartete er Halt von dem ehrwürdigen Instrument.

»Bisher konnte man sich dafür nur auf Fotos und die Angaben zu ihr stützen – also Größe, Haarfarbe und die Kleidung, die sie an jenem Tag trug. Ihr Mann ist noch nicht aus Dubai eingetroffen, soll aber morgen Mittag ankommen und dann direkt nach Sonderburg fahren, um die Identifizierung vorzunehmen.« Sagebiehl räusperte sich und fuhr fort: »Aber es besteht schon jetzt kein vernünftiger Zweifel mehr daran, dass Susanna die Tote ist, die man aus dem Alsensund gezogen hat.«

In das folgende betretene Schweigen hinein fragte die Falstaff-Stimme: »Woher hast du diese Informationen?« Jochen Kramer war ein Gründungsmitglied von *canticum novum* und einer der Wenigen, die sich mit dem Chorleiter duzten.

»Jemand von der Flensburger Polizei hat mich angerufen. Susanna war ja auch hier bei uns vermisst gemeldet. Die Dänen haben ihren Flensburger Kollegen mitgeteilt, dass es sich bei der Toten wahrscheinlich um sie handelt. Und da wir die Meldung aufgegeben haben, wollte man mich von der aktuellen Entwicklung in Kenntnis setzen.«

»Haben die Ihnen auch etwas über die näheren Umstände ...« Rolf Schüssler stockte kurz, dann setzte er erneut an: »Ich meine, wissen Sie etwas darüber, wie Susanna zu Tode gekommen ist? Ist sie ertrunken, oder hat man ihr etwas angetan, bevor sie ins Wasser geworfen wurde?«

Sagebiehl hob ablehnend seine Hände. »Die Kripo geht von einem Tötungsdelikt aus, mehr habe ich nicht erfahren.«

»Also doch Mord!« Eine hysterische Stimme aus dem Sopran.

Sagebiehl zuckte irritiert zusammen. »Möglich, ja. Die Ermittlungen fangen gerade erst an.« Er blickte traurig in die Runde. »Und die Polizei wird auch bei uns auftauchen, vermute ich.«

»Warum denn, um Himmels willen?«, rief Lena Haber, die Erste Vorsitzende, in vorwurfsvollem Tonfall aus.

»Na, das liegt doch auf der Hand«, erwiderte Rolf Schüssler aufreizend beiläufig. »Sie suchen nach dem Täter, also nach jemandem, der ein Motiv hatte.«

»Bei uns?«, fragte Lena entsetzt nach. »Hier im Chor?«

»Ja, sicher«, gab der junge Tenor ruhig zurück. »Susanna hat schließlich …« Er hob plötzlich die Hände hoch. »Was soll ich mir das Maul verbrennen? Ich halte mich da lieber raus.«

»Gut so!«, rief Helmut Tessmann aus der zweiten Reihe. Seine Gesichtsfärbung hatte von bleich zu hochrot gewechselt.

Sagebiehl fixierte Schüssler mit ernstem Blick. »Hören Sie mal, Herr Schüssler, Sie sollten keine unergründlichen Äußerungen ausstoßen und dann jede Erklärung verweigern.«

»Ist schon gut, ich sag nichts mehr«, maulte der junge Blonde.

»Na schön, beruhigen wir uns bitte. Dieses furchtbare Ereignis hat uns …« Ein nervöses Schlucken. »Wir sind eben alle völlig fertig«, versuchte der Chorleiter, die Situation zu entschärfen. »Da gehen einem schon mal die Nerven durch. Wir müssen jetzt einfach abwarten, was die Kripo herausfindet. Etwas anderes bleibt uns nicht übrig.«

»Mit dem Chor hat dieser Mord jedenfalls nicht das Geringste zu tun, das steht völlig außer Frage«, erklärte die Erste Vorsitzende mit derselben Bestimmtheit, mit der sie auch die Jahreshauptversammlungen von *canticum novum* zu leiten pflegte.

Es dämmerte schon vor den Fenstern, als sich der Probenraum langsam leerte. Unter den letzten, die den Raum verließen, waren die Sopranistinnen Jana Hellmann und Siri Vanstatt. Während der bewegten Diskussionen des Nachmittags hatten sie die meiste Zeit eng nebeneinander gesessen, die Köpfe zusammengesteckt und ebenso intensiv wie leise miteinander geredet.

»Hast du noch einen Augenblick Zeit?«, fragte Jana, als sie auf die Straße traten. »Da gibt es noch etwas, das du wissen musst. Ich wollte da drin nicht davon sprechen. Zu viele Ohren.«

»Geht es um Susanna?«, fragte Siri.

»Irgendwie schon. Ich finde bemerkenswert, was Schüssler gesagt hat. Du nicht?«

»Rolf redet viel, wenn der Tag lang ist. Was meinst du genau?«

»Er macht sich gern wichtig, das stimmt schon, aber hast du mitgekriegt, wie Helmut darauf reagiert hat? Der war völlig aus dem Häuschen.«

»Was willst du damit sagen?«

»Na ja …« erwiderte Jana Hellmann gedehnt und setzte ein geheimnisvolles Lächeln auf.

»Los, raus mit der Sprache. Du hast gesagt, ich sollte noch irgendetwas wissen. Hat das mit Helmut zu tun?«

»Behalte es für dich, aber ich habe die beiden beobachtet.«

»Helmut und Susanna? Wo und wobei denn?«

»Nach einem der letzten Probeabende, etwa drei Wochen bevor Susanna in Sonderburg verschwunden ist. Ich hatte mit meinem Mann telefoniert, nachdem die Probe zu Ende war, und kam auf den Parkplatz, als die anderen schon weg waren. Erst hörte ich zwei Leute laut streiten, dann sah ich, dass es Helmut und Susanna waren. Sie standen an Susannas Wagen und schrien sich an.«

»Konntest du verstehen, worum es ging?«

Janas Augen funkelten triumphierend. »Ich konnte nicht nah genug an sie herangehen, sonst hätten sie mich bemerkt, aber ich habe gehört, dass er so etwas gesagt hat wie ›Bevor ich mich umbringe, töte ich dich.‹«

Siri schlug die Hand vor den Mund. »Das hat er gesagt? Um Himmels willen!«

»Na ja, jedenfalls sinngemäß.«

»Was soll das denn ... was kann er damit gemeint haben?«, entfuhr es Siri.

Jana zuckte die Schultern. »Das weiß ich auch nicht.«

»Denkst du etwa ...«

»Ich denke lieber gar nicht in diese Richtung, aber Helmut ist unberechenbar, das kannst du mir glauben.«

»Du musst es ja wissen ...«

»Was für ein blöder Spruch!«, fuhr Jana Hellmann auf. »Da war nie was zwischen uns, falls du das meinst.«

»Ist ja auch egal«, beeilte sich Siri Vanstatt zu versichern. »Aber du musst das, was du da gehört hast, unbedingt der Polizei berichten.«

»Ach, ich weiß nicht«, sagte Jana zweifelnd. »Es kann ja auch sein, dass ich etwas nicht richtig verstanden habe.«

»Aber wenn sie dich fragen, musst du das auf jeden Fall erzählen!«

Jana zuckte mit den Schultern. »Mal sehen. Vielleicht hast du recht. Aber denk dran: Ich hab dir das im Vertrauen gesagt, also halt bitte den Mund!«

9

Kira hatte Hauptkommissarin Christ unter ihrer Mobilfunknummer erreicht und erfahren, dass die Leiterin der Flensburger Mordkommission schon auf dem Weg nach Sonderburg sei. In wenigen Minuten würde sie in der Polizeistation eintreffen und mit ihren dänischen Kollegen das weitere Vorgehen in diesem Fall besprechen. Da das Opfer aller Wahrscheinlichkeit nach die deutsche Staatsangehörigkeit hatte, war eine Zusammenarbeit der Ermittlungsbehörden über die Grenze hinweg unerlässlich.

»Machen wir ja nicht zum ersten Mal«, sagte die Kriminalistin. »Grenzübergreifende Ermittlungen sind immer wieder notwendig, und die Kooperation funktioniert gerade im Bereich der Polizeiarbeit meistens recht gut.« Sie wolle später der Presse für Fragen zur Verfügung stehen, fuhr sie fort. »Aber erst müssen mich die dänischen Kollegen auf den aktuellen Stand bringen.«

»Na, du wirst wohl selbst auch schon Informationen haben, was die Identität der Leiche betrifft, oder? Sie soll ja mit ihrem deutschen Chor in Sonderburg gewesen und hier plötzlich verschwunden sein.«

»Dazu kann ich nichts sagen – noch nicht. Und, Kira, du kennst die Spielregeln: Ich werde dir nichts exklusiv erzählen, egal, um was es sich handelt. Alle deine Kollegen haben das gleiche Recht darauf, die Informationen zu bekommen, die wir herausgeben können.«

»Völlig klar«, erwiderte Kira treuherzig. »Ich verlange selbstverständlich nicht, eine Extrawurst von dir gebraten zu bekommen.«

Helene Christ lachte auf. »Das hört sich überaus nobel an, aber ich nehme es dir nicht ab, meine Liebe. Wie ich dich kenne, würdest du diese Extrawurst allzu gern nehmen. Und am liebsten gleich noch Pommes rot-weiß dazu.«

Touché, dachte Kira und musste schmunzeln. Ein intelligenter Konter fiel ihr jedoch nicht ein.

»Außerdem haben die Dänen bereits eine Pressekonferenz abgehalten«, fuhr die Kriminalbeamtin fort.

»Ja, mein Kollege Tim Scholler war dabei. Aber allzu viele verwertbare Informationen sind nicht ans Licht gekommen, hat er gesagt. Und auch, dass deshalb kaum jemand von den deutschen Medien bereits fort ist. Fast alle sind noch vor der Polizeistation präsent und warten sehnsüchtig auf Nachrichten, mit denen man an die Öffentlichkeit treten kann.«

»Ich werde dir später gern weitere Fragen beantworten – so weit das aus ermittlungstaktischen Gründen vertretbar ist«, versprach die Chefin der Flensburger Mordkommission.

»Das ist ein Wort!«, gab Kira dankbar zurück und beendete das Gespräch.

Sobald Scholli zurückkam, wollte sie mit ihm zur Sonderburger Polizeistation fahren. Helene hatte vermutet, ihre Besprechung mit den dänischen Ermittlern bis dahin beendet zu haben.

Während sie unten im Schiff ein wenig aufräumte und die Kaffeetassen ausspülte, kam Lukas von seinem Ausflug zum Sanitärgebäude zurück, hängte sein Badetuch zum Trocknen über die Reling und stieg den Niedergang hinunter.

»Na, was gibt's Neues?«, wollte er wissen. »Wie geht es denn jetzt weiter?«

Kira berichtete ihm von ihrem Gespräch mit Helene Christ und setzte hinzu: »Ich mache jetzt rasch ein paar Aufnahmen vom Hafen und von der Stelle beim Anleger vor dem Schloss, wo die Leiche aufgefischt wurde. Zusammen mit dem Material, das Scholli schon im Kasten hat, und mit den Informationen, die wir gleich hoffentlich noch bekommen, sollten wir damit heute Abend einen anständigen Beitrag bringen können.«

Lukas legte seine Stirn in Falten. »Und wo willst du den zusammenstellen? Für das Schneiden und die Aufnahme der Texte musst du doch ins Studio, oder?«

Kira warf einen Blick auf ihre Armbanduhr. »Dafür reicht die Zeit nicht mehr. Ich werde jetzt mit Scholli das Material sichten. Das schicken wir rüber zum Sender, damit sie dort ein Intro daraus machen können. Und in der Sendung machen wir dann direkt anschließend eine Live-Schalte hierher, in der ich den neuesten Stand bringe.«

»Wow, die segelnde Reporterin berichtet live vom Ort des Verbrechens«, feixte Lukas und wich geschickt dem nassen Spültuch aus, das Kira nach ihm warf. »Frieden!«, rief er lachend. »Ich bin stolz auf dich, mein Mädchen, das weißt du doch. Niemand macht mit dem Mikrofon in der Hand eine bessere Figur als du! Da hängen alle Zuschauer nur so an deinen Lippen – besonders die Männer.«

»Elender sexistischer Macho!«, zischte Kira und funkelte Lukas in gespielter Wut an. »Außerdem nimmst du meinen Job einfach nicht ernst.«

»Und wie ernst ich den nehme!«, protestierte Lukas lachend. »Ich habe sogar der spontanen Änderung des Törnplans zugestimmt, weil dein Job es erforderte, oder?«

Kira grinste. »Stimmt. Ich frage mich immer noch …«

Weiter kam sie nicht, denn Lukas trat rasch auf sie zu, nahm sie in den Arm, drängte sich fest an sie und verschloss ihren Mund mit einem ausgiebigen, sehr erwachsenen Kuss.

»Hoffentlich kommen wir heute nicht zu spät in die Koje«, murmelte er heiser, als sich ihre Lippen wieder voneinander lösten.

»Ich bemühe mich, verlass dich drauf«, erwiderte Kira mit belegter Stimme.

»Hallo, jemand an Bord?«, rief plötzlich eine Stimme mit dänischem Akzent von oben.

»Der Hafenmeister?«, fragte Kira leise.

»Kaum. Das Hafengeld hab ich vorhin schon auf dem Weg zur Dusche bezahlt«, gab Lukas zurück, rief nach oben: »Moment, ich komme!« und stieg, gefolgt von Kira, die Treppe hinauf.

Auf dem Kai stand ein junger blonder Mann Anfang zwanzig. Eine Kamera hing ihm am Gurt über der Schulter. Als er Kira sah, riss er seine blauen Augen auf und stammelte verlegen: »Du bist es tatsächlich!«

Verwundert fragte Kira: »Wie bitte? Was meinen Sie?«

Der Junge nahm sich sichtlich zusammen und sagte: »Sie müssen entschuldigen, aber … Du bist doch Kira Lund vom deutschen Fernsehen, nicht wahr?«

»Siehst du, du bist eine Berühmtheit«, murmelte Lukas grinsend, und Kira sagte: »Die bin ich, ja. Aber wer sind Sie? Und warum interessiert Sie das?«

Als hätte sie auf einen Knopf gedrückt, begann es aus dem blonden Jüngling herauszusprudeln: »Entschuldigung vielmals. Ich bin Mads Sievertsen und auch Reporter.« Er zog einen Presseausweis aus der Brusttasche seines Sporthemdes und streckte ihn ihr stolz entgegen. »Na ja, noch nicht so ganz«, schränkte er sofort ein. »Um ehrlich zu sein: Ich mache gerade ein dreimonatiges Praktikum. Eigentlich studiere ich nämlich Journalismus in Aarhus. Meine Zeitung … das ist übrigens der *Lynet*, also die Web-Ausgabe davon, hat mich damit beauftragt, über die … also die *strandvasker* … wie sagt man auf Deutsch …?«

»Wasserleiche«, half Kira ihm.

»Ja, genau, danke. Es soll sich dabei ja um eine Deutsche handeln, soviel ich weiß. Und ich darf für *Lynet* darüber berichten, ist das nicht toll? Ich meine, dass sie damit einen Praktikanten …« Er unterbrach sich und sah Kira schuldbewusst an. »Sorry, dass ich so viel quatsche.«

»Alles gut, Herr Sievertsen. Aber sagen Sie doch erst einmal …«

»Mads, bitte, wenn es recht ist. Wir sind ja in Dänemark, da gibt's euer ›Sie‹ nicht.«

Kira lächelte. Als Angehörige der dänischen Minderheit in Deutschland beherrschte sie Dänisch natürlich perfekt. »Ach, tatsächlich? Na gut, dann also Mads. Mein Name ist Kira, aber das weißt du ja. Und wieso kreuzt du hier an unserem Boot auf? Woher weißt du eigentlich, dass ich …«

»Auf der Pressekonferenz bei der Polizei habe ich vorhin Tim kennengelernt, deinen Kollegen«, unterbrach Sievertsen sie eifrig. »Er saß nämlich neben mir, und ich konnte ihm ein paar Sachen übersetzen, die er nicht verstanden hat. Wir sind dann ins Gespräch gekommen, und er hat mir erzählt, dass du auch herkommen wirst. Mit einer Segelyacht. Da habe ich ein bisschen Ausschau gehalten hier im Hafen und dich sofort erkannt.«

Kira lachte auf. »Was kann ich denn nun für dich tun?«

»Ich bin ein Fan von dir«, erklärte der Junge und errötete leicht, fuhr aber tapfer fort: »Deine Reportagen habe ich alle gesehen. Einfach klasse, wie du das immer machst. Und da wollte ich dich fragen, ob ich dir ein bisschen über die Schulter schauen darf bei deiner Arbeit hier. Vielleicht kann ich dir bei deinen Recherchen sogar nützlich sein.« Er trat einen Schritt vor und fügte in verschwörerischem Ton hinzu: »Weißt du, ich kenne hier in Sonderburg eine Menge Leute. Bin hier gut vernetzt, wie man so sagt.«

»So, so. Das ist natürlich immer gut«, erwiderte Kira ernsthaft. »Und wie stellst du dir ...«

»Sieh da, der junge Kollege von der dänischen *Yellow Press*!«, rief Scholli, der gerade die Straße überquerte. »Hat er dich also aufgespürt!«, sagte er zu Kira, als er herangekommen war.

»Der *Lynet* ist ein seriöses Blatt!«, erklärte Sievertsen pikiert.

»Das diskutieren wir jetzt besser nicht«, sagte Kira. »Was mich viel mehr interessiert, Mads: Was für eine Art von Zusammenarbeit stellst du dir denn vor?«

Er wolle einfach in ihrer Nähe bleiben, ihr bei ihrer Arbeit zusehen, von ihr lernen, erwiderte der Junge bescheiden. »Und vielleicht kann ich dir hier sogar die eine oder andere Tür öffnen.«

»Ich treffe mich gleich mit der Chefin der Flensburger Mordkommission«, sagte Kira. »Danach will ich auch noch mit Kommissar Jacobsen sprechen. Und beide Gespräche«, sie sah Sievertsen direkt ins Gesicht, »werde ich allein führen. Da kann ich niemanden gebrauchen, der mir ›über die Schulter schaut‹, wie du dich ausgedrückt hast.«

Betreten senkte der Junge den Blick und schwieg.

»Aber ich mache dir einen Vorschlag: Wir bleiben einfach in Verbindung, so lange wir zu dieser Sache recherchieren, und es spricht nichts dagegen, dass wir uns von Zeit zu Zeit darüber austauschen. Das kann von Vorteil sein – beiderseits. Mehr geht aber nicht. Du solltest wissen, dass man in unserem Job seine Erkenntnisse besser nicht mit der Konkurrenz teilt. Ist ein hartes Geschäft, Mads.«

»Verstehe ich, ja«, sagte der junge Volontär sichtlich enttäuscht. »Dann halten wir aber wenigstens telefonisch Kontakt. Wer weiß, was sich in diesem Fall noch ergibt. Vielleicht können wir ja doch noch etwas gemeinsam machen.«

»Was sagst du dazu, Scholli?«, fragte Kira.

»Immer gut, Kontakte zu Kollegen zu haben, die sich vor Ort auskennen. Kann auch in diesem Fall nicht schaden.«

»Nun schön, dann haben wir das geklärt«, sagte Kia freundlich und gab Sievertsen ihre Visitenkarte. »Wir müssen jetzt arbeiten. Ruf mich später gern an, wenn die Sendung gelaufen ist, okay?«

»Ist der Typ einfach nur naiv, oder führt er etwas im Schilde?«, fragte Kira, während sie in Schollis Wagen zur Sonderburger Polizeistation fuhren.

»Was sollte er denn im Schilde führen?«

»Na, vielleicht dient das ganze Gesülze, er sei mein Fan und so weiter, nur dazu, uns auszuspionieren. Dann kann er sich bei seiner Zeitung damit brüsten, was für ein toller

Hecht er sei – der neue Star am dänischen Reporterhimmel.«

»Misstrauische Frau!«, gluckste Scholli. »Erstens halte ich ihn für einen ziemlich unbedarften jungen Mann, der deine Arbeit tatsächlich bewundert, und zweitens könnte er sich mit unseren Federn ja nur schmücken, wenn wir welche hätten. Und davon sind wir noch weit entfernt, soweit ich sehe.«

»Da hast du allerdings recht«, erwiderte Kira nachdenklich, während sie auf den Hof der Polizeistation einbogen. Sofort fiel ihr der knallgelbe Ford Mustang auf, der in der Nähe des Eingangs vor dem modernen weiß getünchten Gebäude geparkt war.

»Sieh an, unser Freund, der Schmierlappen, ist auch schon da«, stellte sie schmallippig fest.

»Hast du etwas anderes erwartet?«, sagte Scholli und grinste. »Der ist doch immer der Erste, wenn irgendwo eine Leiche gefunden wird. Und wenn's länger mal keine gibt, bringt er vermutlich höchstpersönlich jemanden um die Ecke, damit er was Blutiges zu berichten hat.«

›Der Schmierlappen‹, wie Kira den Kollegen von *Live-Sat* getauft hatte, hieß bürgerlich Lutz Schlager und war bei dem Privatsender für die regionale Berichterstattung aus dem Norden zuständig. Sein berufliches Credo hieß: je schriller, desto besser.

»Möchte wissen, ob er da drin ist«, sagte Kira und zeigte auf die verschlossene Eingangstür. »Der hat so seine Methoden, mehr zu erfahren als andere, das muss man ihm lassen.«

Sie stiegen aus dem Wagen.

»Werden wir gleich sehen – vorausgesetzt, die Polizei empfängt uns überhaupt«, sagte Scholli, während sie den Vorplatz überquerten.

»Helene Christ ist offenbar schon da«, sagte Kira und deutete auf den silbergrauen Passat mit Flensburger Kennzeichen, der neben den dänischen Polizeiautos stand. »Jedenfalls sieht diese betont unauffällige Karre nach ihrem Dienstwagen aus.«

Sie zeigten dem Uniformierten im Eingangsbereich gerade ihre Ausweise vor, als hinten eine Tür aufging und Lutz Schlager, der »Schmierlappen«, auf den Gang trat.

»Die lieben Kollegen, wie schön!«, rief er aufgesetzt fröhlich.

»Das freut mich aber, Sie so aufgeräumt zu sehen«, gab Kira zurück. »Sie haben bestimmt die *Breaking News* der Stunde, nicht wahr? Erzählen Sie doch mal!«

»Das könnte Ihnen so passen«, schnappte der Schmierlappen. »Versuchen Sie doch selbst, etwas aus diesen Leuten herauszuholen.«

»Ziemlich verschwiegen, die Dänen, was?«, bemerkte Scholli teilnahmsvoll.

Schlager sah ihn misstrauisch an. »Kann man sagen. Aber wahrscheinlich wissen die selbst noch nicht viel.«

»Na gut, dann versuchen wir auch mal unser Glück«, sagte Kira.

Der Kollege von *LiveSat* sagte nichts, blieb einfach da stehen, wo er stand, und sah Kira erwartungsvoll an.

»Wir wollen Sie nicht aufhalten. Sie haben sicher etwas Wichtiges zu tun, oder?«

Mit einem abschätzigen Grunzen setzte der Schmierlappen sich in Bewegung, rauschte wortlos an Kira und Scholli vorbei und verschwand durch die Eingangstür nach draußen.

»Ich hab ihn richtig lieb gewonnen«, murmelte Kira, trat an eine Gruppe Uniformierter heran, die auf dem Gang stand, und zeigte ihren Presseausweis vor. »Entschuldigung, ich suche Hauptkommissarin Christ von der Flensburger Kriminalpolizei«, sagte sie auf Dänisch. »Sie müsste irgendwo hier im Gebäude sein.«

»So eine Große mit hellblondem Haar?«

Kira nickte.

»Die ist wahrscheinlich im Obergeschoss«, erwiderte der dänische Kollege freundlich. »Im Büro von Kommissar Jacobsen findet gerade eine Besprechung statt. An der nimmt sie teil, soweit ich weiß. Treppe rauf und dann die dritte Tür rechts.«

Kira bedankte sich, und eine Minute später klopfte sie an die Tür, neben der das Schild *Arne Jacobsen, Politikommissær*, an der Wand hing.

10

Die Erkennungsmelodie der Sendung erklang, und Kira blickte auf die Uhr: Punkt 19:30 Uhr.

Sie, Lukas und Tim Scholler saßen auf dem Ecksofa im Salon der Charteryacht und schauten auf den hochgeklappten Bildschirm eines Laptops, der vor ihnen auf dem Tisch stand.

Der Leichenfund im Alsensund war der Aufmacher der Sendung *Unser Land am Abend.* Nach der Begrüßung kamen die Moderatorin und ihr Kollege im Landesstudio Kiel sofort zum Thema.

Mit ihrer erstaunlich tiefen, eindringlichen Stimme berichtete die sportlich gekleidete kleine Frau zunächst von der Entdeckung und Bergung der Wasserleiche vor dem Sonderburger Schloss. Dazu wurden die Aufnahmen gezeigt, die Scholli und Kira zusammengestellt hatten. Auch ein paar kurze Szenen aus den Handyvideos, die im Netz kursierten, waren dabei.

Dann folgte ein Schnitt, man sah das Gebäude der Polizeistation von Sonderburg, und die Moderatorin sagte: »Unser Reporterteam ist vor Ort und hat die dänische Polizei zum aktuellen Stand der Ermittlungen befragt. Da es sich bei der Toten aber mutmaßlich um eine Deutsche handelt, die seit mehr als zwei Wochen vermisst wird, ist inzwischen auch die deutsche Kriminalpolizei hinzugezogen worden. Unsere Reporterin Kira Lund konnte mit

Hauptkommissarin Christ von der Polizeidirektion Flensburg sprechen.«

Die nächste Einstellung zeigte Kira mit einem Mikrofon in der Hand neben Helene Christ. Die beiden Frauen standen unter dem Schild *POLITI* an der Front des Dienstgebäudes.

»Frau Christ, Sie leiten die Mordkommission der Kripo in Flensburg«, begann Kira. »Wenn Sie wegen dieses Falles nach Sonderburg kommen, kann man daraus schließen, dass die Tote nicht ertrunken, sondern einem Gewaltverbrechen zum Opfer gefallen ist, richtig?« Sie hielt der Kriminalbeamtin, die einen ganzen Kopf größer war als sie, das Mikrofon hoch.

»Davon müssen wir nach dem bisherigen Kenntnisstand leider ausgehen«, gab die Hauptkommissarin knapp zurück und schob eine dichte Strähne ihrer weißblonden Haare, die ihr der Wind ins Gesicht geweht hatte, aus der Stirn.

»Können Sie schon mehr zur Todesursache sagen?«

»Die Ergebnisse der Obduktion liegen noch nicht vor. Aber solche Details können wir in dieser Phase der Ermittlungen sowieso nicht öffentlich machen, wie Sie sicher verstehen.«

»Sie ist ein wenig ungnädig, finde ich«, bemerkte Lukas trocken, wandte seine Augen vom Bildschirm ab und sah Kira an.

»Sie ist sehr vorsichtig – wie immer. Da macht sie auch bei mir keine Ausnahme. Aber letztlich weiß sie ja selbst noch nichts«, knurrte Kira, hielt den Blick auf den Monitor gerichtet und hörte sich fragen: »Frau Christ, was weiß die Polizei über die Identität der Toten?«

»Es handelt sich mit großer Wahrscheinlichkeit um eine Frau aus dem Kreis Nordfriesland, die wahrscheinlich vor etwa vierzehn Tagen nach Sonderburg gekommen und plötzlich verschwunden ist.«

»Aus welchem Grund kam sie nach Sonderburg?«

»Sie gehörte als Solistin dem Kammerchor *canticum novum* an, der hier im *Alsion* einen Auftritt plante. Dafür sollte am Tag ihres Verschwindens die Generalprobe stattfinden.«

»Zu der sie aber nicht erschienen ist, wenn ich Sie richtig verstehe.«

»So ist es. Allerdings wissen wir nicht sicher, ob sie tatsächlich in Sonderburg angekommen und auch genau hier verschwunden ist.«

»Immerhin wurde hier ihre Leiche gefunden«, stellte Kira fest.

»Der Fundort ist ein wichtiger Ansatz für unsere Ermittlungen«, bemerkte die Hauptkommissarin, »aber mehr kann ich Ihnen derzeit noch nicht sagen.«

»Stimmt es, dass von ihrem Chor eine Vermisstenanzeige aufgegeben wurde?«

Helene Christ nickte. »Noch am selben Tag hier bei der dänischen Polizei. Aber kurz darauf hat natürlich auch der Ehemann seine Frau bei den deutschen Behörden als vermisst gemeldet.«

»Gibt es denn schon erste Ergebnisse der kriminalpolizeilichen Ermittlungen?«

»Wenige – und schon gar keine, die ich bereits kommunizieren könnte«, erwiderte die Hauptkommissarin und verzog ihre Mundwinkel leicht nach unten. »Wir werden die Ermittlungen natürlich eng zwischen den dänischen und den deutschen Behörden abstimmen und uns ständig darüber austauschen. Noch stehen wir aber ganz am Anfang.«

»Welche Spuren werden Sie nun vordringlich verfolgen?«

Da war sie, diese Frage. Schon als sie sie stellte, hatte Kira geahnt, dass Helene sie damit abblitzen lassen würde.

Jetzt blickte sie starr auf den Bildschirm und presste in Erwartung dessen, was kommen würde, unwillkürlich ihre Lippen zu einem schmalen Strich zusammen.

»Wenn ich Ihnen sagen würde, wir ermittelten in alle Richtungen, wäre das zwar korrekt, aber eben auch die übliche Phrase«, erklärte Helene Christ, ohne eine Miene zu verziehen. »Ich verstehe das öffentliche Interesse durchaus, habe aber nicht die Absicht, Spekulationen anzuheizen oder mich gar an solchen zu beteiligen. Sobald etwas Konkretes vorliegt, werden wir es natürlich kommunizieren.«

Kira konnte noch ein leicht verkniffenes »Danke für das Interview« loswerden, und damit endete der Beitrag auch schon und es wurde wieder ins Kieler Studio des Senders geschaltet. Die Moderatorin versprach noch, dass man als Zuschauer von *Unser Land am Abend* natürlich stets auf dem neuesten Stand der Entwicklungen in diesem schrecklichen Fall gehalten werde, dann übernahm ihr Kollege mit einem Bericht über die Bürgerproteste gegen eine neue Mülldeponie vor den Toren Lübecks.

»Das war purer Mist!«, rief Kira wütend aus und fuhr sich aufgebracht durch ihr volles kupferfarbenes Haar. »Und das Schlimmste: Ich wusste es vorher.«

»Was wusstest du?«, fragte Scholli erschrocken über diesen Ausbruch.

»Dass wir rein gar nichts zu hören bekommen werden. Weil sie eben selbst noch nichts wissen. Wenn das Interview überhaupt zu etwas gut war, dann, um den Leuten im Land zu zeigen, dass auch wir an der Sache dran sind.«

Sie sprang auf, lief zur Kombüsenecke, riss das Kühlfach auf und holte ein Flasche Weißwein heraus. »Helene fühlte sich hinterher sogar bemüßigt, sich bei mir dafür zu entschuldigen, dass es so aussah, als hätte sie mich auflaufen lassen. Dabei war es allein mein Fehler, sie in dieser Phase der Ermittlungen überhaupt vors Mikrofon zu zerren.«

Stumm sahen die beiden Männer zu, wie sie sich ein Glas Wein einschenkte und es mit wenigen großen Schlucken austrank.

»Scheiße!«, erklärte sie voll Inbrunst, stellte das leere Glas mit einem heftigen Knall auf den Tisch und setzte sich wieder. »Das ist genau die Art von Journalismus, die mich immer angekotzt hat.«

»Gnädige Frau befleißigen sich einer wahrhaft kultivierten Wortwahl«, feixte Lukas und wagte hinzuzufügen: »So schlimm fand ich es eigentlich gar nicht.«

»Ich auch nicht«, pflichtete Scholli ihm bei. »So ist das doch immer, wenn irgendwo etwas Sensationelles passiert. Die Zuschauer werden erst mal über das informiert, was geschehen ist – und gut. Ein paar Bilder, ein paar Mutmaßungen, ein kurzes Interview mit der Polizei, das reicht erst einmal. Jetzt sind die Leute heiß auf mehr und verfolgen diesen Fall – vorzugsweise natürlich in unserem Programm.«

»Und ihr findet, das reicht?«, rief Kira. »Mir war doch klar, dass Helene nichts wusste. Und dass sie, falls es tatsächlich bereits ein paar Details geben sollte, diese keinesfalls preisgeben könnte. Jedenfalls *noch* nicht. Ich hätte es mit einem kurzen Kommentar bewenden lassen sollen, statt mich zu einem derart sinnentleerten Interview hinreißen zu lassen.«

»Amen«, sagte Scholli. »Kriegen wir eigentlich auch was ab von dem Gesöff, oder willst du dir das Zeug allein reinpfeifen?«

»Bedien dich«, sagte Kira matt und wies auf den Kühlschrank.

Ihr Smartphone auf dem Salontisch begann zu brummen.

»Klasse, fein gemacht!«, sprudelte Michael de Jong, der Flensburger Studioleiter, begeistert hervor, kaum dass Kira den Anruf entgegennahm. »Lebendig und authentisch und ...«

»... völlig belanglos. Nichtssagend, um genau zu sein – Informationswert gleich null«, unterbrach Kira ihren Chef bissig.

»Na, na, nun sei mal nicht so negativ! Als Einstieg in diesen Fall hat das durchaus getaugt. Bleib einfach dran. Wer weiß, was hinter alldem steckt und was da noch ans Tageslicht kommt!«

Kira verdrehte die Augen, griff zu ihrem leeren Glas und hob es fordernd in die Höhe. Lukas verstand die Geste sofort. Grinsend griff er zur Weinflasche.

»Wie du meinst, Michael«, sagte Kira. »Wir bringen morgen früh erst einmal das Boot nach Flensburg. Gegen Mittag können wir uns dann ja im Sender treffen und die weiteren Schritte planen.«

»Sehr gut«, erwiderte de Jong. »Ich schlage vor, du arbeitest auch weiterhin mit Tim Scholler an dieser Sache.«

»Davon bin ich sowieso ausgegangen«, erklärte Kira knapp. »Ich bin sicher, dass eine Menge Recherchearbeit auf uns zukommt. Also dann: bis morgen!«

Damit beendete sie das Gespräch und griff nach ihrem Weinglas.

Lukas räusperte sich dezent. »Schatz, wie wäre es, wenn wir erst einmal einen Spaziergang machen würden?«, schlug er vor. »Am besten direkt zu *Dschingis Khan*, dem Mongolen oben in der Stadt. Du magst das Essen dort doch auch gern. Ich habe nämlich Hunger.«

»Gute Idee«, erwiderte Kira. »Jetzt, wo du's sagst, fällt mir auf, dass mir auch der Magen knurrt. Ein scharfes mongolisches Barbecue wäre jetzt genau nach meinem Geschmack.«

Scholli stand auf. »Und ich lasse euch jetzt allein. Bin seit heute früh unterwegs und muss dringend mal wieder nach Hause.« Er hängte sich seine Tasche über die Schulter. »Wann, denkt ihr, werdet ihr morgen in Flensburg sein?«

»Irgendwann am Vormittag«, sagte Lukas. »Sobald wir alles ausgeräumt haben, kann ich Kira zum Sender fahren. Die Übergabe und die Formalien mit dem Vercharterer erledige ich anschließend allein.«

»Ich sag dir dann noch Bescheid, wann genau ich ins Büro komme, Scholli«, sagte Kira. »Wäre gut, wenn wir schon mal miteinander absprechen, wie wir weiter vorgehen wollen, bevor wir zum Chef gehen.«

»Bin sehr gespannt, was sich aus diesem Wasserleichenfund entwickeln wird«, sagte Scholli und stieg den Niedergang hoch. »Wenn mich mein Gefühl nicht trügt, stehen uns noch einige Überraschungen bevor.«

11

Mads Sievertsen, der junge Praktikant aus der Online-Redaktion des dänischen Boulevardblatts *Lynet,* tauchte auf, als sie das Schiff früh am nächsten Morgen zum Ablegen vorbereiteten.

»Ich war gestern Abend noch einmal hier, aber da war niemand an Bord«, sagte er.

Lukas erklärte ihm, dass sie essen gewesen seien.

»Hab ich mir gedacht«, erwiderte Sievertsen und wandte sich an Kira. »Ich wollte auch nur sagen, dass mir dein Beitrag in der Sendung wieder gut gefallen hat. Obwohl …« Er brach ab, offensichtlich verlegen.

»Sag frei heraus, was du sagen willst«, ermunterte Kira ihn. »Kritik von Kollegen kann durchaus nützlich sein.«

Von ihr so bezeichnet zu werden, tat dem Jungen sichtlich gut, und er sagte mutig: »Ich fand, der Informationswert deines Interviews mit der Kommissarin war eher … *mangelfuld* – wie sagt man das auf Deutsch?«

»Dürftig«, übersetzte Kira lachend. »Und damit hast du auch völlig recht: Er war sogar sehr dürftig. Es gab einfach nichts Handfestes, weil die Polizei selbst noch nichts weiß.«

»Aber das wird sich bald ändern, denke ich«, erwiderte der junge Mann mit verschwörerischem Unterton.

»Wie meinst du das?«, hakte Kira nach.

»Ach, ich habe so meine Quellen ...«, erklärte Sievertsen und blickte zu Lukas hinüber, der gerade die beiden Springleinen löste und an Deck warf. »Keine Ahnung, ob dich das interessiert, denn du willst ja offenbar schon wieder wegfahren.«

Kira lächelte. »Wir müssen das Schiff heute nach Flensburg bringen. Aber das heißt nicht, dass ich nicht weiter an der Sache dranbliebe. Ganz im Gegenteil.«

»Dann solltest du noch einmal über meinen Vorschlag nachdenken, uns gegenseitig hin und wieder mit ein paar Informationen zu versorgen.«

»Ich weiß nicht recht ... Wie stellst du dir das konkret vor?«, fragte Kira und legte ihre Stirn in Falten.

»Ich habe zum Beispiel eine Quelle hier in der Polizeistation. Daher weiß ich, dass heute der Bericht der forensischen Pathologie vorgelegt wird.«

»Nicht uninteressant«, sagte Kira beiläufig. »Und was erwartest du von mir?«

»Auch mal eine interessante Information natürlich. Du hast offensichtlich einen guten Draht zur Chefin der Flensburger Mordkommission ...«

»Wie kommst du darauf?«

»Das ist nicht schwer festzustellen. Man braucht sich bloß deine Reportagen anzusehen. Vor allem die zu der Sache mit der ermordeten Taucherin Anfang des Jahres.« Sievertsen holte Luft. »Wir könnten uns also immer mal über den Stand unserer Recherchen austauschen.«

»Na, dann fang doch gleich mal damit an«, forderte Kira ihn auf. »Wann werden die Ergebnisse der Obduktion bekannt gegeben?«

»Jesper Bohn, der Polizeichef, will nicht schon wieder eine Pressekonferenz abhalten. Sie planen, dazu eine Pressemitteilung herauszugeben.«

»Wann?«

Der junge Mann zuckte die Achseln. »Weiß ich noch nicht. Aber sobald der Bericht vorliegt, erfahre ich es. Und auch, was ungefähr drin steht. Dann rufe ich dich an, okay?«

»Donnerwetter«, sagte Kira beeindruckt. »Wie hast du denn diese Quelle aufgetan?«

»Berufsgeheimnis«, erklärte Sievertsen etwas angeberisch und grinste.

Kira konnte es sich jedoch denken: Eine junge Assistentin, vielleicht auch eine zivile Bürokraft, die in der Dienststelle der Sonderburger Polizei arbeitete, hatte sich in den hübschen Mads verliebt, was dieser schamlos ausnutzte.

Nicht besonders edel, aber nicht unüblich im Pressegeschäft. Der junge Mann schien wild entschlossen zu sein, Karriere als Reporter zu machen. Mit allen Mitteln.

Da war Vorsicht angesagt.

»Na schön«, sagte Kira. »Dann lass uns gern in Verbindung bleiben. Aber eins sage ich dir gleich: Informationen, die mir irgendjemand vertraulich zukommen lässt, gebe ich auf keinen Fall weiter.«

Sievertsen hob abwehrend die Hände. »Natürlich, ganz klar! So was geht gar nicht – würde ich auch nie erwarten!«

Wer's glaubt ..., dachte Kira.

»Bist du soweit?«, rief Lukas. »Wir sollten uns auf den Weg machen.«

Kira sprang an Bord. »Kann losgehen!«

»Vorleine ist los!«, rief Lukas nach achtern, wo Kira schon am Ruder stand.

Sie nickte, holte die an Land auf Slip um den Poller gelegte Achterleine ebenfalls ein, legte Ruder und gab ein wenig Gas.

Sanft löste sich der Rumpf vom Kai, der Bug schwenkte langsam herum und die Yacht nahm Fahrt auf, während Lukas die Fender einholte und verstaute.

Kira drehte sich noch einmal um und winkte Mads Sievertsen zu.

Solche temporären Seilschaften, wie der junge Volontär sie vorgeschlagen hatte, kamen unter Reportern immer wieder vor. Meist bezogen sie sich nur auf die Recherchen in einem speziellen Fall, nur selten hielten sie länger. Das verhinderten die ständigen Eifersüchteleien in diesem Job. Alle Journalisten waren verbissen darauf bedacht, möglichst exklusiv und früher als die Konkurrenten an Informationen zu gelangen und teilten sie – wenn überhaupt – höchst widerwillig und nur bei entsprechenden Gegenleistungen mit Kollegen.

Aber Mads Sievertsen war ein frecher, frischer junger Kollege, und Kira fand seinen Vorschlag einen Versuch wert. Durchaus möglich, dass sich der Eifer dieses neuen Sterns am dänischen Reporterhimmel noch als nützlich erwiese.

Der Wind wehte mit etwa fünf Beaufort aus Südost, sodass sie schon auf der Höhe des Schlosses die Segel setzen konnten. Nun lag also die letzte Etappe dessen vor ihnen, was als Urlaubstörn begonnen und als beruflicher Einsatz für Kira geendet hatte. Gut zwanzig Seemeilen waren es noch bis zur Charterbasis am westlichen Ufer im letzten Zipfel der Flensburger Innenförde.

Gegen Mittag würden sie dort ankommen, wenn der Wind durchstand.

Kira blickte Lukas entgegen, der ins Cockpit zurückkam, nachdem er Leinen und Fender verstaut hatte. Auf einmal überfiel sie ein mulmiges Gefühl, als sie an das dachte, was sie heute noch vorhatte.

Vorsichtig begann sie: »Hör mal, mein Schatz …«, brach dann aber ab.

»Was gibt's?«, fragte Lukas nach, legte die Stirn in Falten und sah sie an, sichtlich erstaunt über ihren verzagten Tonfall.

»Na ja … ich frage mich, ob ich mich dir gegenüber fair verhalte.«

Er setzte sich auf die Bank neben dem Ruder. »Was meinst du damit?«

»Dass ich einfach abhaue, wenn wir festgemacht haben. Dass ich dich allein lasse mit all dem organisatorischen Kram.«

Er lachte auf. »Oh, da kann ich dich beruhigen! Ich denke nicht daran, dich fortzulassen, bevor wir gemeinsam unsere Sachen gepackt und von Bord geholt haben. Erst danach fahre ich dich zum Sender.«

»Das ist ja auch völlig okay, aber was passiert anschließend? Scholli kann mich heute Abend nach Hause bringen, klar, aber du musst inzwischen alles allein regeln. Und auch noch Ditch bei den Ketelsens abholen.«

Lukas stand auf, trat neben sie und legte seinen Arm um ihre Schultern. »Mach dir keine Gedanken. Die Übergabe des Schiffes ist rasch erledigt. Wir haben ja keine Schäden zu melden. Und wenn ich zu Hause ankomme, hole ich gleich den Hund ab.«

»Du bist lieb«, sagte Kira und schmiegte sich an ihn.

»Das will ich meinen – und wie!«, bekräftigte Lukas nachdrücklich. »Aber im Ernst: Wir haben uns entschieden, der Bitte deines Chefs nachzukommen und nach Sonderburg zu fahren. Damit war doch klar, dass du raus warst aus dem Urlaubsmodus, oder? Jetzt bleibt dir gar nichts anderes übrig, als dranzubleiben.«

Kira nickte stumm.

»Ich mache mit Ditch später einen ordentlichen Marsch über den Außendeich, und dann warten wir darauf, dass du nach Hause kommst. Alles gut also – Hauptsache, du passt auf dich auf.«

Kira wandte den Kopf um und sah ihn fragend an. »Was willst du mir …?«

»Ich weiß, es gehört zu deinem Job, aber ich mag es trotzdem nicht, dass du wieder an so einem Kriminalfall dran bist«, unterbrach er sie ernst. »Wer weiß, wie sich dieser noch entwickelt. Beim letzten Mal haben deine Recherchen dich geradewegs mit einer Schussverletzung ins Krankenhaus gebracht.«

»Was sagst du da?«, rief Kira erschrocken. »Das ist doch … Nein, darüber mache ich mir keine Gedanken. So was passiert nicht ein zweites Mal, das wäre ja …« Sie ließ den Satz unvollendet und sah Lukas verstört an.

»Woher willst du das wissen? Hier geht es um einen mysteriösen Mord – genau wie beim letzten Mal. Und du steckst deine Nase bestimmt wieder ganz tief rein.« Er drückte sie fest an sich. »Ach, lassen wir das. Ich bitte dich nur darum, dich nicht wieder leichtfertig in Gefahr zu bringen.«

Kira schwieg minutenlang, schaute am Mast vorbei nach vorn über die See. Dann sagte sie leise: »Ich liebe dich, Lukas.«

12

Jens Klamroth bremste ab und lenkte den Wagen von der Kreisstraße auf die Auffahrt zum Gutshaus Hohenmarschen, eine zweihundert Meter lange Allee, die von Linden gesäumt wurde – prächtig gewachsene Bäume, die Ludwig Ernst von Hohenmarschen, Susannas Urgroßvater, vor fast hundert Jahren hatte anpflanzen lassen. Schnurgerade führte die schmale, mit dunklen Basaltsteinen gepflasterte Straße auf das Herrenhaus zu, das heute zu den wenigen noch ursprünglich erhaltenen Gütern in Schleswig-Holstein zählte. An der Westküste war es sogar das einzige.

Gut Hohenmarschen lag auf der Halbinsel Eiderstedt inmitten ausgedehnter Felder und Wiesen, die nach wie vor landwirtschaftlich genutzt wurden. Zudem umfasste der Besitz auch eines der seltenen zusammenhängenden Waldgebiete Nordfrieslands.

Zum Gut gehörte auch ein großer Gastronomiebetrieb, der hervorragend lief. Das Restaurant und die beliebte ›Bauernschänke‹ waren im Erdgeschoss einer stilvoll umgebauten Scheune neben dem Haupthaus untergebracht. Darüber standen im Obergeschoss fünfzehn komfortable Hotelzimmer für Urlaubsgäste zur Verfügung.

Seit einigen Jahren war das im Spätbarock erbaute Herrenhaus außerdem zur Kulisse der überaus erfolgreichen Familiensaga *Das Erbe der Väter* geworden. In der Soap, die im Fernsehen lief und anhaltend hohe Einschaltquoten hatte, hieß es allerdings ›Gut Nordfelde‹ und war ein beliebtes Ausflugsziel für Besucher aus dem ganzen Land geworden, die in wachsender Zahl herkamen – sogar mit eigens zu diesem Zweck organisierten Busreisen.

Eigentümerin des gesamten Anwesens war Susanna von Hohenmarschen, das einzige Kind von Jan-Karl von Hohenmarschen, der schon vor über zwanzig Jahren plötzlich und unerwartet gestorben war. Fünf Jahre später war ihm seine Frau Lieselotte ins Grab gefolgt, die seit dem Tod ihres Mannes in Schwermut verfallen war und die Geschäfte am Ende kaum noch hatte führen können. Daher hatte Susanna widerwillig ihr Gesangsstudium abbrechen, eine kaufmännische Ausbildung absolvieren und sich die notwendigen Kenntnisse aneignen müssen, um die Verantwortung für das Gut übernehmen zu können.

Auch wenn für die Land- und Forstwirtschaft seit jeher ein angestellter Gutsverwalter verantwortlich war, war die Gesamtleitung des stetig wachsenden Betriebes von Jahr zu Jahr mehr zur Belastung für die junge Frau geworden. Sie hatte es immer als fatal empfunden, dass ausgerechnet sie, die begabte Sängerin, deren einziges Interesse der Musik galt, sich mit den Bilanzen ihres Unternehmens herumschlagen musste.

Nach ihrer Hochzeit mit Jens Klamroth entwickelte dieser daher das Konzept für eine Neuordnung. Die *Betriebsgesellschaft Gut Hohenmarschen GmbH* wurde gegründet, deren Gesellschafter seine Frau und er waren. Darüber hinaus fungierte er als alleinvertretungsberechtigter Geschäftsführer.

Nun war Susanna die Verantwortung für den laufenden Betrieb und die kaufmännischen Verpflichtungen weitgehend los, wenngleich sie natürlich nach wie vor die Besitzerin des Gutes blieb.

Geblieben *war*, korrigierte Jans Klamroth bei sich.

Er schüttelte unwillig den Kopf, hielt das Lenkrad fest und warf einen prüfenden Blick auf seinen Sohn Nicolaus, der schweigend neben ihm auf dem Beifahrersitz saß und aus dem Seitenfenster sah.

Fast fünf Minuten dauerte es noch, bis der Wagen auf den Hof rollte, denn man konnte hier kaum schneller als Schrittgeschwindigkeit fahren. Die mit Kopfsteinen gepflasterte Auffahrt mochte historisch wertvoll und wunderschön anzusehen sein – als Fahrstraße genügte sie heutigen Komfortansprüchen längst nicht mehr.

Als der Hof in Sicht kam, schrak Klamroth zusammen und trat unwillkürlich auf die Bremse. »Scheiße!«, entfuhr es ihm, als er die Beschriftungen auf den abgestellten Autos – überwiegend *Sprinter* und ähnliche Kastenwagen – erkannte.

Er fuhr wieder an, doch als sie sich der Treppe zum Portal des Haupthauses näherten, sprangen plötzlich mehrere Personen, behängt mit Kameras und Aufnahmegeräten, aus den Fahrzeugen und liefen ihnen entgegen.

»Was wollen die hier, Papa?«, fragte Nick.

»Das sind die Geier von der Presse«, erwiderte Klamroth und knirschte mit den Zähnen. »Es scheint sich inzwischen herumgesprochen zu haben, wer die Tote ist, die man im Alsensund gefunden hat.«

Er hielt vor der breiten Treppe, schaltete den Motor aus und drehte sich zu seinem Sohn hin, der förmlich in sich zusammengesunken war und verängstigt auf die Leute starrte, die sich in geringem Abstand um das Auto scharten.

»Ich werde den Reportern sagen, dass wir keine Erklärungen abgeben, und dann gehen wir einfach rein und kümmern uns nicht um sie, okay?«

Nick hob langsam seinen schmalen Kopf und starrte auf die schneeweiße Fassade des Gebäudes, das vor ihm in der Sonne lag.

Ein plötzliches Beben durchlief seinen schmächtigen Körper, und mit belegter Stimme sagte er: »Ich will da nicht rein.«

»Was soll das heißen?«, fragte sein Vater und bemühte sich, seine Verärgerung nicht durchklingen zu lassen. »Du wolltest doch unbedingt aus dem Ferienlager weg und nach Hause kommen. Deshalb bin ich schließlich direkt vom Flugplatz an die Schlei gefahren, um dich abzuholen.«

»Das ist nicht mehr mein Zuhause«, schluchzte der Junge. »Nicht ohne Mama.«

Klamroth beugte sich hinüber und legte seine Hand auf die schmale Schulter. »Es ist furchtbar, dass Mama tot ist. Aber wir müssen versuchen, irgendwie damit fertig zu werden. Das wird nicht leicht werden, aber was bleibt uns anderes übrig? Unser Leben geht weiter. Ich brauche jetzt deine Hilfe.«

Verwirrt sah Nick ihn an. »Meine Hilfe? Wie ... was für eine Hilfe?«

»Du kannst mir helfen – was sage ich –, *uns beiden* kannst du helfen, indem du dich bemühst, stark zu sein. Willst du das versuchen?«

»Was meinst du damit? Was soll ich tun?«

»Tante Sylvia wird heute Abend herkommen. Sie hat sich bereit erklärt, einige Wochen bei uns zu wohnen, damit du nicht allein bist. Ich bin sehr froh darüber, dass jemand aus der Familie uns beisteht, auch wenn ich weiß, dass du sie nicht besonders gut leiden kannst. Deine Mutter kann sie natürlich niemals ersetzen, aber willst du sie trotzdem akzeptieren?«

»Ich bin nicht allein. Line ist doch auch bei uns, oder? Sie wohnt sogar nebenan.«

»Natürlich, aber sie ist nicht mehr die Jüngste und hat mit dem Haushalt genug zu tun. Sie kann sich nicht auch noch um dich kümmern. Da ist es mir sehr lieb, wenn meine Schwester zu uns kommt.«

»Um mich braucht sich niemand zu kümmern«, gab Nick trotzig zurück. »Ich bin alt genug. Kann allein auf mich aufpassen.«

»Klar, das weiß ich doch, aber ...«

»Und außerdem bist du schließlich auch noch da.«

»Sicher ... zumindest, bis alles geregelt ist ... äh, du weißt schon ...«

Der Junge sah seinen Vater mit einem durchdringenden Blick an. »Du meinst Mamas Beerdigung. Gleich danach fliegst du bestimmt wieder nach Dubai, hab ich recht?«

»Verdammt, ich muss mich um das Projekt kümmern, Nick. Das musst du doch begreifen«, erwiderte Klamroth gepresst. »Ein solches Gebäude ist eine architektonische Herausforderung. Das baut sich nicht von allein.« Er griff nach der Hand seines Sohnes und drückte sie. »Aber mach dir keine Sorgen. Erst einmal bleibe ich natürlich hier.«

Nick hielt seinen Blick weiter auf den Vater gerichtet, presste die Lippen zusammen und schwieg.

Klamroth seufzte auf. »Wie auch immer«, versuchte er es forsch. »Jetzt gehen wir erst einmal ins Haus, packen deine Reisetasche aus und geben die schmutzigen Sachen in die Wäsche.« Er griff nach dem Öffner der Fahrertür.

»Komm jetzt bitte. Wahrscheinlich hat Line einen kleinen Imbiss für uns vorbereitet.«

»Hab keinen Hunger.«

»Ich eigentlich auch nicht. Du musst natürlich nichts essen. Aber wir können ja erst einmal schauen, was sie uns anbieten will.«

Sie stiegen aus, und sofort erhob sich vielstimmiges Geschrei. Grell flammten Blitzlichter auf, und Fragen flogen durch die Luft. Klamroth hörte einige Satzfetzen heraus.

»Nur ein paar Fragen ...«

»... dazu eine kurze Stellungnahme ...«

»Können Sie das bestätigen?«

Er zog Nick zu sich heran, legte ihm den Arm um die Schultern und drückte ihn fest an sich. »Meine Herrschaften, bitte verlassen Sie unser Grundstück. Ich beantworte keine Fragen.«

Wieder brach ein Blitzlichtgewitter los, und jemand rief: »Haben Sie die Leiche schon identifiziert?«

»Ich habe Ihnen nichts zu sagen. Nehmen Sie doch wenigstens Rücksicht auf den Jungen.« Nick fest umfasst, ging er um den Wagen herum und holte dessen Tasche aus dem Kofferraum. Seinen eigenen Koffer, den er auf dem Flugplatz in Hamburg-Fuhlsbüttel eingeladen hatte, konnte er auch später noch holen. Jetzt war es wichtiger, den Jungen nicht loszulassen, dachte er, als er zur Treppe sah.

Auf den Stufen standen immer noch Leute, die unablässig fotografierten.

»Gehen Sie uns aus dem Weg, verdammt noch mal«, sagte Klamroth, und die Eiseskälte in seiner Stimme ließ alle, wenn auch zögerlich, beiseitetreten. Gemeinsam mit Nick, der seinen Kopf tief gesenkt hielt, stieg er die

Treppe hoch, ohne auf das Protestgemurmel rundherum zu achten.

Gerade wollte er in seine Jackentasche greifen, um den Hausschlüssel hervorzuholen, da ging die Tür auf, und Lines breites Gesicht erschient im Türspalt.

»Schnell, schnell«, keuchte die alte Frau aufgeregt. »Ich habe Sie kommen sehen und hinter der Tür gewartet.« Sie warf einen Blick auf die Meute am Fuß der Treppe. »Verdammtes Gesindel!«, stieß sie verächtlich aus und schloss die Tür mit lautem Knall, als die beiden eingetreten waren.

»Danke, Line«, sagte Klamroth.

»Werden die uns noch länger belagern?«, fragte die Haushälterin.

»Ich werde wohl nachher kurz mit ihnen reden müssen, damit sie Ruhe geben«, sagte Klamroth resigniert. »Obwohl ich ja selbst nicht viel weiß.«

»Aber erst müssen Sie beide etwas essen!« Line beugte sich zu Nick hinunter. »Komm, mein Junge, die alte Line hat etwas ganz Feines vorbereitet.«

Stumm schüttelte Nick den Kopf, wand seine Schultern unter dem Arm des Vaters heraus und stieg langsam, Stufe für Stufe, als müsse er einen unendlich hohen Berg besteigen, die gewundene Holztreppe ins Obergeschoss hinauf.

»Lassen wir ihn erst mal in Ruhe, Line«, sagte Klamroth leise. »Er hat das alles noch gar nicht richtig begriffen – geschweige denn verarbeitet.«

»Armer Kerl«, schluchzte die kleine weißhaarige Frau und zog ein Taschentuch hervor. »Welch schreckliches Unglück ... Die arme Susanna ... Ich habe es immer gewusst: Eines Tages ... Ein böser Fluch liegt auf diesem

Haus, seit damals, als sie … als sie …« Die weiteren Worte gingen in einem Weinkrampf unter, der sie überfiel.

»Reden Sie keinen Unsinn«, sagte Klamroth scharf. »Ihr Altweibergeschwätz geht mir auf die Nerven. Ich will kein Wort mehr von einem angeblichen Fluch oder ähnlichem Unsinn hören! Reißen Sie sich gefälligst zusammen! Ich habe, weiß Gott, andere Sorgen.«

Line sah ihn aus geröteten Augen an, schluchzte und versuchte, ihre Sprache wiederzufinden. »Sie haben es ja nicht miterlebt, damals«, brach es aus ihr hervor. »Aber Sie müssen doch wissen …« Sie stockte, setzte erneut an, während ihr schmächtiger Körper zu zittern begann. »Ich habe immer geahnt, dass es sich eines Tages rächen würde, immer habe ich das gewusst. Ein Fluch, jawohl, da können Sie sagen, was Sie wollen.«

Klamroths Gesicht hatte alle Farbe verloren. Leise sagte er: »Nehmen Sie gefälligst Rücksicht auf den Jungen, Sie machen ihm Angst mit ihrem dummen Gerede.« Er trat näher an die alte Frau heran und zischte ihr zu: »Gehen Sie in Ihre Wohnung, aber sofort!«

Als hätte sie einen Schlag bekommen, zuckte sie zusammen, drehte sich um und verließ mit schlurfenden Schritten den Flur.

Klamroth sah hoch zur Treppe, wo Nick bewegungslos am Geländer stand und auf ihn herabstarrte.

»Du darfst nichts auf das geben, was Line sagt, hörst du? Sie ist alt und verwirrt.«

»Was meint sie denn mit diesem Fluch, von dem sie geredet hat?«

»Keine Ahnung, alles blanker Unsinn.«

»Aber, Papa, sie sagt so was nicht zum ersten Mal. Ich habe schon öfter gehört, dass sie von einem Fluch gesprochen hat.«

»Ich sage dir doch: Sie spinnt! Das Alter – sie ist nicht mehr ganz richtig im Kopf. Hör einfach nicht hin, wenn sie solches Zeug redet.« Er hob seine Stimme. »Pass auf: Ich muss gleich noch mal weg. Um achtzehn Uhr habe ich einen Termin bei der Polizei in Flensburg. Und dann muss ich noch nach Sonderburg fahren.«

»Wegen Mama, richtig?«, kam es angstvoll von oben. »Bestimmt musst du sie ... idifizieren.«

»Identifizieren, ja, Nick. Das muss leider sein.«

»Ich komme mit«, gab Nick zurück. »Ich will Mama noch einmal sehen.«

»Das geht nicht, Nicolaus, auf gar keinen Fall«, erwiderte Klamroth erschrocken.

»Dachte ich mir schon«, kam es fast unhörbar von oben zurück.

13

»Ich weiß, die Presseleute können unangenehm sein«, sagte Helene Christ, die Hauptkommissarin mit der wilden weißblonden Haarmähne, die am Steuer saß. »Und ich fürchte, Sie werden noch eine Zeit lang im Mittelpunkt des Medieninteresses stehen.«

»Aber wie, zum Teufel, haben die so schnell herausgefunden, dass die Tote Susanna ist?«, fragte Jens Klamroth.

»Ich bitte Sie – das liegt doch auf der Hand. Schon auf der Pressekonferenz nach dem Leichenfund haben die dänischen Kollegen diese Vermutung geäußert. Und dass Ihre Frau bei einer Chorprobe in Sonderburg auf rätselhafte Weise verschwunden ist und seither vermisst wurde, hat doch in jeder Zeitung gestanden. Selbst im Fernsehen haben sie darüber berichtet – über den Kammerchor, dem sie als Solo-Sopranistin angehört, über ihre alte Familie, über ihr Anwesen auf Eiderstedt und so weiter. Gut Hohenmarschen kennt schließlich jeder aus der Soap, die seit Jahren im Fernsehen läuft – auch wenn es dort ›Gut Nordfelde‹ heißt. Das Medieninteresse kann Sie doch nicht wirklich verwundern.«

Klamroth nickte. »Sie haben recht. Es ist nur ... Es ist für uns alle furchtbar, was mit Susanna geschehen ist, aber vor allem mache ich mir Sorgen um meinen Sohn. Ich fürchte, er kommt damit nicht zurecht.«

»Mit dem Presseansturm?«, hakte die Kommissarin nach.

»Der macht ihm Angst, ja, aber ich meine vielmehr den Tod seiner Mutter. Die beiden haben sich sehr nahegestanden.«

Die Kriminalbeamtin nickte verständnisvoll, sagte aber nichts dazu.

Klamroth warf ihr einen verstohlenen Blick zu. Vielleicht war es doch keine so gute Idee gewesen, sich auf den Vorschlag dieser Frau einzulassen, ging es ihm plötzlich durch den Kopf.

Sie hatte ihm am Telefon angeboten, ihn in ihrem Dienstwagen nach Sonderburg mitzunehmen. Die Zeit könnten sie nutzen, um in Ruhe miteinander zu sprechen, hatte sie gesagt.

Er hatte sich also mit ihr vor der Polizeidirektion in Flensburg getroffen. Nachdem sie sich miteinander bekannt gemacht hatten, war er zu ihr in einen metallicsilbernen Passat gestiegen. Seinen Wagen hatte er auf dem Parkplatz stehen lassen. Nun saß er also auf dem Beifahrersitz des Dienstfahrzeugs.

Er räusperte sich, warf der groß gewachsenen schlanken Frau am Steuer einen Blick zu und sagte: »Lassen Sie uns lieber über das sprechen, was mir da gleich bevorsteht. Ich meine ...«

»Mir ist klar, was Sie meinen«, antwortete die Kommissarin ruhig. »Es tut mir leid, dass wir Ihnen das nicht ersparen können. Und meine Empfehlung lautet, dass Sie bloß einen kurzen Blick auf das Gesicht werfen. Mehr ist gar nicht erforderlich.«

»Sie wollen mir damit sagen, ich täte gut daran, mir *nur* ihr Gesicht anzusehen, richtig?«

Ohne eine Miene zu verziehen, antwortete die Kriminalbeamtin: »Ich habe Ihnen lediglich erklärt, was für eine offizielle Identifizierung ausreichend ist.«

Klamroth schwieg für einen Augenblick, dann sagte er: »Sie sollten mir aber wenigstens sagen, was man sehen würde, wenn man sich mehr als nur ihr Gesicht anschauen würde.«

Christ holte tief Luft und sagte: »Ich habe befürchtet, dass Sie das verlangen würden. Daher auch mein Vorschlag, dass wir gemeinsam in einem Auto dort hinfahren. Aber wollen Sie das wirklich wissen? Ich muss Sie warnen: Die Details sind grausam. Eigentlich wollte ich Ihnen die ersparen.«

Klamroth erwiderte mit fester Stimme: »Danke, das ist rücksichtsvoll von Ihnen, aber ich will genau erfahren, was mit ihr geschehen ist.«

»*Ihre* Entscheidung.« Die Kriminalbeamtin nickte entschlossen und fuhr in sachlichem Tonfall fort: »Die Untersuchungen der forensischen Pathologie haben ergeben, dass Ihre Frau durch einen tiefen Kehlschnitt getötet wurde.«

Klamroth atmete schwer. »Man hat … ihr den Hals durchgeschnitten? Habe ich das richtig verstanden?«

»So können Sie es auch ausdrücken, ja.« Sie warf ihrem Beifahrer einen prüfenden Blick zu und setzte hinzu: »Dabei wurden sowohl die Luft- als auch die Speiseröhre durchtrennt. Und natürlich die Halsschlagader.«

Klamroth zuckte zusammen, sein Körper verkrampfte sich, und heiser röchelte er: »Und was heißt das? Ich meine, hat sie lange leiden müssen?«

»Unwahrscheinlich. Falls es für Sie ein Trost ist: Der Tod muss sofort eingetreten sein.«

»Susanna wurde also regelrecht geschlachtet«, stellte Klamroth mit eiskalter Stimme fest. »Einem Tier schneidet man doch auch zum Ausbluten die Kehle durch. Nur wird das wenigstens vorher betäubt.«

»Warum tun Sie sich das an?« fragte Kommissarin Christ bedrückt und fuhr zusammen, als er auf einmal aufschrie:

»Weil sie ... weil sie meine Frau war, verdammt noch mal!«

»Beruhigen Sie sich bitte«, versuchte die Kriminalbeamtin es sanft.

»Entschuldigung«, sagte Klamroth. »Ich *musste* das hören.«

»Das glaube ich nicht. Manchmal ist es besser, nicht alles zu hören. Aber das wird einem meistens erst klar, wenn es zu spät ist.«

Tiefes Schweigen hing im Auto, untermalt von den Fahrgeräuschen.

Nach einer langen Pause räusperte Klamroth sich ausgiebig und fragte mit belegter Stimme: »Noch etwas: Hat man ihr ... ich meine, wurde sie auch ... also: Hat man sie sexuell missbraucht?«

»Nach der langen Zeit im Wasser gibt es keine hundertprozentige Sicherheit, aber die Obduktion hat keinerlei Anzeichen dafür erbracht..«

Klamroth starrte bewegungslos durch die Windschutzscheibe nach draußen. Schließlich sagte er: »Und nachdem man ihr den Hals durchgeschnitten hat, wurde sie einfach ins Wasser geworfen? Entsorgt?«

»So ist es wahrscheinlich gewesen«, bestätigte Kommissarin Christ.

»Aber wenn das kein Sexualmord war … Aus welchem Grund wurde sie dann umgebracht? Das ergibt doch keinen Sinn. Susanna hat niemandem etwas zuleide getan.«

»Genau das werden wir herausfinden müssen«, erwiderte die Kriminalbeamtin trocken.

»Was soll das heißen?«, fuhr Klamroth wieder auf. »Wollen Sie damit andeuten, dass meine Frau selbst schuld sein könnte an ihrem Tod?«

»Ich deute gar nichts an. Lesen Sie denn nie Krimis oder sehen *Tatort*? Um ein Gewaltverbrechen aufzuklären, sucht die Kripo immer nach möglichen Tatmotiven. Und dazu muss sie so viel über das Opfer erfahren, wie sie kann. Es ist der wichtigste Ermittlungsansatz, um dem oder den Tätern auf die Spur zu kommen.«

»Das sollte aber passieren, bevor *ich* diesen Kerl in die Finger kriege …«

Dazu sparte sich Helene Christ einen Kommentar.

Nach einer Weile – sie waren gerade von der E45 auf den *Sønderborgmotorvejen*, eine autobahnähnliche Schnellstraße abgebogen – sagte sie obenhin: »Sie kommen gerade aus Dubai?«

Überrascht drehte Klamroth ihr seinen Kopf zu. »Warum wollen Sie das …?« Er brach ab und fügte ruhiger hinzu: »Das habe ich Ihnen doch erzählt. Mein Flieger ist heute Mittag in Hamburg gelandet. Ich bin dann sofort an die Schlei gefahren, habe meinen Sohn aus dem Ferienlager geholt, und zusammen sind wir nach Hause gefahren.«

Die Kriminalbeamtin nickte. »Ich würde gern mehr über Ihre Frau erfahren – wie sie gelebt hat, welche Gewohnheiten sie hatte und welche Freunde und Bekannte zum Beispiel.«

»Wozu soll das gut sein?«

»Können Sie sich das nicht denken? Ihre Frau ist offensichtlich einem Gewaltverbrechen zum Opfer gefallen. Die näheren Umstände ihres Todes müssen erst noch geklärt werden, aber die Aufgabe der Polizei wird sein, denoder diejenigen zu finden, die ihr das angetan haben. Und dazu muss ich wissen, wer sie war, was sie getan hat, wen sie kannte.« Sie hielt kurz inne, dann fragte sie: »Hatte Ihre Frau Feinde? Wissen Sie von schweren Streitigkeiten, oder kennen Sie sogar jemanden, der sie hasste?«

Klamroth schüttelte den Kopf. »Nichts dergleichen. Susanna war beliebt bei allen. Sie hatte durchaus ihren Kopf, aber Feinde hatte sie nicht.«

»War Ihre Ehe harmonisch?«

Diese plötzliche Wendung des Gesprächs gefiel dem Mann auf dem Beifahrersitz offensichtlich nicht, das war unschwer zu bemerken.

»Was ist das denn für eine Frage? Was geht es Sie an, ob ...?«, entfuhr es ihm, aber er brach ab und schnaubte unwillig. Ruckartig setze er sich auf und fragte scharf: »Ist das hier eine Vernehmung?«

»Wie kommen Sie darauf?«, fragte die Kommissarin freundlich zurück. »Wurden Sie etwa vorgeladen? Wir unterhalten uns doch nur ein bisschen.«

»Auf diese Art von Unterhaltung habe ich keine Lust«, erwiderte Klamroth steif. »Da Sie aber vermutlich keine Ruhe geben werden: Wir haben eine ganz normale Ehe geführt. Sicherlich bin ich beruflich zu sehr eingespannt, um genügend Zeit für meine Familie zu haben, und darüber hat es auch hin und wieder Streit zwischen Susanna und mir gegeben, aber so was kommt in allen Partnerschaften vor.«

»Wo waren Sie an dem Tag der Chorprobe in Sonderburg, zu der Ihre Frau erwartet wurde, aber nie ankam?

Professor Sagebiehl, der Chorleiter, hat bis in die Nacht hinein versucht, Sie anzurufen, aber Sie waren auch auf Ihrem Mobiltelefon nicht erreichbar.«

Klamroth stieß ein wütendes Schnaufen aus. »Jetzt reicht es mir aber! Was gehen Sie meine geschäftlichen Termine an?«

»Ach, Sie waren also geschäftlich unterwegs und hatten Ihr Handy ausgeschaltet?«

»Hören Sie: Wenn Sie mich verdächtigen, meine Frau umgebracht zu haben, dann laden Sie mich doch vor und verhören Sie mich offiziell, aber dieses Spielchen hier mache ich nicht länger mit!«

»Ich fürchte, von einem Spiel kann nicht die Rede sein«, gab die Kriminalbeamtin gelassen zurück. »Ich wundere mich ein wenig darüber, dass Sie auf eine harmlose Frage derartig heftig reagieren. Ich brauche auf jeden Fall von Ihnen Angaben darüber, wo Sie sich am Tag des Mordes an Ihrer Frau aufgehalten haben – und zwar so detailliert wie möglich. Das ist reine Routine, natürlich, aber es gehört zu unseren Ermittlungen.«

»Können Sie haben, wenn es sein muss. Ich schreibe Ihnen auf, wo ich wann war – und mit wem. Ich hoffe, das bleibt vertraulich, denn mit wem meine Firma in Verhandlungen steht – und über welche Projekte –, geht niemanden etwas an.«

Helene Christ ging gar nicht darauf ein. »Fein, dann erwarte ich Ihre Aufstellung umgehend. Danke vorab dafür! Wollen Sie mir vielleicht noch sagen, wie sich der Tod Ihrer Frau auf die Eigentumsverhältnisse bezüglich Gut Hohenmarschen auswirken wird?«

»Das wird sich erweisen«, gab Klamroth reserviert zurück. »Ich werde mich demnächst mit unserem Notar treffen. Der hat den Überblick über diese Dinge.«

»Sie wissen doch sicher schon, wer den Besitz erbt, oder?«

»Die Richtung Ihrer Fragen passt mir ganz und gar nicht, Frau Christ«, antwortete Klamroth kalt. »Versuchen Sie gerade, ein Motiv für den Mord an meiner Frau zu konstruieren?«

»Wo denken Sie hin? Ich stelle bloß ein paar Fragen. Auch wenn es für Sie schmerzlich sein muss – ich fürchte, Sie werden der Kriminalpolizei noch weitere beantworten müssen«, sagte die Kommissarin. Dann wandte sie ihrem Beifahrer das Gesicht zu und sagte ernst: »Aber so weit sind wir noch nicht. Zuerst einmal müssen wir Ihr Alibi überprüfen. Auch wenn es ärgerlich für Sie sein mag – es ist vor allem wichtig für Sie selbst.«

14

Während Lukas das Boot langsam rückwärts in die Box manövrierte, legte Kira an Steuerbord die Luv-Vorleine über den Poller. Tim Scholler, der am Steg stand, fing die Achterleine auf, die Lukas ihm zuwarf, und hielt sie über einer Klampe auf Zug, bis Lukas »Festmachen!«, rief.

Wenig später lag die Yacht sicher an ihrem angestammten Platz in der Marina der Charterfirma.

»Danke, dass du hergekommen bist, Scholli!«, sagte Kira und stieg achtern über das Süll an Land. »Damit haben wir gar nicht gerechnet.«

»Ich habe vorhin den Beitrag zur Alsensund-Wasserleiche auf unserer Online-Plattform überarbeitet und hatte jetzt gerade ein bisschen Zeit«, gab der Kollege zurück. »Dachte mir, dann könnte ich dich genauso gut abholen. So braucht Lukas dich nicht auch noch zum Studio zu bringen, bevor er die Übergabe mit dem Vercharterer macht.«

Lukas räusperte sich ausgiebig, sagte aber nichts.

»Keine Angst, mein Schatz«, rief Kira lachend. »Es bleibt dabei: Ich haue nicht einfach ab. Erst packe ich noch den Rest unserer Sachen zusammen und dann helfe ich dir noch, alles zum Auto zu bringen.«

»Damit können wir gleich anfangen – Lastwagen steht bereit«, erklärte Scholli und zeigte auf einen einachsigen Transportwagen der Charterbasis mit kleinen gummibereiften Rädern, den er auf dem Steg abgestellt hatte. »Das Ding hab ich mir da vorn geschnappt und gleich mitgenommen.«

Eine halbe Stunde später waren ihre Seesäcke, zwei große Reisetaschen sowie ein Karton mit Lebensmitteln und ungeöffneten Flaschen in Kiras und Lukas' altem Volvo Kombi verstaut. Eine noch fast volle Flasche Rotwein, ein paar Dosen mit Bier, Limo und Cola sowie einige angebrochene Packungen mit Kaffee, Reis, Nudeln und Süßigkeiten ließen sie auf dem Salontisch zurück. Den Aufpreis für die gründliche Reinigung der Yacht hatten sie bereits mit der Charter bezahlt, und die Reinigungscrew würde sich freuen, diese Dinge nach Hause mitnehmen zu dürfen.

Nachdem sie sich verabschiedet hatten, ging Lukas hinüber zum Büro der Charterfirma, und Kira stieg in Schollis Wagen.

Es herrschte dichter Verkehr, viele Ampeln standen auf Rot, daher fuhren sie erst eine Viertelstunde später auf den Hof des Senders. Das zweistöckige Gebäude lag mitten in der Stadt an einer belebten Straße.

Wie Kira vorgeschlagen hatte, wollten sie sich erst einmal in ihrem Büro zusammensetzen, um die bislang zweifellos spärlichen Ergebnisse ihrer Recherchen durchzusprechen und sich auf das weitere Vorgehen zu verständigen, bevor sie damit zu Michael de Jong gingen.

Der Leiter des nördlichsten Studios des Senders aber machte ihnen einen Strich durch die Rechnung. Kaum nämlich hatten sie das Gebäude betreten, kam er bereits die Treppe herunter und rief: »Da seid ihr ja! Prima, dann können wir ja gleich mit unserer Besprechung loslegen. Wir haben mächtig Druck.«

»Wer macht den denn?«, fragte Kira ärgerlich.

»Alle Medien interessieren sich inzwischen für diesen Fall«, erwiderte de Jong. »Besonders natürlich die Leute von der Sensationspresse. Seit bekannt wurde, wer die Frau aus dem Alsensund war, und vor allem, wo sie zu Lebzeiten gewohnt hat, wird das Gut der Familie regelrecht belagert.«

»Kein Wunder«, erwiderte Scholli. »Ist ja auch spektakulär, der Fall. Fast jeder kennt die Seifenoper, die auf diesem Anwesen spielt. Wahrscheinlich werden sich jetzt Fiktion und Realität fröhlich vermischen. Dafür werden Lutz Schlager und Konsorten schon sorgen.«

»Und genau da kommen wir ins Spiel«, sagte de Jong nachdrücklich. »Wir brauchen jetzt rasch belastbare Fakten für eine saubere Berichterstattung.«

Kira konnte sich ein Grinsen nicht verkneifen. Das war ja ganz was Neues. »Die Idee war uns ebenfalls schon gekommen, Michael. Nur zu deiner Erinnerung: Ich habe dafür sogar meinen Urlaub abgebrochen.«

»Dafür bin ich dir auch dankbar«, beeilte sich der Chef zu versichern. »Kommt, wir gehen in mein Büro und machen einen Plan für die nächsten Schritte.« Damit drehte er sich um und eilte wieder die Treppe hinauf.

»Er birst ja geradezu vor Tatendrang«, raunte Scholli Kira grinsend zu, während sie de Jong folgten.

»Dafür ist er schließlich der Boss«, feixte Kira. »Nimm dir ein Beispiel daran, wenn du auch Karriere machen willst.«

Sie setzten sich im Chefbüro an den Konferenztisch, der mit Zeitungen und Illustrierten überhäuft war.

»Also los: Was habt ihr jetzt vor?«, wollte de Jong wissen und sah seine Reporter erwartungsvoll an.

»Aus meiner Sicht gibt es zwei Felder, die wir für die Recherchen beackern müssen«, sagte Tim Scholler, »nämlich die Ermittlungsergebnisse der Kripo und das private Umfeld der Toten.«

»Was die Polizei betrifft, müssen wir uns erst einmal mit dem zufrieden geben, was sie offiziell bekannt gibt«, sagte Kira. »Ich möchte Helene Christ zunächst noch in Ruhe lassen. Zu aufdringlich darf ich nicht werden, da macht sie gleich dicht. Aber vermutlich würde sie mir sowieso noch nicht viel sagen können. Morgen klopfe ich mal höflich bei ihr an, dann sehen wir weiter. Derzeit fehlt mir für ein anständiges Interview ohnehin noch die Substanz.« Sie schluckte trocken, als ihr der eher klägliche Beitrag einfiel, den sie vor der Sonderburger Polizeistation aufgenommen hatten. »Noch einmal möchte ihr keine dämlichen Fragen stellen.«

»Die Recherchen im privaten Umfeld dieser Susanna von Hohenmarschen halte ich erst einmal sowieso für wichtiger«, sagte Scholli. »Die Leute wollen wissen, wer die Frau war, wie sie gelebt hat. Zum Beispiel: Führte sie eine glückliche Ehe oder gab es da Konflikte? Gibt es Kinder? Welche Aufgaben hatte sie auf dem Gut? Für all das müssen wir auch mit ihrem Ehemann reden.«

»Völlig richtig«, bestätigte Kira. »Außerdem könnte es interessant sein, sich einmal in ihrem Kammerchor umzuhören. Da spielte sie ja wohl eine wichtige Rolle als Solosopranistin. Ich habe mir mal die Website von *canticum novum* angesehen. Auf den Fotos von den Auftritten steht sie meistens als strahlende Solistin ganz vorn. Wer weiß, vielleicht hat es da Eifersüchteleien gegeben – würde mich nicht wundern. Immerhin steht ihr Verschwinden in direktem Zusammenhang mit einer Chorprobe, zumindest zeitlich.«

»Und dann ist da auch noch das spannende Thema der Erbschaft«, sagte Scholli. »Es sieht ja so aus, als wäre sie ziemlich reich gewesen.«

»Letzteres wird übrigens über kurz oder lang auch für die Kripo ein Thema bei ihren Mordermittlungen sein, da bin ich sicher«, warf Kira ein.

Scholli nickte. »Wir müssen also versuchen, etwas über die Besitzverhältnisse zu erfahren, soweit es das Gut betrifft. So was interessiert die Leute.« Grinsend fügte er hinzu: »Schließlich kennt jedermann – oder genauer: jede Frau – ›Gut Nordfelde‹ von der Soap *Das Erbe der Väter.*«

De Jong lehnte sich in seinem Sessel vor. »Das sehe ich auch so, aber vor allem müssen wir dabei schnell sein – besonders auf der Online-Plattform in unserer App. Da haben wir bisher zu wenig gebracht. Wir müssen mehr Leute zum Draufklicken animieren!«

»Schwebt dir dabei so was vor, Michael?«, fragte Kira spöttisch, griff nach einer Boulevardzeitung, die auf dem Tisch lag, und hielt die Titelseite mit der fetten Schlagzeile in die Höhe. »*Prominente Wasserleiche im Alsensund – Chefin des TV-Guts ermordet*«, las sie vor. Mit einer angewiderten Grimasse warf sie das Blatt zurück.

»Natürlich nicht«, sagte der Studioleiter. »Und das weißt du genau. Das ist nicht unser Stil, aber eben deshalb brauchen wir echte Fakten.«

Tim Scholler stand auf, trat an das Whiteboard, das an der Wand hing, und nahm einen Stift in die Hand. »Am besten schreiben wir mal auf, welche Informationen wir brauchen, wo wir dazu nachhaken und mit wem wir reden müssen, um an sie zu kommen.«

»Dabei sollten wir bei unserer bewährten Arbeitsteilung bleiben«, schlug Kira vor.

»Auf jeden Fall«, erwiderte Scholli, der bereits ein tabellarisches Raster aus Längs- und Querstrichen aufmalte. »Ich übernehme das langweilige Zeug«, fuhr er grinsend fort. »Zum Beispiel die Klärung der Besitzverhältnisse auf dem Gut. Ich sehe mich schon Akten wälzen, Dokumente durchforsten und eine Menge diskreter Telefonate führen.«

»Machst du doch immer mit Leidenschaft!«, warf Kira fröhlich ein. »Außerdem kennst du die richtigen Leute – wie auch immer du das angestellt hast.« Sie war stets aufs Neue von dem umfassenden Netzwerk beeindruckt, das sich der Kollege im Laufe der Jahre aufgebaut hatte.

»Danke für die Blumen.« Scholli strahlte. »Und du machst die Außenrecherchen und schickst mir kontinuierlich dein Material. Ich stelle daraus im Studio die Sendungen so weit zusammen, dass du bei Bedarf später nur noch einen Kommentar aufsprechen musst.«

»Alles klar«, sagte de Jong und klatschte unternehmungslustig in die Hände. »Dann mal weiter mit der Planung.«

Eine Stunde später waren noch längst nicht alle Kästchen mit Stichworten gefüllt, aber niemand hatte einen weiteren Beitrag zu liefern.

»Wir wissen viel zu wenig«, stellte Kira resigniert fest. »Erst einmal wird uns nichts anderes übrig bleiben, als im Dunkeln herumzustochern – in der Hoffnung, dabei auf etwas zu stoßen, das wir weiterverfolgen und nachrecherchieren können.«

»Eigentlich nichts Neues, oder?« sagte de Jong fröhlich. »So fängt es doch meistens an. Der ganz normale Wahnsinn in unserem Job eben.«

15

Hauptkommissarin Christ öffnete ein Fenster in ihrem Büro im ersten Stockwerk der Polizeidirektion Flensburg und ließ den Blick über die bunte Szenerie gehen, die sich ihr darbot.

Direkt gegenüber herrschte heftige Geschäftigkeit auf dem Zentralen Omnibusbahnhof mit seinen vielen Fahrspuren, an denen es wiederum zig verschiedene Haltestellen gab. Fast im Minutentakt kamen Busse an, während andere davonfuhren, und dazwischen rannten die Passagiere hektisch hin und her.

Die Luft war erfüllt vom unablässigen Rauschen des dichten Verkehrs auf der mehrspurigen Straße Norderhofenden, die direkt hinter dem ZOB entlangführte.

Sie schaute hinüber zur Hafenspitze und weiter hoch über die Innenförde, an deren Ufern unzählige Motor- und Segelboote an den Stegen lagen. Ein paar weiße Segel waren auf dem Wasser zu sehen, fast alle bewegten sich nach Norden.

Sie war selbst eine passionierte Seglerin, die das Revier vor der Haustür natürlich kannte. Daher wusste sie, dass die Boote, die von hier auf die freie See hinausfahren wollten, auf ihrem Weg um Holnis herum und durch die Außenförde noch einige Male ihren Kurs würden ändern müssen, bevor sie schließlich am mitten im Wasser stehenden Leuchtturm von Kalkgrund vorbei in die Ostsee einfahren konnten.

Für einen kurzen Moment gingen ihre Gedanken zur *Seeschwalbe*. So hieß der alte Colin Archer, ein klassisches Boot mit Holzrumpf, das sie und ihr Mann besaßen. Es hatte nur wenige Kilometer nordöstlich von Flensburg im kleinen Hafen ihres Wohnortes seinen Liegeplatz.

Mit der *Seeschwalbe*, die bei wenig Wind nicht besonders schnell, aber dafür selbst bei schwerem Wetter äußerst seetüchtig war, waren sie schon um die halbe Welt gesegelt – wenigstens in deren nördlicher Hälfte.

Das Telefon begann zu klingeln. Sie drehte sich um, ging zu ihrem Schreibtisch und nahm ab.

»Arne Jacobsen«, meldete sich der Kommissar aus Sonderburg, der – sozusagen als Helene Christs Counterpart – auf der dänischen Seite die Ermittlungen in diesem Fall leitete. Er war gestern dabei gewesen, als Jens Klamroth die Identifizierung seiner Ehefrau vorgenommen hatte. Da Helene mit Klamroth gleich wieder weggefahren war, hatte sich keine Gelegenheit zu einem Meinungsaustausch mit ihrem dänischen Kollegen ergeben. Jacobsen hatte ihr daher spontan vorgeschlagen, sie heute Vormittag in Flensburg aufzusuchen, mit ihr das Protokoll der forensischen Pathologie noch einmal genau durchzugehen und die weiteren Ermittlungsschritte abzustimmen.

»Moin Arne. Was ist denn los?«, fragte Helene auf Deutsch. Darauf hatten sie sich geeinigt, weil Jacobsen es fließend beherrschte, was auf Helenes Dänisch leider keineswegs zutraf. Daher würde ihr der Kollege auch den in Dänisch verfassten Obduktionsbericht in weiten Teilen übersetzen müssen. »Ich dachte, du kämest gleich zur Tür herein. Ist dir etwas dazwischen gekommen?«

»Keine Sorge, bin in fünf Minuten bei dir. Stehe gerade vor einer Bäckerei. Daran kann ich nur schwer vorbeigehen. Ich werde mir zwei belegte Brötchen kaufen und wollte dich fragen, ob ich dir auch etwas mitbringen soll.«

»Haben die Croissants?«

»Bestimmt. Mit Butter und Käse?«

»Bist du verrückt?« Helene Christ lachte auf. »Das Zeug ist auch so schon fett genug. Aber eins könnte ich vertragen, denke ich – allerdings ohne was drauf.«

»Alles klar, kriegst du.«

»Prima, danke. Kaffee läuft gerade durch. Bis gleich!«

Die Glaskanne mit dem Kaffee war schon zur Hälfte geleert.

Jacobsen war während der letzten Stunde die wichtigsten Passagen des Obduktionsberichts, ins Deutsche übersetzt, mit seiner Kollegin durchgegangen und hatte nebenbei genussvoll die belegten Brötchen verzehrt.

Helenes Croissant lag noch auf dem Teller. Die grauenvollen Details – auch wenn Jacobsen ihr die wichtigsten gestern bereits telefonisch mitgeteilt hatte, bevor sie mit Jens Klamroth nach Sonderburg gefahren war –, hatten ihr den Appetit verdorben. Vor allem die Fotos.

»Das meiste davon war mir zwar schon bekannt, aber interessant ist, was das für die Suche nach dem Tatort bedeutet: Ihr wurde brutal und tief die Kehle durchgeschnitten – da ist mit Sicherheit sehr viel Blut geflossen«, sagte sie.

»Klar, aber das hilft uns bei der Suche nach dem Tatort erst einmal auch nicht weiter«, erwiderte der Däne. »Wir können ja nicht ganz Sonderburg danach absuchen, ob sich irgendwo eine große eingetrocknete Blutlache findet.« Er nahm einen Schluck aus seinem Kaffeebecher. »Wenn der Mord überhaupt in Sonderburg verübt wurde.«

Überrascht lehnte die Hauptkommissarin sich vor. »Wie meinst du das?«

»Nun, wir wissen zwar, wo die Leiche gefunden wurde, aber wir haben keine Ahnung, wo sie ins Wasser geworfen wurde. Man könnte sie wer-weiß-wo umgebracht und anschließend entsorgt haben. Ich habe gerade interessante Daten von *Søfartsstyrelsen* bekommen. Die sagen ...«

»Von wem, bitte?«

»So heißt die dänische Behörde, die sich mit allen maritimen Angelegenheiten beschäftigt, unter anderem mit navigatorischen. Und die Spezialisten dort sagen, dass im Alsensund fast immer Strömung herrscht. In den letzten zwei Wochen vornehmlich von Nord nach Süd, an manchen Tagen sogar mit eineinhalb Knoten. Das heißt also, dass der oder die Täter die Leiche genauso gut irgendwo am Ufer des Als Fjords im Norden, weit oberhalb des Sunds, ins Wasser geworfen haben können.«

Helene Christ legte ihre Stirn in Falten. »Mag sein, aber wie wahrscheinlich ist das, Arne? Die Frau wurde zu einer Chorprobe im *Alsion* in Sonderburg erwartet. Das hat sie auch ihrer Haushälterin erzählt. Und wir wissen, dass sie sich vorher mit einer Mitsängerin zum Lunch verabredet hat – mitten in Sonderburg.«

»Woher wissen wir das?«, fragte Jacobsen. »Ist das sicher?«

»Bisher hat uns das nur der Chorleiter gesagt. Und der hat es wiederum von der Sängerin, die angeblich mit Susanna von Hohenmarschen verabredet war – Jana Hellmann heißt sie. Wir stellen derzeit allen Chormitgliedern einige Fragen, aber diese Frau müssen wir noch gezielt als Zeugin befragen, ganz klar.«

»Gehen wir mal davon aus, dass es stimmt. Susanna war also gegen Mittag in Sonderburg verabredet und ist mit ihrem Auto, einem grünen Mini, dort hingefahren. Das Kennzeichen habt ihr uns übermittelt. Und seither suchen wir mit Hochdruck nach dem Auto – erfolglos. Ich fresse einen Besen, wenn die Karre irgendwo in Sonderburg oder Umgebung offen herumstehen würde.«

»Also wurde es nach der Tat weggefahren und versteckt. In einer Garage, in einem Schuppen oder etwas Ähnlichem. Jedenfalls geschützt vor Entdeckung.« Helene lehnte sich vor und sah ihren dänischen Kollegen direkt an. »Wir müssen es unbedingt finden, Arne. Wenn der Täter damit gefahren ist, finden wir seine Spuren darin. An der Leiche konnte ja keine Fremd-DNA mehr gesichert werden, nachdem sie zwei Wochen im Salzwasser gelegen hat.«

Jacobsen nickte. »Wir suchen nach dem Auto, kannst dich drauf verlassen. Aber noch kann ich mir einfach keinen Reim darauf machen, wie die Tat abgelaufen sein soll. Der oder die Täter müssen der Frau irgendwo aufgelauert und sie überfallen haben. Das kann durchaus auch schon auf ihrem Weg nach Dänemark gewesen sein. Warum, zum Teufel, sollen sie damit gewartet haben, bis sie in Sonderburg war?«

»Womit wir bei der Frage nach dem Motiv sind« gab Helene Christ zurück. »War es ein geplanter Mord, hinter dem ein persönliches Motiv steckt, oder …«

»Davon gehe ich aus«, warf Jacobsen ein.

»… oder wurde sie – aus welchen Gründen auch immer – getötet, weil sie zufällig zur falschen Zeit am falschen Ort auftauchte?«

»Das kann ich nicht glauben«, sagte Jacobsen und schüttelte energisch den Kopf. »Ein Sexualmord war es nicht. Was sonst könnte jemanden dazu veranlassen, seinem Opfer den Hals durchzuschneiden, es ins Wasser zu werfen und anschließend sein Auto zu verstecken? Wahrscheinlich Hass oder Neid oder Eifersucht oder ... ach, die üblichen Motive eben. Ein gemeiner Raubüberfall war das jedenfalls nicht.« Er nahm seinen Kaffeebecher zum Mund, setzte ihn aber abrupt wieder ab. Ihm schien etwas eingefallen zu sein. »Was wissen wir eigentlich über den Ehemann der Toten – und über seine Ehe mit dem Opfer? Kommt er als Täter in Betracht?«

»Ich glaube eigentlich nicht, dass er etwas mit dem Mord zu tun hat, obwohl ...«

Jacobsen hob die Augenbrauen und sah seine deutsche Kollegin fragend an.

»Er saß neben mir im Auto, als wir wegen der Identifizierung der Leiche zu euch gefahren sind« erzählte Helene Christ. »Da hatte ich Gelegenheit, ihm ein wenig auf den Zahn zu fühlen. Natürlich hatte ich vorher schon Erkundigungen über ihn eingeholt.«

»Dann lass mal hören.«

»Er ist ein international tätiger Architekt mit eigener Firma in Hamburg. Als die Leiche seiner Frau gefunden wurde, hat er sich geschäftlich in Dubai aufgehalten.«

»Als ihre Leiche *gefunden* wurde«, wiederholte Jacobsen nachdrücklich. »Und wo war er vierzehn Tage vorher – zum Zeitpunkt ihres Verschwindens?«

»Zwar hier im Lande, aber nicht in seinem Büro. Professor Sagebiehl, der Chorleiter, hat damals dort angerufen, um ihm zu sagen, dass seine Frau vermisst wird. Man hat ihm gesagt, er sei irgendwo unterwegs, und er solle versuchen, ihn auf dem Handy zu erreichen. Aber das hat auch nicht geklappt. Erst gegen Mitternacht war Klamroth dann zu Hause, und Sagebiehl konnte mit ihm sprechen.«

»Hm. *Muss* nichts heißen, *kann* aber. Für mich klingt das so, als wäre unklar, wo er sich zu der Zeit, als seine Frau getötet wurde, aufgehalten hat.«

»Natürlich überprüfen wir sein Alibi noch. Ich bekomme von ihm eine Aufstellung über seine Aktivitäten und Aufenthaltsorte am Tattag. Dann sehen wir weiter.«

»Und was war in Dubai so wichtig, dass er da hingefahren ist, obwohl seine Frau spurlos verschwunden war?«

»Klamroth ist dort am Bau eines riesigen Hotelkomplexes beteiligt.« Helene Christ drehte sich zur Tastatur ihres PCs um und tippte etwas ein. »Sieh mal«, sagte sie und zeigte auf den Monitor. »Die Website seines Architekturbüros. Und hier«, sie wechselte die Seite, »sind Animationen und Beschreibungen des Projekts in Dubai.«

Jacobsen lehnte sich vor uns betrachtete die Fotos. »Beeindruckend«, sagte er. »Ist seine Firma gesund – hast du das gecheckt?«

»Die Wirtschaftsspezialisten vom LKA in Kiel sind dran. Die Bilanzen sehen sauber aus, aber angeblich sind sie auf Hinweise für eine ungesunde Kreditaufnahme in letzter Zeit gestoßen. Sie prüfen das derzeit noch.« Sie warf Jacobsen einen fragenden Blick zu. »Warum interessiert dich das alles?«

»Susanna von Hohenmarschen-Klamroth war eine steinreiche Großgrundbesitzerin, habe ich erfahren«, sagte der Kollege. »Vielleicht liegt da ein Mordmotiv – zumindest für denjenigen, der von ihrem Tod finanziell profitiert.«

»Schneidet jemand, der lediglich an das Eigentum seines Opfers gelangen will, diesem deshalb den Hals durch?«, fragte Helene zweifelnd. »Ich weiß nicht, Arne ...«

»Durchaus möglich, denke ich – zum Beispiel, um vorzutäuschen, dass es sich um eine Affekttat handelt. Oder wenn außer Habgier noch Hass im Spiel ist. Wie war denn nun die Ehe der beiden? Weißt du etwas darüber?«

»Aus dem Gespräch mit ihm hatte ich den Eindruck, dass sie nicht sonderlich glücklich war, aber das ist reine Spekulation meinerseits. Er blockt Fragen in diese Richtung sofort ab. Wenn die Ergebnisse der Überprüfung seines Unternehmens vorliegen, werde ich mich noch intensiv mit ihm beschäftigen.«

»Das solltest du tun. Obwohl es mir nicht einleuchtet, dass er die Tat in Sonderburg oder Umgebung begangen haben soll – falls er der Mörder ist. Für den eigenen Ehemann hätte es einfachere Möglichkeiten gegeben, seine Frau loszuwerden, als so lange zu warten, bis er das in Dänemark tun kann.« Jacobsen trank seinen Kaffee aus. »Also weiter: Die Leiche dümpelte vierzehn Tage nach der Vermisstenmeldung im Wasser des Alsensunds und landete schließlich vor dem Sonderburger Schloss. Wie kommt sie dorthin?«

»Wie du schon gesagt hast: mit der Strömung«, sagte Helene Christ. »Aber eine allzu weite Strecke wird sie dabei kaum zurückgelegt haben können. Niemand befördert eine stark blutende Leiche im Kofferraum über eine längere Strecke. Das Risiko der Entdeckung wäre viel zu hoch. Und welches Auto auch immer dafür benutzt wurde ...«

»Vielleicht sogar ihr eigenes?«, warf Jacobsen ein.

»Glaub ich nicht. Auf die Rückbank wird man sie kaum gelegt haben, und was den Kofferraum betrifft ... Versuch mal, einen erwachsenen Menschen in den Kofferraum eines Minis zu quetschen. Da passt ja kaum eine Bierkiste rein.« Die Hauptkommissarin schüttelte energisch den Kopf. »Nein, wir sollten erst einmal bei dem Naheliegendsten bleiben: Sie ist nach Sonderburg gekommen, dort hat man sie überfallen – warum auch immer –, ihr die Kehle durchgeschnitten und ihre Leiche anschließend nicht sehr weit entfernt vom Auffindeort ins Wasser geworfen.«

»Na gut. Als Hypothese sollte das erst mal reichen, um darauf die Ermittlungen aufzubauen. Schließlich ist da ja noch die Frau aus dem Chor, die angeblich mit dem Opfer verabredet war. Aber auch alle anderen Mitglieder wussten ja, dass an diesem Tag die Probe im *Alsion* stattfinden würde.«

»Was nicht heißt, dass nicht auch andere Leute davon wissen konnten«, gab Helene zu bedenken. »Aber klar: Der Chor steht ganz oben auf meiner Prioritätenliste.«

»Gut, dann lass uns jetzt unsere nächsten Schritte absprechen.« Der dänische Kriminalist griff nach der Kanne, schenkte sich noch einen Kaffee ein und sagte mit einem schrägen Grinsen: »Die Frau ist schon über zwei Wochen tot, alle Spuren sind längst kalt. Hoffentlich beißen wir uns an diesem Fall nicht die Zähne aus.«

»Das wollen wir …« Ein energisches Klopfen an der Tür unterbrach sie, und sofort danach wurde die Tür aufgestoßen.

Ein stämmiger mittelgroßer Mann mit dichtem schwarzen Haar sah herein. »Entschuldige die Störung, Helene, aber ich habe hier etwas, das du dir sofort ansehen solltest!«

»Komm rein, Nuri«, forderte die Hauptkommissarin den jungen Mann auf. »Kommissar Nuri Önal, mein Stellvertreter«, stellte sie ihn vor. »Und das hier ist Kommissar Arne Jacobsen von der dänischen Kriminalpolizei.«

Die beiden Männer gaben sich die Hand, und Önal legte zwei flache transparente Tüten auf den Tisch, wie sie bei der Spurensicherung benutzt wurden. In einer davon befand sich ein weißes Blatt Papier mit einem einzigen Satz in Blockbuchstaben, im anderen ein brauner DIN-A-5-Umschlag.

»Der lag im Hausbriefkasten der Polizeidirektion«, erklärte Önal. »Zwischen der normalen Post. Ist aber keine Briefmarke drauf. Also muss ihn jemand direkt eingeworfen haben. Wie man sieht, steht als Adresse nur *MORDKOMMISSION* drauf, sonst nichts. Natürlich auch kein Absender.« Er schob seiner Chefin den zweiten Beutel unter die Augen. »Und nun lies mal, was da steht.«

»Hab ich schon«, sagte Helene. »Ist ja groß genug geschrieben. *SIE FINDEN SUSANNAS MÖRDER IM KAMMERCHOR CANTICUM NOVUM* steht da.«

»Das ist ja interessant«, sagte Jacobsen. »Ein anonymer Hinweis auf einen Täter aus dem Chor des Opfers.« Er legte seine Stirn in Falten. »Was soll man davon halten?«

»Erst mal gar nichts«, erwiderte seine deutsche Kollegin trocken.

»Ignorieren können wir das jedenfalls nicht«, wandte Kommissar Önal ein.

»Nein, Nuri, natürlich nicht. Aber die Mitglieder des Chors werden doch schon befragt, oder?«

»Klar. Der Chorleiter hat uns ja eine Liste mit den Kontaktdaten gegeben. Die Kollegen Feld und Hiesemann arbeiten sie ab. Bisher aber ohne irgendwelche Erkenntnisse.«

»Bestimmt eine zeitraubende Angelegenheit«, sagte Jacobsen. »Wie viele Mitglieder hat denn *canticum novum*?«

»Nach dem Tod der Solo-Sopranistin noch einundzwanzig«, sagte Nuri Önal. »Bisher haben wir uns auf eher technische Fragen konzentriert. Zum Beispiel, wer Susanna von Hohenmarschen zuletzt gesehen hat, wann das war, ob jemand mit ihr telefoniert hat, bevor sie verschwunden ist, und so weiter.« Er deutete auf die beiden Klarsichtbeutel. »Das da bringt nun einen neuen Ansatz in unsere Ermittlungen, oder?«

»Mag sein«, sagte Helene, »obwohl ich noch keine Ahnung habe, wo und wie wir da ansetzen könnten. Wir wissen nicht einmal, ob jemand aus dem Chor diesen Brief geschrieben hat. Könnte auch eine Nebelkerze sein, die einer wirft, um von sich abzulenken.«

»Der Täter, meinst du?«, fragte Önal.

»Oder einer, der diesen Chor oder dessen Leiter in Schwierigkeiten bringen will – warum auch immer«, sagte Arne Jacobsen.

»Das genau sind die sinnlosen Spekulationen, die solche anonymen Schreiben immer mit sich bringen«, rief Helene Christ verärgert aus und wandte sich ihrem Stellvertreter zu. »Lass das ganze Zeug von der Kriminaltechnik auf Spuren untersuchen, Nuri. Vielleicht findet sich ja irgendetwas, das uns weiterbringt.«

»Wie immer diese Untersuchung ausgeht – wir werden diesen Hinweis wohl im Auge behalten müssen«, sagte Kommissar Jacobsen. »Was, wenn das ein Chormitglied geschrieben hat, das die Wahrheit über den Mord kennt, vielleicht sogar den Täter? Möglicherweise sieht derjenige oder diejenige keinen anderen Weg, uns auf diese

Spur zu setzen, ohne sich zu offenbaren oder gar in Gefahr zu bringen.«

»Dann brauchen wir nur noch eine gute Idee, wie wir das herausfinden«, stellte Helene Christ düster fest.

16

Der Tag ging schon zu Ende, als Tim Scholler von der Kreisstraße auf den schmalen asphaltierten Weg abbog, der sich schnurgerade durch das flache Marschland zog. In der einsetzenden Dämmerung blinkten bis zum Horizont die roten Warnlichter der Windkraftanlagen, deren Türme hier in großer Zahl aus der Ebene aufragten.

»So wichtig die Energiewende auch sein mag – die Windräder verschandeln die Landschaft schon arg«, stellte Scholli fest.

Kira zuckte mit den Schultern. »Schöner machen sie sie nicht, das ist wahr, aber was hätten wir derzeit für Alternativen? Ich nehme sie, ehrlich gesagt, bei Tageslicht kaum noch bewusst wahr. Nur wenn all die Lichter blinken, fällt mir auf, wie viele von den Dingern inzwischen überall herumstehen.«

»Jedenfalls ist es immer wieder ein Erlebnis, hier herzukommen«, sagte Scholli. »Einsamer geht's wohl nicht mehr – zumindest nicht hierzulande.«

Kira lachte. »Das ist ja das Schöne. Genau deshalb haben wir uns das Haus hier draußen gekauft.« Sie blinzelte durch die Windschutzscheibe in die Ferne, geblendet von den letzten Strahlen der Sonne, die gerade als glutroter Ball hinter dem Außendeich am Horizont versank.

»Es sei euch gegönnt«, erwiderte Scholli grinsend. »Mir wäre es zu einsam.«

»Ach, zu zweit lässt es sich hier durchaus angenehm leben.«

»Aber nur, wenn man sich gut verträgt.«

»Da magst du recht haben«, räumte Kira ein, während sie fasziniert das leuchtende Farbenspiel beobachtete, das die untergehende Sonne in die Landschaft malte.

Sie liebte Nordfriesland, das im äußersten Nordwesten Schleswig-Holsteins lag und direkt an die Nordsee mit ihrem einzigartigen Wattenmeer grenzte. Hier, direkt an der Grenze zu Dänemark, wohnte sie seit zwei Jahren in einem kleinen spitzgiebligen Backsteinhaus, das ziemlich heruntergekommen gewesen war, als sie und Lukas es erworben hatten.

Es war ein ehemaliges Bahnwärterhäuschen, mitten in der Marschlandschaft gelegen, umgeben von einem kleinen, verwilderten Garten. Dahinter gab es ein klägliches Wäldchen aus niedrigen, im Wind schief gewachsenen Krüppelkiefern, und vorn führte neben dem Feldweg die Trasse der ehemaligen Eisenbahnverbindung von Flensburg an die Westküste vorbei. Die Strecke war längst stillgelegt und die Halbschranken für den bedeutungslos gewordenen Bahnübergang schon vor vielen Jahren abgebaut worden.

Haus und Grundstück waren gerade noch erschwinglich gewesen, aber die erforderlichen Renovierungsarbeiten hatten dann doch viel Geld gekostet. Das Dach musste neu gedeckt, alle Fenster erneuert und die gesamte Elektrik von Grund auf modernisiert werden. Außerdem hatten sie, um größere Räume zu schaffen, zwei Innenwände herausnehmen und schließlich noch eine zeitgemäße Pelletheizung einbauen lassen.

Es würde noch einige Jahre dauern, bis sie den Kredit dafür abbezahlt hätten.

»Da wären wir«, holte Scholli Kira aus ihren Gedanken und hielt vor der windschiefen Gartenpforte an.

»Danke dir fürs Herbringen«, sagte Kira. »Magst du noch auf ein Glas Wein mit reinkommen?«

»Nein, lass mal. Ich habe heute Abend noch etwas vor.«

Kira warf ihm einen raschen Blick zu und sah, dass er leicht errötete. »Aha«, sagte sie und lächelte. »Kenne ich ihn?«

»Nö«, gab Scholli zurück. »Hab ihn erst vor ein paar Wochen kennen gelernt.«

»Was Ernstes?«

Scholli zuckte die Achseln. »Mal sehen. Könnte sein.«

»Na dann: viel Glück – und nochmals herzlichen Dank«, sagte Kira, griff nach ihrer Umhängetasche und stieg aus.

Scholli fuhr davon, und sie öffnete die Pforte. Verwundert hielt sie inne. Eigentlich war das Quietschen, das die rostigen Scharniere von sich gaben, stets ein Signal, das zuverlässig den Hund herbeilockte, aber diesmal rührte sich nichts.

Sie ging zum Haus und stellte fest, dass die Tür abgeschlossen war.

Lukas wird wohl mit Ditch noch einen Spaziergang machen, dachte sie, holte ihren Schlüssel hervor und schloss auf. Rasch hängte sie ihre Tasche an die Garderobe und trat wieder hinaus vor die Tür.

Die Sonne war mittlerweile vollständig hinter dem Deich im Meer versunken. Sanft begann die Dämmerung, das stille Land zu umhüllen und die Konturen zu verwischen. Die beiden Laternen am Haus, das Licht im Carport und die Lampe am Gartentor hatten sich mittlerweile eingeschaltet und leuchteten warm.

Kira sah hinüber zur Knudswarft, einem mächtigen, vor langer Zeit von Menschenhand aufgeworfenen Hügel, der knapp einen Kilometer entfernt als markante Landmarke aus dem weiten Marschland emporragte. Auf der Warft, gegen Wind und Wetter rundum geschützt durch jahrzehntealte Bäume, stand der reetgedeckte Dreiseitenhof von Asmus und Greta Ketelsen.

Bessere Nachbarn als das Landwirtsehepaar, alteingesessene Nordfriesen, die den Hof bereits in fünfter Generation bewirtschafteten, hätte man sich nicht wünschen können.

Nachbarschaft bedeutete den Menschen, die hier draußen lebten, viel, auch wenn sie mit der in einem Wohnblock in der Stadt nicht zu vergleichen war. Im Land hinter den Deichen war es selbstverständlich, dass Nachbarn aufeinander achtgaben. Jahrhunderte des ständigen Kampfes gegen die verheerende Kraft der Nordsee und ihre Sturmfluten hatten die Menschen gelehrt, einander beizustehen.

Kurz nachdem Kira und Lukas eingezogen waren, hatten sie sich mit Ditch auf den Weg zu den Ketelsens gemacht, um sich vorzustellen. Schon damals hatte das Ehepaar sich mit dem Hund angefreundet und angeboten, ihn gelegentlich bei sich aufzunehmen. Ditch war gern auf dem Bauernhof und liebte all dessen zwei- und vierbeinige Bewohner heiß und innig – mit Ausnahme der Ziegen.

Also hatten sie ihn auch diesmal während des Segeltörns auf der Knudswarft untergebracht, wo er sich vermutlich wieder vornehmlich im Kuhstall aufgehalten hatte. Das war sein Lieblingsort auf dem Hof, was zur Folge hatte, dass er nach Rückkehr stets mehrmals mit Hundeshampoo eingeschäumt und gebadet werden musste. Er speicherte allerdings den Duft des Stalles so tief in seinem dichten Fell, dass auch nach mehreren Waschgängen das Zusammenleben mit ihm im Haus noch tagelang eine olfaktorische Herausforderung war.

Kira hob den Kopf. Da war doch ein Geräusch gewesen ...

Sie blickte nach Westen, wo etwa einen Kilometer entfernt der Außendeich lag. Es war schon zu dunkel, um etwas erkennen zu können, aber dafür hörte man in der Stille jedes noch so schwache Geräusch.

Da war es wieder: Hundegebell! Unverkennbar Ditchs tiefe Stimme.

Er konnte sie natürlich ebenso wenig sehen wie sie ihn, aber mit dem für Menschen kaum fassbaren Riechvermögen des Hundes hatte er wahrscheinlich längst wahrgenommen, dass sie hier stand.

Und da kam er auch schon. Zunächst waren nur seine weiten Sätze auf dem Asphalt zu hören, dann aber schälte sich der mächtige Körper des riesenhaften Bernhardiner-Labrador-Mischlings aus der Dunkelheit.

»Nicht anspringen!«, stieß Kira lachend aus, doch da hatte Ditch schon seine Vorderpfoten auf ihre Schultern gelegt und starrte ihr hechelnd mit heraushängender Zunge hingebungsvoll ins Gesicht.

»Ich hab dich auch lieb, du alter Stinker«, sagte sie, als ihr der stechende Kuhstallgeruch in die Nase stieg. »Und nun runter mit dir – sitz!«

Widerwillig nahm Ditch die Pfoten von Kiras Schultern, setzte sich vor sie hin und himmelte sie aus seinen großen Augen an, während seine schwarzbraune Rute fröhlich hin und her wedelte.

»Wir haben noch eine ausgiebige Runde gedreht«, meldete sich Lukas, trat in den Lichtkegel der Laterne und nahm Kira in den Arm. »Ich fürchte, wir werden den Burschen wieder ordentlich einseifen müssen. Über zwei Wochen bei seinen Freundinnen im Kuhstall – wahrscheinlich macht er jetzt selbst auch ›Muh‹.«

»Wenn ich mich nicht täusche, hat er eben noch gebellt.«

»Ich weiß nicht recht, für mich hörte sich das verdächtig nach Kuh an. Wir sollten schon mal über eine Glocke nachdenken, die wir ihm um den Hals hängen können.«

Lachend gingen sie ins Haus.

Es war spät geworden, als sie sich endlich im Wohnzimmer erschöpft nebeneinander auf die Couch fallen ließen.

Ditch hatte noch eine Riesenportion Hundefutter verschlungen und lag nun schnarchend auf seiner Decke im Flur. Sein Geruch war wieder erträglich, aber die drei Waschgänge in der Badewanne hatten ihren Tribut gefordert: Im Badezimmer hatte es wie nach einer Überschwemmung ausgesehen, und sowohl Kira als auch Lukas hatten die Kleidung wechseln müssen.

Kira hatte zwei Pizzen aus der Kühltruhe geholt und in die Mikrowelle geschoben. Mit einem Glas Rotwein hatten sie die nach Pappe schmeckenden Industrieprodukte heruntergespült und dabei auf einem Zettel notiert, was dringend eingekauft werden musste.

Lukas trank einen Schluck von dem Wein, den sie sich ins Wohnzimmer mitgenommen hatten, und sagte: »Dann erzähl mal, was du morgen so vorhast.«

Kira rekelte sich und rutschte an ihn heran, sodass ihr Kopf auf seiner Brust zu liegen kam. »Mal sehen, ob ich Helene dazu bewegen kann, mir etwas über den Stand der Ermittlungen zu erzählen. Ich will es jedenfalls versuchen.«

»Klingt nicht so, als würdest du damit rechnen, viel von ihr zu erfahren.«

»Wir kennen bisher bloß die Identität der Toten und wissen, dass sie nicht ertrunken, sondern einem Gewaltverbrechen zum Opfer gefallen ist. Das haben schon die Dänen auf ihrer Pressekonferenz verlauten lassen. Ich kann mir nicht vorstellen, dass die deutsche Kripo derzeit über weitergehende Erkenntnisse verfügt.«

»Was willst du dann überhaupt von Hauptkommissarin Christ erfahren?«

»Vielleicht kriege ich sie dazu, mir endlich etwas über ihre Ermittlungsansätze zu sagen«, erwiderte Kira. »Wenigstens ein paar Dinge, über die man berichten kann, ohne die Ermittlungen zu gefährden.«

»Viel Glück dafür! Aber was, wenn du bei ihr auf Granit beißt?«, hakte Lukas hartnäckig nach. »Wie ich dich kenne, hast du noch andere Ideen, wie du an Informationen kommen kannst.«

»Ich werde auf jeden Fall nach Eiderstedt fahren und den Ehemann besuchen. Vielleicht kann ich ihn dazu bringen, mir ein kurzes Interview zu geben. Und ein paar Aufnahmen von Gut Hohenmarschen machen sich sicher auch gut.« Sie setzte sich auf und fuhr sich mit den Händen durch ihr volles Haar. »Aber vorher muss ich unbedingt mal wieder meinen Vater besuchen. Das letzte Mal war ich eine Woche vor unserem Urlaub bei ihm.«

»Tu das. Hoffentlich erkennt er dich, sonst wird das wieder eine traurige Sache – vor allem für dich.«

»Kommt auf seine Tagesform an«, erwiderte Kira. »Die klaren Momente werden immer seltener bei ihm. Hilft aber nichts. Ich habe einfach ein schlechtes Gewissen, wenn ich ihn zu lange nicht besuche – egal, ob er etwas davon hat oder nicht.«

Lukas nickte und streichelte ihr mit dem Handrücken über die Wange. »Verstehe ich gut.«

Kira streckte sich und gähnte. »So, und jetzt will ich ins Bett. Mir fallen schon die Augen zu. Muss der Hund noch mal raus?«

Lukas stand auf. »Ich kümmere mich drum. Geh du schon mal ins Bad.«

»Aber mach's kurz mit der Hunderunde, sonst könnte ich bereits schlafen, wenn du ins Bett kommst.«

»Untersteh dich!«, sagte Lukas. »Aber keine Sorge – ich kenne da einen guten Trick, mit dem ich dich sicher wieder wach bekomme ...«

17

Er bot ein Bild des Jammers.

Kira war natürlich darauf vorbereitet – schließlich sah sie ihm nun schon eine lange Zeit beim Verfall zu –, trotzdem zog sich ihr Herz bei seinem Anblick schmerzvoll zusammen.

Der alte Mann mit dem von tiefen Falten zerfurchten Gesicht, der da verzagt in seinem wuchtigen Ohrensessel kauerte, war nur noch ein Zerrbild ihres einst lebhaften, gut aussehenden Vaters.

In den Jahren vor dem Unfall, der seine ganze Familie zerstört hatte, war Preben Lund Pastor der dänischen Kirche in Husum gewesen, ein weltoffener Priester, ein kraftstrotzender Mann. Seine Gemeinde hatte ihren lebensfrohen Hirten geliebt, der Gott und der evangelisch-lutherischen Gemeinde der dänischen Minderheit aus vollem Herzen treu diente.

Bis zu jenem Abend damals, als sein Auto von der Straße abkam. Der Wagen überschlug sich und krachte danach mit hoher Geschwindigkeit gegen einen Brückenpfeiler.

Pastor Lund, der den Wagen gefahren hatte, wurde lebensgefährlich verletzt. Im Krankenhaus operierte man ihn mehrere Stunden lang. Sein rechter Arm war so zerfetzt, dass man ihn amputieren musste.

Seine Frau und sein sechzehnjähriger Sohn Torben aber, die ebenfalls im Autos gesessen hatten, starben noch an der Unfallstelle.

Kira war damals vierundzwanzig Jahre alt und studierte Journalistik in Hamburg. Als die Katastrophe über ihre Familie hereinbrach, feierte sie gerade in ihrer Wohngemeinschaft ihren Bachelor-Abschluss.

Den Verlust ihres Bruders hatte sie nie verwunden. Auch wenn der Unfall inzwischen über fünf Jahre zurücklag, verging kaum ein Tag, an dem sie nicht an Torben dachte. Sie hatten sich sehr nahe gestanden. Als ältere Schwester war sie für ihn eine wichtige Bezugsperson gewesen, zumal die Mutter ein eher unnahbarer Mensch war – im Gegensatz zum Vater, den seine Kinder liebten und verehrten.

Nun jedoch war dieser Mann nur noch ein Schatten seiner selbst.

Vor einigen Monaten erst hatte er sein Haus in Husum, in dem Kira aufgewachsen war, verlassen müssen, und war in die Seniorenresidenz nach Flensburg gezogen, die von einer Organisation der dänischen Minderheit betrieben wurde.

Nachdem der Grenzverlauf zwischen Deutschland und Dänemark zwei Jahre nach dem Ende des Ersten Weltkriegs durch Volksentscheide neu festgelegt worden war, gab es auf beiden Seiten der Grenze Minderheiten, bei denen allerdings die Staatsangehörigkeit nur eine untergeordnete Rolle spielte. ›Südschleswiger‹, also – wie auch Kira und ihr Vater – der dänischen Minderheit in Deutschland zugehörig, konnte man sein, wenn man dänisch ›gesinnt‹ war, unabhängig von eigenen familiären Wurzeln im Nachbarland. Was umgekehrt sinngemäß für die deutsche Minderheit in Dänemark, die ›Nordschleswiger‹, genauso galt.

Beide Minderheitenorganisationen spielten im deutsch-dänischen Grenzland eine bedeutende Rolle im gesellschaftlichen, politischen und kulturellen Leben. Das war nicht immer konfliktfrei, hatte sich aber nun bereits hundert Jahre lang als Vorbild für ein friedliches Zusammenleben ehemals tief zerstrittener Völker bewährt.

Das dänische Alters- und Pflegeheim in Flensburg, die vermutliche letzte Station im Leben von Preben Lund, war ein erstklassig geführtes Haus, in dem der ehemalige Pastor mit großem Respekt behandelt und rund um die Uhr betreut wurde. Auch bekam er pünktlich sein Essen und seine Medikamente, aber Kira schien es, als würde er dennoch – oder vielleicht gerade deswegen? – zunehmend verkümmern. Er las nichts anderes mehr als die Bibel, vornehmlich das letzte Buch des Neuen Testaments. Mehr und mehr verlor sich sein Geist dabei in den apokalyptischen Sprachbildern der Offenbarung des Johannes.

Und nicht selten begann er dann laut zu deklamieren. Manchmal mitten in der Nacht.

»... und siehe, ein großer, roter Drache, der hatte sieben Häupter und zehn Hörner und auf seinen Häuptern sieben Kronen, und sein Schwanz fegte den dritten Teil der Sterne des Himmels hinweg ...«

Mochte er auch körperlich stark abgebaut haben – seine volle Predigerstimme durchdrang immer noch mühelos die Tür und war bei nächtlicher Stille im ganzen Haus zu hören.

Preben Lund war der Schrecken aller Nachtwachen im Hause, hatte die Heimleiterin Kira unlängst berichtet.

Sie trat an den Sessel und legte ihre Hand auf die Schulter ihres Vaters. »Wie geht es dir heute, Papa?«, fragte sie auf Dänisch. Ihre Eltern waren einst als gebürtige Dänen aus dem kleinen südjütländischen Städtchen Tondern nach Husum gezogen, wo die Stelle als Pastor der dänischen Kirchengemeinde frei geworden war und wo dann ein halbes Jahr später Kira das Licht der Welt erblickt hatte. In der Familie Lund war Zweisprachigkeit völlig normal gewesen, untereinander hatten sie aber stets Dänisch gesprochen.

Verwirrt hob der alte Mann seinen Kopf und blickte Kira aus funkelnden Augen an. »Wer bist du? Was willst du im Hause des Herrn?«

»Ich bin's, Papa – Kira.«

»Namen sind eitel. Willst du beten?«

»Vielleicht später«, erwiderte Kira, obwohl sie längst keine Bindung mehr an die Kirche und kaum noch Erinnerungen an die Gebete ihrer Kindheit hatte. »Schau, ich hab dir was Gutes mitgebracht«, sagte sie und holte eine Schachtel Marzipankonfekt aus der voluminösen bunten Umhängetasche, die sie stets bei sich hatte und die von allen ›Kiras Hippiesack‹ genannt wurde. Sie öffnete den Deckel und hielt ihm den Inhalt hin. »Marzipan-Pralinen mit Bitterschokolade drum rum. Die magst du doch so gern.«

Ekelhaftes Geschwätz!, schoss es ihr durch den Kopf. Jetzt tat sie selbst genau das, was sie immer verabscheut hatte, erklärte ihrem Vater, was er gern aß, behandelte einen erwachsenen Menschen wie ein unmündiges Kind.

Gierig griff er zu, pulte ungeduldig gleich drei Pralinen aus dem Papier, stopfte sie sich in den Mund und begann schmatzend zu kauen. Als er alles heruntergeschluckt hatte, griff er erneut nach der Schachtel, hielt aber plötzlich in der Bewegung inne und rief aufgeregt: »Der Gottesdienst! Ich muss sofort in die Kirche, sie warten auf mich!«

Es war kaum auszuhalten.

Beruhigend sagte Kira: »Du hast noch viel Zeit bis zum Gottesdienst, Papa. Ganz viel Zeit.«

»Du lügst, Weib!«, krächzte er. »Sie warten alle auf mich! Ich werde zu spät kommen!« Sein stechender Blick fand ihre Augen und ließ sie zusammenzucken. »Urian hat dich gesandt, um mich zu verführen!«, brüllte er. »Hinweg mit dir! Geh!«

»Beruhige dich bitte, Papa. Ich gehe, natürlich, mach dir keine Sorgen. Alles wird gut«, sagte Kira. Tränen flossen ihr über die Wangen, als sie hinüber zu dem kleinen Esstisch ging und sich auf einen Stuhl setzte.

Sie kannte das schon, wusste, dass seine Erregung rasch wieder vorbeigehen würde. Still blieb sie sitzen und knetete das feuchte Taschentuch, bis ihrem Vater die Augen zufielen und sein Kopf wie in Zeitlupe nach unten sank. Leise murmelte er ein paar unverständliche Satzfetzen vor sich hin und schwieg dann.

Als sie sah, dass der schmächtige Brustkorb sich in gleichmäßigen Atemzügen hob und senkte, verließ sie leise das Zimmer.

»Du siehst blass aus«, sagte Hauptkommissarin Christ, als sie und Kira sich in ihrem Büro im ersten Stock der Polizeidirektion gegenübersaßen. »Entschuldige, dass ich das so direkt sage.«

»Ich komme gerade von einem Besuch bei meinem Vater«, erwiderte Kira schlicht.

»Oha«, gab Helene Christ zurück und schenkte Kaffee in die Becher. »Wird es schlimmer mit ihm?«

Kira nickte nur.

»Tut mir sehr leid. Muss schrecklich für dich sein.«

»Die Besuche bei ihm sind immer schwerer auszuhalten, aber trotzdem ...« Kira schüttelte unwillig den Kopf. »Er verfällt mehr und mehr, erkennt mich nur noch selten und selbst dann nur ganz kurzfristig. Vermutlich rege ich ihn sogar mit meinen Besuchen unnötig auf, aber ich ... Verdammt, ich kann doch nicht einfach so tun, als wäre er schon tot, oder? Einfach ignorieren, dass er noch da ist? Das geht doch auch nicht.«

Mitfühlend berührte Helene kurz mit ihrer Hand Kiras Arm. »Man braucht Mut, sich das immer wieder anzutun, so viel steht fest.«

»Ach, Mut ... Vor allem macht es mich jedes Mal völlig fertig«, sagte Kira, trank einen Schluck aus ihrem Becher und stellte ihn dann mit einem entschlossenen »So!« auf den Tisch. »Lass uns bitte das Thema wechseln.« Sie lehnte sich leicht vor und sah Helene ins Gesicht. »Danke, dass du ein paar Minuten Zeit für die Presse erübrigen konntest.«

Helene grinste. »Nicht für ›die Presse‹, sondern für dich. Aber ich habe dich schon am Telefon gewarnt: Noch gibt es keinerlei handfeste Erkenntnisse in diesem Fall.«

Bisher kenne man lediglich die Identität der Toten, fuhr die Leiterin der Flensburger Mordkommission fort, und wisse, dass sie eines gewaltsamen Todes gestorben sei, bevor man sie ins Wasser geworfen habe. Was nicht einmal zwangsläufig in Sonderburg geschehen sein müsse, was die Analyse der Strömungsverhältnisse im Alsensund erbracht habe.

»Sie könnte weiß der Himmel wo im Norden ins Wasser geworfen worden und dann zwei Wochen lang mit der Strömung vor das Sonderburger Schloss getrieben sein – wir wissen es einfach nicht. Und es gibt bisher auch keinen Hinweis auf den oder die Täter«, schloss sie. »Genauso wenig wie auf ein etwaiges Motiv. Nicht einmal das Auto des Opfers wurde bisher gefunden.«

»Kannst du wenigstens etwas zu den Ermittlungsansätzen der Kripo sagen? Zum Beispiel: Wen und was überprüft ihr derzeit?«

Helene verzog ihre Mundwinkel zu einem milden Lächeln. »Du lässt nicht locker, was? Also gut. Wir haben die Ermittlungen aufgeteilt. Die dänischen Kollegen suchen mit Hochdruck nach dem Wagen des Opfers. Den müssen wir finden, weil sich darin eventuell Spuren oder andere Hinweise auf den oder die Täter finden lassen, vielleicht sogar solche auf den Tatort. Und die Flensburger Mordkommission führt einige Befragungen durch. Zum Beispiel bei den Mitgliedern des Kammerchors *canticum novum.*«

»Was versprichst du dir davon?«

Helene zuckte die Achseln. »Wir suchen halt nach einem Motiv für das Verbrechen. Vielleicht gab es im Chor Eifersüchteleien oder gar Feindschaften. Schließlich war Susanna von Hohenmarschen-Klamroth so etwas wie der Star des Ensembles. Wir werden sehen.«

»Und der Ehemann, dieser Jens Klamroth? Der ist ...«

»... der ist ebenfalls von Interesse für uns«, fiel ihr Helene ins Wort. »Im Zusammenhang mit ihm sind einige Fragen zu klären.« Sie nickte entschlossen. »Und mehr kriegst du heute nicht von mir – okay?«

»Wie hat er denn die Nachricht vom Tod seiner Frau aufgenommen?«, fragte Kira ungerührt weiter.

»Was an ›Mehr kriegst du heute nicht von mir‹ hast du nicht verstanden, meine Liebe? Ich bitte dich, du kennst doch die Spielregeln. Ich verspreche dir aber, dich zu informieren, sobald ...«

Der Anrufton ihres Smartphones, das auf dem Tisch lag, unterbrach die Hauptkommissarin. Sie blickte auf das Display. »Das ist mein dänischer Kollege. Ich geh mal kurz ran.« Sie meldete sich, und Kira bemerkte, dass sich Helenes Gesichtsausdruck schlagartig veränderte, als sie die ersten Worte hörte.

»Das ist ja …«, stieß sie aus. »Wo genau?« Sie griff nach einem Kugelschreiber und schrieb etwas auf, während sie weiter zuhörte. Schließlich sagte sie: »Mist, damit sind vermutlich alle Spuren dahin – wenn es überhaupt welche gab.«

Nach einigen weiteren Fragen und Antworten beendete sie das Gespräch und sah Kira an. »Heute in den frühen Morgenstunden ist die Sonderburger Feuerwehr ausgerückt, weil ein Scheune außerhalb der Stadt in Flammen stand. Als das Feuer gelöscht war, fand man drinnen ein ausgebranntes Autowrack. Es wurde inzwischen zweifelsfrei als der Mini identifiziert, der Susanna von Hohenmarschen gehört hat, und mit dem sie wahrscheinlich an ihrem Todestag nach Sonderburg gefahren ist.«

Kira sprang auf. »Kriege ich die Adresse?«

»Ich sehe nicht, dass etwas dagegen spräche«, sagte Helene.

»Darf ich verwenden, dass es sich um das Auto des Mordopfers handelt?«

»Warum nicht? Ich nehme an, Kommissar Jacobsen wird das sowieso demnächst öffentlich machen«, erwiderte Helene. »Auch ihn belagert die Presse rund um die Uhr.«

»Was soll das denn heißen?«, rief Kira protestierend aus, konnte sich aber ein Lachen nicht verkneifen. »Fühlst du dich etwa von mir ›belagert‹?«

»Und wie«, feixte Helene. »Du bist sogar die Lästigste von allen.«

»Das ist doch wohl …«, prustete Kira. »Demnächst gehen wir mal wieder zum Italiener. Da werde ich dich dann beim Chianti an einen Fall erinnern, der bis heute wahrscheinlich unaufgeklärt wäre, wenn ich dir nicht den entscheidenden Tipp geliefert hätte.«

Die Hauptkommissarin hob beide Hände in die Höhe und stöhnte theatralisch: »Gnade – bitte verschone mich! Und nun fahr endlich los, sonst sind deine lieben Kollegen von der Regenbogenpresse womöglich früher vor Ort als du.«

18

Die große Brücke über den Alsensund und dahinter die Stadt Sonderburg waren schon in Sichtweite, als Kira von der Schnellstraße abbog. Geleitet von ihrem Navi, fuhr sie auf immer schmaler werdenden Nebenstraßen an verstreut im weiten Land verteilten Bauernschaften vorbei etwa zwei Kilometer nach Norden. Hinter dem winzigen Örtchen Stovgård – am westlichen Ufer des Sunds gelegen – ging es plötzlich nur noch auf einem Feldweg weiter, der ziemlich steil hinunter zum Wasser führte.

Die Spuren auf dem Weg waren so tief ausgefahren, dass selbst der hochbeinige alte Volvo mehrmals mit dem Unterboden über den Sand scharrte. Das ungewohnte Geräusch unter ihm ließ Ditch, der auf seiner Decke im Heck lag, hochschrecken.

»Alles gut«, rief Kira ihm zu. »Solange der Auspuff nicht abfällt, ist alles noch okay.«

Als sie gerade hundert Meter gefahren war, kamen ihr hintereinander zwei Feuerwehrautos entgegen, denen sie nur ausweichen konnte, indem sie auf die Zufahrt zu einem Acker auswich.

Kaum waren die beiden roten Ungetüme an ihr vorbei, hatte sie freien Blick auf das, was ihr Ziel war: ein großer Haufen Schutt, aus dem noch immer hier und da kleine Qualmwolken aufstiegen. Davor stand ein letztes Löschfahrzeug, und rundherum auf dem Weg und den angrenzenden Feldern waren Polizeiwagen und Privat-Kfz abgestellt – vermutlich die Autos der lieben Kolleginnen und Kollegen von der Presse.

Kira parkte den Volvo ein Stück oberhalb der Szenerie, stieg aus und öffnete die Heckklappe.

»Du kannst hier erst mal ein bisschen auf dem Feld herumtoben«, erklärte sie dem Hund und warf seinen geliebten, schon reichlich ramponierten Vollgummiball so weit, wie sie konnte. Ditch raste hinterher, legte ihr den Ball kurz darauf wieder vor die Füße und wartete schwanzwedelnd auf den nächsten Wurf.

Kira wiederholte das Spiel, bis ihr der Arm wehtat, ließ Ditch wieder einsteigen und holte ihren Camcorder vom Rücksitz. Sie trat ein paar Schritte vom Wagen weg und filmte das geschäftige Treiben da unten. Das würde sich gut als Intro in ihrem Beitrag für *Unser Land am Abend* machen.

Der rauchende Trümmerhaufen war mit einem rot-weißen Flatterband abgesperrt, das von einem uniformierten Streifenpolizisten bewacht wurde. Davor drängte sich etwa ein Dutzend Presseleute mit Kameras und Mikrofonen.

Offenbar hatte sich also schon herumgesprochen, dass hier das Auto abgefackelt worden war, das jener Frau gehört hatte, die als ›Die Wasserleiche im Alsensund‹ traurige Bekanntheit erlangt hatte.

Kira blickte auf den Kontrollmonitor der Kamera, holte das, was wohl einmal ein Stall oder eine Scheune fern des nächsten Gehöfts gewesen war, mit dem Teleobjektiv dicht heran und hielt den Auslöser gedrückt. Die Feuerwehr hatte offenbar die Trümmer weitläufig auseinandergezogen und teilweise beiseite geräumt. Dazwischen sah sie drei oder vier Personen in den typischen weißen

Schutzanzügen der Spurensicherer, die ihrer Arbeit nachgingen.

Da sie den verbrannten Mini nirgends entdecken konnte, nahm sie an, dass man das Wrack in das weiße Zelt geschafft hätte, das direkt neben der Brandstelle auf dem Acker stand. Auch dort gingen Weißbekittelte ein und aus, aber ein Blick hinein war aus Kiras Position nicht möglich. Vor dem Zelt hielten sich einige Menschen in Zivil und in Polizeiuniform auf, die miteinander sprachen. Kira erkannte unter ihnen auch Kommissar Arne Jacobsen.

Mit ein wenig Glück sollte es ihr gelingen, ihm nachher ein paar Fragen zu stellen, dachte sie, beendete die Aufnahme und sah sich um. Keine fünfzig Meter hinter der ehemaligen Scheune erkannte sie einen hölzernen Bootssteg, der in den Sund hineinragte. Am Ende des Stegs kniete auch ein Kriminaltechniker. Er hatte seine Kamera auf die Holzbohlen vor sich gerichtet und machte Fotos. In schneller Folge flammte grell das Blitzlicht auf.

War Susanna von Hohenmarschen hier umgebracht und ins Wasser geworfen worden?, schoss es Kira durch den Kopf. War sie, warum auch immer, selbst zu dieser einsamen Scheune gefahren? Und hier überfallen und getötet worden?

Sie schaute zu dem Steg hinüber, wo der Kriminaltechniker sich gerade an einem Metallkoffer zu schaffen machte, und ließ ihren Blick nach rechts wandern. Dort spannte sich in der Ferne majestätisch die *Alssundbroen*, eine über vierhundert Meter lange Hochbrücke, über den Alsensund. Und direkt dahinter lag Sonderburg.

Ihr fiel plötzlich ein, was Helene über die Strömung im Alsensund gesagt hatte.

Das würde doch passen ...

Jetzt musste sie versuchen, Jacobsen vor das Mikrofon zu bekommen. Oder sonst jemanden von der dänischen Kripo, der ihre Fragen beantworten konnte. Doch die Chancen dafür standen schlecht, das sah sie deutlich. Die Presseleute, die sich da unten vor dem Absperrband drängten, hatten allesamt genau dasselbe vor.

Es blieb ihr also nichts anderes übrig, als sich zu den Kollegen zu gesellen und darauf zu hoffen, dass ein ›Offizieller‹ sich dazu herabließe, ein paar Informationen preiszugeben.

»Ich komme gleich wieder«, sagte sie zu Ditch, hängte sich den Riemen der Kamera über die Schulter und machte sich auf den Weg. Schon nach wenigen Schritten sah sie, dass sich eine Person aus dem Reporterpulk löste und ihr entgegenkam. Sie musste grinsen, als sie ihn erkannte: Mads Sievertsen, Journalismus-Student und derzeit Praktikant beim dänischen Blatt *Lynet*.

»Ich hab mir schon gedacht, dass du herkommen würdest«, sprudelte der junge Mann heraus, als er nah genug war, »und immer wieder nach dir Ausschau gehalten.« Er holte kurz Luft und zeigte begeistert auf die Brandruine. »Das ist ein Ding, was? Jetzt kommt endlich Bewegung in den Fall!«

»Moin, Mads«, begrüßte Kira ihn. »Woher wusstest du denn, dass es das Auto des Mordopfers war, das hier verbrannt ist?«

Sievertsen zuckte mit den Schultern. »Ich sagte dir doch schon, dass ich eine erstklassige Quelle im Umfeld der Polizei habe.«

»Nun gib mal nicht so an«, erwiderte Kira lachend. »Da steht noch ein Dutzend anderer Presseleute. Haben die alle solch erstklassige Quellen wie du, oder hat es womöglich eine entsprechende Mitteilung der Behörden gegeben?«

»Na gut«, räumte der junge Mann verlegen ein. »Der Polizeichef hat vor zwei Stunden wohl etwas dazu verlauten lassen.«

»Dann erzähl mal: Was ist da geschehen?«

»In der Nacht hat jemand den alten Schuppen hier angezündet. Und ...«

»Moment mal, Mads. Steht denn fest, dass es Brandstiftung war?«

»Nachdem man das Auto gefunden hat, ist das doch sonnenklar, oder? Das sollte abgefackelt werden. Die Spurensicherer suchen jetzt nach Resten von Brandbeschleunigern, hat mir einer von der Feuerwehr erzählt.«

»Kann man die in einer solchen Brandruine überhaupt noch finden?«

»Angeblich haben sie dafür ein neues Gerät, das Fotoionisationsdetektor heißt. Damit können sie oft auch nach einem Feuer noch Reste von Benzin und ähnlichen Substanzen nachweisen.«

Kira war beeindruckt. »Alle Achtung, da hast du ja schon etwas Brauchbares erfahren!«

»Übrigens gehört der Schuppen einem Bauern, der da hinten wohnt.« Er zeigte in Richtung des Dorfes, durch das Kira auf dem Herweg gekommen war. »Auch mit dem habe ich vorhin geredet. Das Gebäude wurde nicht mehr genutzt, sagt er, und dass nur noch Gerümpel drin stand.«

»Und das Auto«, ergänzte Kira trocken.

»Davon wusste er angeblich nichts. Die Polizei hat ihn bereits vernommen, aber wenn du mich fragst, hatte er tatsächlich keine Ahnung, dass die Karre hier versteckt war.«

»Hast du einen Blick auf den Wagen werfen können?«

Sievertsen warf ihr einen verschwörerischen Blick zu. »Ich hab sogar ein Foto davon.«

»Donnerwetter! Kannst du durch die Zeltwand hindurch fotografieren?«, fragte Kira spöttisch.

Leicht pikiert gab der junge Mann zurück: »Ich war als Erster hier am Brandort, früher als die anderen Medienleute. Als ich ankam, hatten sie gerade damit begonnen, die Stangen für das Zelt über dem Autowrack aufzubauen. Die Plane war noch nicht drübergezogen. Aber ich hätte auch keine fünf Minuten später kommen dürfen.«

»Klasse«, sagte Kira und nickte beifällig. »Gute Arbeit, das muss ich sagen. Ich nehme an, du wirst das Foto jetzt gleich auf der Online-Plattform von *Lynet* veröffentlichen?«

»Genau das habe ich vor. Cool, was?«, erwiderte Sievertsen und sonnte sich sichtlich in Kiras Anerkennung. Dann trat er einen Schritt auf sie zu. »Willst du es auch haben?«

»Das Foto? Zur Veröffentlichung?«, fragte Kira überrascht.

»Kannst es haben. Musst natürlich kenntlich machen, dass es von mir ist.«

»Das weiß ich zu schätzen, Mads«, gab Kira vorsichtig zurück. »Aber das lassen wir lieber bleiben. Du würdest dir damit eine Menge Ärger mit deinem Chef einhandeln, da bin ich sicher. Schließlich bist du im Auftrag deiner Zeitung hier. Was meinst du, was die dazu sagen wird, dass ein Foto ihres Reporters gleichzeitig von einem deutschen Fernsehsender verwendet wird?«

»Hm, hast recht«, stimmte er zerknirscht zu. »Da war ich wohl zu voreilig.«

»Kein Problem«, tröstete Kira ihn. »Hast es ja gut gemeint. Aber sag mal: Dafür hättest du doch sicher von mir eine Gegenleistung erwartet, nicht wahr?«

»Na ja, ich wüsste gern mehr über die Familie von Hohenmarschen und dieses Gut in Nordfriesland. Darüber weiß ich noch nicht genug. Besonders ihren Ehemann, diesen Architekten, finde ich interessant. Der erbt doch jetzt alles, oder?«

Kira zuckte mit den Schultern. »Keine Ahnung, Mads.«

Der junge Mann ballte erregt seine Hände zu Fäusten und rief: »Verdammt noch mal, Kira, ich will etwas schreiben, was die Leute echt vom Hocker reißt. Kannst du mir denn dabei nicht helfen?«

»Was genau stellst du dir vor?«, fragte Kira ruhig.

»Es kostet uns doch viel zu viel Zeit, gleichzeitig überall zu recherchieren! Während ich mich hier in Sonderburg um die weitere Entwicklung kümmere – du weißt ja, dass ich eine Quelle bei der Polizei habe –, könntest du dich doch auf Gut Hohenmarschen intensiv umsehen. So haben wir beide etwas davon.«

»Sei nicht eingeschnappt, Mads, aber ich bin gern unabhängig. Trotzdem können wir uns natürlich immer mal austauschen, was Neuigkeiten angeht, einverstanden?«

Das war ganz offensichtlich nicht das, was sich der junge Praktikant versprochen hatte, aber er schien sich damit abzufinden. »Okay, dann machen wir es halt so«, sagte er, und seiner Stimme war die Enttäuschung anzuhören. »Hauptsache, wir bleiben in Verbindung. Dies ist eine echt große Sache, und ich will einen Knüller abliefern. Vor allem will ich keine Fehler machen.«

»Kannst auf mich zählen, wenn du Rat brauchst«, versicherte ihm Kira. »Aber sag mal: Weißt du, ob die Kripo noch hier vor Ort eine offizielle Erklärung abgeben wird, was ihre Ermittlungen zu diesem Brand angeht?«

»Vorhin haben sie gesagt, dass Kommissar Jacobsen um dreizehn Uhr vor die Presse treten und Fragen beantworten wird. Wahrscheinlich wird er aber nichts rauslassen, was wirklich interessant für uns ist. ›Aus ermittlungstaktischen Gründen‹, wie die immer sagen.«

Kira lachte auf und blickte auf ihre Armbanduhr. »Noch eine knappe halbe Stunde bis dahin. Dann gehe ich jetzt schnell zu meinem Auto, führe ein paar Telefonate und schicke dann meinem Kollegen im Sender das Material, das ich schon im Kasten habe. So brauche ich nachher nur noch das hinzuzufügen, was Jacobsen uns zu sagen hat, und der Bericht kann online gehen.«

19

Die offizielle Erklärung der dänischen Polizei war mehr als dünn.

Kommissar Jacobsen bestätigte bloß, dass es sich bei dem verbrannten Autowrack um das Fahrzeug der Deutschen handele, deren Leiche vor Kurzem im Alsensund gefunden worden war. Von den Presseleuten zu weiteren Ermittlungsergebnissen befragt, erklärte er schmallippig, es lägen keine vor, deren Weitergabe an die Öffentlichkeit möglich sei. Er könne nur bestätigen, dass der Wagen absichtlich in Brand gesteckt wurde.

Der Beitrag für die App des Senders war dennoch gut gelungen, fand Kira, als sie ihn sich jetzt auf der Online-Plattform ansah. Scholli hatte ihr Material geschickt geschnitten und einen knackigen Kommentar daruntergelegt. Das Zwei-Minuten-Video endete mit einem Take, den Kira selbst von sich aufgenommen hatte. Darin stand sie mit dem Mikrofon vor der Brandstelle und formulierte genau die Fragen, die sich vermutlich alle stellten: War Susanna von Hohenmarschen-Klamroth selbst mit ihrem Auto hierhergekommen – womöglich hergelockt worden? War sie hier getötet worden? Hatte man ihre Leiche von dem Steg im Hintergrund ins Wasser geworfen? Und vor allem: Was steckte hinter diesem furchtbaren Verbrechen? Wer hatte es begangen – und warum?

Zufrieden nickte sie, steckte ihr Tablet in den Hippiesack und legte ihn auf den Rücksitz des Volvos. Den Camcorder, das Stativ und ihr Mikrofon hatte sie bereits im Kofferraum verstaut.

»Komm, wir drehen noch eine Runde«, forderte sie Ditch auf, der sich das nicht zweimal sagen ließ.

Eine halbe Stunde später waren sie wieder zurück, Kira setzte sich ans Steuer und fuhr los.

Bis zur Halbinsel Eiderstedt in Nordfriesland, wo Gut Hohenmarschen lag, waren es über einhundert Kilometer, und da der Weg großenteils über Landstraßen führte, lagen fast zwei Stunden Fahrt vor ihr.

Genügend Zeit, um über etwas nachzudenken, was Mads Sievertsen vorhin gesagt hatte. Etwas, das sie irgendwie gestört hatte, ohne dass sie hätte sagen können, warum.

Für sie hatte es so geklungen, als wollte er nicht selbst nach Hohenmarschen fahren, um dort zu recherchieren. Vielmehr sollte Kira das tun und ihm dann berichten, was sie über die Familie herausgefunden hätte.

Sonderbar. Hohenmarschen stand doch seit dem Tod der Gutsherrin im Fokus aller möglichen Presseleute. Was hinderte Sievertsen daran, sich ebenfalls dort umzuhören, statt darauf zu hoffen, dass Kira ihn an den Erkenntnissen aus ihren Recherchen teilhaben ließe – wenn sie solche überhaupt erzielen würde?

Wahrscheinlich aber war gar nichts Rätselhaftes an der Sache dran, sagte Kira sich nach einer Weile des Überlegens. Der Junge war eben ehrgeizig, versprach sich wohl einfach viel von einer Zusammenarbeit mit ihr, der erfahrenen Journalistin.

Zu viel, das würde er bald merken. In diesem Job verschenkte man seine Goldstücke nicht an die Konkurrenz.

Wenn man die überhaupt einmal sammeln konnte.

Restaurant und Hotel vorübergehend geschlossen – Zufahrt zum Gut für Unbefugte verboten!, stand unübersehbar auf einem großen Schild an der Abzweigung.

Überrascht hielt Kira an und überlegte einen Augenblick lang. Dann schüttelte sie trotzig den Kopf, gab beherzt Gas und bog auf die Zufahrt ab.

Sie fühlte sich durchaus befugt.

Knurrend setzte sich Ditch im Heck auf, als der alte Wagen nun scheppernd über das Kopfsteinpflaster holperte.

»Deine Befürchtungen sind nicht unberechtigt«, rief Kira lachend nach hinten. »Die Karre fällt bestimmt demnächst auseinander.«

Schon seit geraumer Zeit redeten Lukas und sie über ein neues Auto – neu natürlich nur im Vergleich zu dieser Rostlaube. Ein guter Gebrauchter würde es auch tun. Aber ein Jahr würden sie mit dieser Anschaffung noch warten müssen, dann wäre der teure Zusatzkredit abbezahlt, den sie für die Renovierung ihres Hauses hatten aufnehmen müssen. Es war ihnen gegangen wie vielen Käufern einer alten Immobilie: Erst im Laufe der Umbauarbeiten hatte sich gezeigt, dass alles teurer wurde als gedacht.

Sie blickte in den Rückspiegel und sah, dass der Hund beunruhigt mit den Ohren zuckte, als das Klappern der Karosserie nicht aufhören wollte. »Ein paar Monate muss er noch durchhalten«, verkündete sie, »sonst haben wir ein Problem. Dann müssten wir den Gürtel enger schnallen. Na gut, das trifft dich natürlich weniger …«

Das imposante weiß getünchte Herrenhaus kam in Sicht, als sie die letzten Meter auf der schmalen Allee zurücklegte. Rechts davon erkannte sie die ehemalige Scheune, die, aufwendig restauriert und umgebaut, heute als Gasthaus und Hotel diente.

Als sie auf den Hofplatz einbog, sah sie, dass kein einziges Auto hier stand, außer einem Lieferwagen mit der Aufschrift ›Hotel-Restaurant Gut Nordfelde‹, das bei der Scheune geparkt war. Sie fuhr den Volvo daneben und stellte den Motor ab.

Das Schild an der Zufahrt schien tatsächlich zu wirken. Wo sich sonst, wie Kira wusste, viele Gäste und Besucher drängten – nicht zuletzt die Fans der Fernsehserie *Das Erbe der Väter*, die sogar mit Bussen hergekarrt wurden –, herrschte nun eine geradezu bedrückende Leere.

Sie stieg aus dem Auto, schloss die Tür und blieb daneben stehen.

Stille. Nichts rührte sich auf dem Gelände.

Der Parkplatz war unbesetzt, und am Eingang des Gastronomiegebäudes hing ein *GESCHLOSSEN*-Schild.

Verwundert sah Kira sich um. Das hatte sie nicht erwartet. Offenbar hatten selbst ihre Kolleginnen und Kollegen von den Medien es aufgegeben, hier noch länger auszuharren.

Sofort schoss ihr die Frage durch den Kopf, was sie sich eigentlich davon versprach, hier hergekommen zu sein. Wahrscheinlich würde sie niemanden finden, der überhaupt mit ihr sprechen wollte. Schon gar nicht Jens Klamroth, dem ihr Hauptinteresse galt. Denn genau das war vermutlich den anderen Presseleuten so ergangen, sonst wären sie nicht allesamt abgezogen.

Sie könnte ein paar Aufnahmen von dem prächtigen Gutshaus machen, klar. Und sie mit einigen Erläuterungen zum familiären Hintergrund des Mordopfers, der ›Wasserleiche im Alsensund‹, unterlegen. Doch war das nicht alles längst berichtet worden? Was sollte daran eigentlich neu sein, von echtem Nachrichtenwert?

Unwillig schnaufte sie auf und sah hinüber zu dem schneeweißen schlossähnlichen Herrenhaus.

Sie musste es zumindest versuchen.

Entschlossen öffnete sie die Heckklappe und holte den Camcorder heraus. Dem Hund befahl sie zu warten und versprach, nachher mit ihm eine ordentliche Runde zu drehen, holte noch ihren Hippiesack vom Rücksitz und ging über den weiten Platz hinüber zum Treppenaufgang des Gutshauses.

Gerade wollte sie die erste Stufe nehmen, da hörte sie ein schwaches Geräusch von links. Sie hielt inne und schaute in die Richtung, aus der das gekommen war, was sich wie Schluchzen angehört hatte.

Wenige Meter entfernt sah sie einen niedrigen Staketenzaun, hinter dem ein bunter Garten lag, vermutlich der Blumen- und Kräutergarten des Hauses.

Von dort war das Geräusch gekommen, das Kira glaubte gehört zu haben.

Sie blieb still stehen und lauschte.

Sekunden später fuhr sie zusammen: Jemand stöhnte dort. Leise zwar, kaum zu hören, aber dennoch ein menschlicher Laut.

Kira drehte sich um, ging zur Gartenpforte und bemerkte, dass sie nur angelehnt war. Vorsichtig stieß sie das Gatter auf und betrat einen geharkten Sandweg, der beiderseits dicht mit hohen Rosensträuchern bestanden war. Orangefarbige, gelbe und weiße Rosenblüten verströmten einen betörenden Duft.

Langsam ging Kira weiter.

Der Sandweg machte einen Knick nach rechts, und ein Pavillon kam in Sicht, eine luftige, zum Weg hin offene Holzkonstruktion, über und über mit Efeu bewachsen.

Kira hörte ein Wimmern, das aus dem Inneren heraustönte, und machte noch zwei, drei Schritte, bis sie in den Pavillon hineinsehen konnte.

Eine alte Frau, weißhaarig und sehr klein, saß dort zusammengekrümmt auf einer Holzbank, weinte und hielt sich dabei ein Taschentuch vors Gesicht.

»Entschuldigung«, sagte Kira sanft. »Ich will Sie nicht stören, aber ... Kann ich Ihnen helfen?«

Die Alte schrak zusammen, ließ das Tuch sinken und sah Kira aus rot geweinten Augen an.

»Wer sind Sie? Was wollen Sie hier?«, fragte sie krächzend.

»Ich kam her, um mit Herrn Klamroth zu sprechen, aber dann hörte ich Sie hier ...«

»Klamroth ist in Hamburg, in seiner Firma«, stieß die Frau aus, und es hörte sich wie ein Vorwurf an. »Der arme Nick ist allein mit dieser ... Person ...« Sie brach ab, ein Beben durchlief ihren schmächtigen Körper und sie rief: »Gehen Sie weg! Los, schnell, alles hier ist verflucht!«

»Wie bitte?«, fragte Kira konsterniert. »Was meinen Sie damit?«

Die Weißhaarige schien die Frage gar nicht gehört zu haben. Sie wischte sich das nasse Gesicht ab und starrte Kira verstört an. Plötzlich erhellte sich ihr Gesicht und sie rief: »Jetzt weiß ich, wer Sie sind. Eine Freundin der armen Susanna, nicht wahr? Ich kenne Sie doch!«

Das war völlig unmöglich, dachte Kira, obwohl ... Vielleicht hatte die alte Frau sie manchmal in einer Sendung des Regionalprogramms gesehen und verwechselte sie nun mit jemandem, den Susanna von Hohenmarschen-Klamroth gekannt hatte.

Gerade wollte sie den Irrtum richtigstellen, da hörte sie die Alte sagen: »Ist es nicht furchtbar, was man Susanna angetan hat? Dabei hatte sie doch keine Schuld. Sie war doch noch ein Kind damals.«

Von diesen Worten elektrisiert, beschloss Kira, zunächst keine weiteren Erklärungen zu der offensichtlichen Verwechslung abzugeben. Hoffentlich eine gute Idee ...

»Nein, sie hatte keine Schuld, gewiss nicht«, fabulierte sie drauf los, ohne die geringste Ahnung zu haben, worum es hier ging. »Wie alt war sie damals eigentlich?«

»Fünfzehn oder sechzehn«, erwiderte die Alte schluchzend. »Ein Kind noch, wie ich schon sagte. Sie hatte keine Chance gegen den Alten. Er hat den Fluch über dieses Haus gebracht, nur er!« Wieder überfiel sie ein Weinkrampf und sie nahm das Taschentuch hoch.

»Darf ich fragen, wer Sie sind?«, wagte sich Kira vor.

»Die Hauswirtschafterin«, stieß die Alte weinend hervor. »Aber bestimmt nicht mehr lang.«

Was mochte das wieder heißen?, fragte sich Kira, entschied sich jedoch, das später zu klären. Erst musste sie herausbekommen, was hinter den anderen Andeutungen steckte.

Um was für einen Vorfall mochte es hier gehen, der – sie rechnete kurz nach – jetzt über zwanzig Jahre zurückliegen musste?

»Er hat mich gezwungen, ihm zu helfen«, stieß die Weißhaarige schluchzend hervor. »Was blieb mir denn übrig? Ich konnte nichts gegen ihn ausrichten. Er hat mir gedroht und ... oh, mein Gott ... Alle hat er unter Druck gesetzt und tyrannisiert.« Sie starrte Kira an. »Seither hat es für die arme Susanna keinen glücklichen Tag mehr auf Hohenmarschen gegeben – trotz all dem Reichtum. Ihre Mutter ist darüber sogar verrückt geworden.«

»Was hat man Susanna damals angetan?«, wagte sich Kira vor.

»Das wissen Sie nicht?« gab die Alte erschrocken zurück, dann nickte sie und fuhr fort: »Natürlich wissen Sie es nicht. Sie hat es also nicht einmal ihrer Freundin erzählen können, so sehr hat sie sich geschämt.«

»Dann sagen Sie es mir doch: Was ist damals passiert? Ich möchte es …« Sie brach ab, als plötzlich eine schrille Frauenstimme vom Gutshaus herübertönte: »Line, verdammt noch mal, wo bleibst du? Es kann doch nicht eine Stunde dauern, ein paar Stängel Petersilie aus dem Garten zu holen! Komm endlich in die Küche!«

Erschrocken sprang die Alte auf. »Ich muss sofort ins Haus, sonst kriege ich noch mehr Ärger.« Damit griff sie zu dem Bund Grünzeug, das neben ihr auf der Bank lag, und eilte an Kira vorbei.

»Wer hat da gerade nach Ihnen gerufen?« fragte Kira hinterher.

Ohne stehen zu bleiben, antwortete Line, wie sie offenbar hieß: »Sylvia Klamroth, Susannas Schwägerin. Sie soll sich um den Jungen kümmern, weil seine Mutter jetzt tot ist. Aber …« Der Rest war nicht mehr zu verstehen.

Kira blieb im Garten, bis sie hörte, dass sich die schwere Tür zum Herrenhaus schloss. Sie atmete tief durch.

Um Himmels willen, was hatte sie da gerade erlebt?

Verbarg sich in dem wirren Gerede von einem angeblichen Fluch etwa eine Spur zum Motiv für den Mord an der ›armen Susanna‹, wie Line sie genannt hatte? Wer war ›der Alte‹? Und worüber ist Susannas Mutter angeblich ›verrückt geworden‹?

Sie würde es herausfinden müssen.

Ihr Reporterinnen-Jagdfieber war erwacht.

20

In düstere Gedanken versunken, trat Jens Klamroth an das bodentiefe Fenster seines Büros.

Als ob er keine anderen Sorgen hätte, war ihm auch noch seine Schwester Sylvia auf die Nerven gefallen, bevor er vor gut einer Stunde endlich in Hohenmarschen hatte vom Hof fahren können. Kategorisch hatte sie von ihm gefordert, ein ernstes Wort mit seinem Sohn zu sprechen, weil der seiner Tante gegenüber ›aufsässig‹ sei, wie sie sich ausdrückte. Nick spreche kein Wort mit ihr, hatte sie geklagt, und kümmere sich nicht um das, was sie ihm sage. Erst nach einem unschönen Wortwechsel und der Zusage, heute Abend mit dem Jungen zu reden, war es Klamroth gelungen, seine aufgebrachte Schwester zu besänftigen.

Fast bereute er es schon, Sylvia überhaupt ins Haus geholt zu haben. Dabei hatte er es bloß gut gemeint. Ihm war es darum gegangen, den Jungen nach dem Tod seiner Mutter nicht mit der immer wunderlicher werdenden Line allein zu lassen.

Er stieß einen tiefen Seufzer aus und starrte durch die Fensterscheibe nach draußen. Um den großartigen Blick über einen Teil der Elbe hinüber zu den Hafenanlagen am gegenüberliegenden Ufer zu genießen, war er aber zu tief in seinen sorgenvollen Gedanken gefangen. Auch die vielen Schiffe aller Arten und Größen auf dem Fluss nahm er gar nicht bewusst wahr.

Dabei war gerade die attraktive Lage der wichtigste Grund dafür gewesen, die Geschäftsräume des Architekturbüros *Klamroth & Partner* hierher in die sechste Etage des hochmodernen Geschäftshauses am Buenos-Aires-Kai zu verlegen. Klamroths internationale Klientel liebte das einzigartige Flair der Hamburger HafenCity, und in den bequemen Sesseln mit Ausblick über den Hafen der Weltstadt waren schon einige höchst lukrative Aufträge erfolgreich verhandelt worden.

So auch der, durch den *Klamroth & Partner* die Federführung für den Bau eines großen Teils des neuesten Hotelkomplexes am Rande der Wüste in Dubai erhalten hatte – ein gewaltiges Projekt, dessen Eigentümer die Familie eines Neffen des Vizepräsidenten der Vereinigten Arabischen Emirate war. Allein für diesen Auftrag hatte Klamroth seinen fünfzehnköpfigen Mitarbeiterstab im Konstruktionsbüro um sechs zusätzliche hoch qualifizierte Leute aufgestockt, was die Personalkosten empfindlich in die Höhe trieb. Zusammen mit der schwindelerregend hohen Miete und den sonstigen Kosten für die fast vierhundert Quadratmeter großen Geschäftsräume war monatlich eine beträchtliche Summe zu stemmen.

Und genau das brachte Klamroth um den Schlaf.

Er trat so dicht vor das Fenster, dass seine Stirn ans kühle Glas stieß, hob die Arme und legte seine Hände auf die Scheibe.

Alles lief schief. Er war sich keineswegs sicher, die Lage noch im Griff zu haben.

Was gäbe er dafür, alles hinter sich zu lassen, einfach in den Flieger zu steigen und nach Chalkidiki zu fliegen!

Wie sehnte er sich nach dem Frieden in seinem Haus über dem Meer. Und nach Aspasia …

Begonnen hatte es mit der verfluchten Baustelle in Dubai. Immer neue Ideen brütete der verrückte junge Scheich aus, die alle vorherigen Planungen und Berechnungen über den Haufen warfen. Das allerdings kostete bloß Zeit und Nerven. Viel schlimmer war, dass das Subunternehmen für die Stahlbetonkonstruktion Pfusch abgeliefert und anschließend in Konkurs gegangen war. Die immensen Kosten für den unvermeidlichen Abriss und den Neuaufbau eines Teils des Gebäudes hatte vertragsgemäß die Firma *Klamroth & Partner* zu tragen – eine Katastrophe.

Klamroths Kreditlinien bei den Banken waren längst ausgereizt. Er hatte keine Wahl: Ohne erneutes Anzapfen einer höchst gefährlichen Geldquelle hätte er Konkurs anmelden müssen.

Und nun?

Susannas Testament kannte er natürlich, schließlich stammte es weitgehend aus seiner eigenen Feder. Mit den darin getroffenen Regelungen hätte er gut leben können. Aber seit sie es verfasst und beim Notar hinterlegt hatten, waren Jahre vergangen.

Allzu viel war inzwischen passiert.

Ihm graute vor den notwendigen Regelungen, die nach der Testamentseröffnung getroffen werden müssten. Über kurz oder lang würden dabei bestimmte Transaktionen ans Licht kommen, die ihn in größte Schwierigkeiten brächten.

Wenn ihm nicht sehr schnell etwas einfiele, um seinen Kopf aus der Schlinge zu ziehen …

21

Ein paar Kilometer vor der Abzweigung zum Gut war Kira auf der Herfahrt ein kleiner See aufgefallen, der abseits der Straße lag. Dorthin fuhr sie nun, parkte den Volvo auf einem Feldweg und ließ Ditch heraus.

Wie sie erwartet hatte, rannte der Hund geradewegs zum Ufer und stürzte sich übermütig in die Fluten. Sobald er Wasser witterte, brachen stets mit Macht seine Labrador-Gene durch.

Kira rief derweil Tim Scholler an, erzählte ihm von ihrem Erlebnis auf dem Gut und bat ihn, Informationen über die Familie von Hohenmarschen zu sammeln. »Natürlich sind nur die letzten zwei, drei Generationen interessant. Und auch nur die Vorfahren von Susanna von Hohenmarschen. Die ihres Mannes sind nicht wichtig für uns.«

»Das wird nicht allzu schwer sein«, erwiderte Scholli. »Bestimmt steht auf Wikipedia etwas über diese Leute. Und dann gibt es ja auch noch das *Genealogische Handbuch des Adels.*«

»Kannst du das beschaffen?«, fragte Kira. »Könnte sehr nützlich sein.«

Scholli lachte auf. »So was hat ein guter Journalist im Regal stehen. Ist zwar seit ein paar Jahren nicht mehr neu aufgelegt worden, aber die letzte Ausgabe hab ich hier.«

»Ich bin beeindruckt«, sagte Kira. »Okay, in etwa zwei Stunden bin ich zurück.«

»Sehr gut. Dann wirst du noch etwas anderes erfahren, was dich interessieren wird.«

»Was meinst du?«

»Wart's ab«, neckte Scholli sie. »Ich bin auf seltsame finanzielle Transaktionen gestoßen, die mit dem Gut in Verbindung stehen. Wirst dich wundern, versprochen.«

»Du machst mich neugierig«, sagte Kira, fragte aber nicht weiter nach. Sie gönnte ihm den Spaß, ein wenig Spannung aufzubauen. »Dann bis gleich.« Sie beendete das Gespräch, ging zu dem Wäldchen, das an den Teich grenzte, und suchte einen abgebrochenen Ast. Rasch fand sie einen stabilen, der nicht sofort in Stücke zerfallen würde, wenn Ditch ihn ins Maul bekam.

Kaum hatte der Hund gesehen, was sie in der Hand hielt, sprang er mit raumgreifenden Sätzen aus dem Wasser und setzte sich schwanzwedelnd vor Kira hin.

Sie holte aus und warf den Ast in hohem Bogen in den kleinen See. »Hol's!«, befahl sie, und sofort rannte das schwere Tier los, sprang mit einem gewaltigen Satz ins aufspritzende Wasser und saß eine Minute später mit dem Holz im Fang schon wieder vor Kira.

Das ›Wasserspiel‹. Ditch liebte es, und Kira gönnte ihm seinen Spaß, wann immer möglich. Besonders gern spielten sie es bei ihren Spaziergängen über den Außendeich – natürlich nur, wenn Flut war. Bei Ebbe konnte niemand ein Hölzchen so weit werfen, dass es in der Nordsee landete.

Waren sie jedoch mit dem Auto unterwegs, barg das Wasserspiel die Gefahr massiver Durchfeuchtung von Kiras Bekleidung, ganz zu schweigen von der Überflutung des Autos. So gelehrig Ditch nämlich war – eines hatte er nie begriffen: sich das Wasser auf Kommando aus dem dichten Fell zu schütteln.

So auch diesmal. Als Kira der Arm lahm wurde, beendete sie das Spiel und befahl dem Hund: »Schüttle dich!«

Wie immer, blieb Ditch brav vor ihr sitzen und himmelte sie aus seinen dunklen Augen an, während ihm das Wasser in Sturzbächen aus dem Fell lief.

Kira wiederholte das Kommando und vollführte dabei alberne Verrenkungen mit ihrem ganzen Körper, um zu untermalen, was sie von dem bärenähnlichen Tier verlangte, das da vor ihr saß und sie unverwandt anschmachtete.

Es war sinnlos.

»Du bist ein solcher Trottel«, erklärte sie ihm resigniert, seufzte, öffnete die Heckklappe des Wagens und holte ein großes Badetuch heraus, das stets dort bereitlag. Damit rubbelte sie das Fell des Hundes so gut trocken, wie es eben ging, und befahl ihm schließlich, ins Auto zu springen.

Wissend, was nun folgen würde, trat sie drei Schritte zurück und sah zu, wie Ditch mit einem einzigen Satz hineinsprang, sich geduckt auf alle vier Beine stellte und genüsslich begann, sich in konvulsivischen Zuckungen das Wasser vom Leib zu schütteln. Danach ließ er sich zufrieden auf seiner durchnässten Decke nieder und blickte Kira liebevoll an.

»Himmel, wie kann man so doof sein?«, murmelte Kira, nahm ein weiteres Tuch zur Hand und wischte die Wassertropfen von der Innenverkleidung und den Scheiben ab. Dann öffnete sie die hinteren Türen und kurbelte dort die Scheiben halb herunter. Es war warm und trocken draußen, und der Fahrtwind würde die Feuchtigkeit und den Geruch von nassem Hundefell in den zwei Stunden der Rückfahrt vertreiben.

Na gut, wenigstens ein bisschen.

»Das sieht aus wie ein Stammbaum«, sagte Kira und blickte auf den Monitor.

»Es *ist* einer«, gab Scholli zurück. »Allerdings nur die letzten drei Generationen des Zweiges der Familie, der von Interesse sein könnte. Die Hohenmarschens werden schon im späten Mittelalter urkundlich erwähnt und haben sich in vier oder fünf verschiedene Linien entwickelt, aber das ist für uns ohne Belang, denke ich. Und die Vorfahren dieses Jens Klamroth habe ich weggelassen, wie du gesagt hast. Da finden sich sowieso nur seine Eltern.«

Kira nickte. »Hast du toll gemacht in der kurzen Zeit.« Sie deutete auf den letzten Kasten am unteren Ende der Grafik. »›Nicolaus von Hohenmarschen‹, steht da, geboren am 16.10.2009.«

»Der Sohn der Toten und ihres Ehemannes«, sagte Scholli. »Die stehen im Kästchen darüber.«

»Ah ja, hier: Susanna von Hohenmarschen, geboren 1984, und Jens Klamroth, geboren 1972.«

»Der Junge hätte auch Nicolaus Klamroth heißen können, aber sie haben ihm den Familiennamen der Mutter gegeben. Vermutlich, um das alte Geschlecht nicht aussterben zu lassen.«

»Scheint ihr einziges Kind zu sein.«

»Jedenfalls das einzige, das urkundlich erwähnt wird.«

Kira lenkte ihren Blick auf die obere Hälfte der Grafik. »Okay, dann haben wir hier noch Susannas Eltern und Großeltern.«

»Mehr wolltest du nicht haben, wenn ich dich richtig verstanden habe.«

»Absolut richtig. Schauen wir mal. Vor allem die Eltern könnten interessant sein.« Sie beugte sich vor und legte ihren Finger auf einen Namen. »Jan-Karl von Hohenmarschen, geboren 1938, gestorben 2000 – Susannas Vater. Tod schon mit zweiundsechzig …«

»… und bereits 46 gewesen, als seine Tochter geboren wurde«, stellte Scholli fest. »Auch sie scheint übrigens ein Einzelkind gewesen zu sein.«

»Ihre Mutter Lieselotte war eine geborene von der Tann, sehe ich. Sie ist ihrem Mann fünf Jahre später ins Grab gefolgt.« Kira rechnete kurz nach. »Da war sie erst achtundfünfzig Jahre alt«, fügte sie versonnen hinzu. Ihr war eingefallen, was die alte Line vorhin gesagt hatte. »Das muss die Frau sein, die angeblich verrückt geworden ist, Susannas Mutter. Ich wüsste gern, woran sie letztlich gestorben ist – und auch die Ursache für den frühen Tod ihres Vaters. Ob wir das herausbekommen können?«

»Wozu sollte das gut sein?«, fragte Scholli. »Was versprichst du dir davon?«

Kira zuckte die Schultern. »Ach, ich weiß nicht. Ich möchte verstehen, was diese Line damit gemeint hat, als sie sagte, ›der Alte‹ hätte einen Fluch über das Gut gebracht. Da soll Susanna etwa fünfzehn gewesen sein. Also muss ›der Alte‹ ihr Vater sein, denn der Großvater ist ja …«, sie warf einen Blick auf den Monitor, »… schon 1981 gestorben.«

»Glaubst du im Ernst an diesen Schwachsinn von einem Fluch?«, fragte Scholli irritiert.

»Nein, natürlich nicht. Line mag es nennen, wie sie will – dennoch muss damals etwas Gravierendes geschehen sein, an dem sich die Hausangestellte mitschuldig fühlt. Etwas, das Susannas Mutter sogar in den Wahnsinn getrieben hat. Jedenfalls, wenn man glauben kann, was die Alte mir erzählt hat.«

»Na gut, aber was sollte das mit dem Mord an der Tochter so viele Jahre später zu tun haben?«

»Keine Ahnung, Scholli«, räumte Kira ein. »Trotzdem würde ich gern mehr über die Umstände des frühen Tods von Susannas Eltern wissen. Nur so ein Bauchgefühl.«

Darauf sagte Tim Scholler nichts.

»Sag mal«, wechselte Kira rasch das Thema, »hast du schon etwas zu den Besitzverhältnissen auf Gut Hohenmarschen herausgefunden? Und zu dem Thema der Erbschaftsregelung?«

Der Kollege griff nach einem Hefter auf dem Schreibtisch. »Ich sagte dir ja am Telefon schon, dass ich eine Überraschung für dich habe. Und die hat mit den Besitzverhältnissen zu tun. Ich komme gleich darauf zurück. Zum Thema Erbschaft weiß ich allerdings nichts Konkretes. Entweder gilt die gesetzliche Erbfolge, oder es gibt ein Testament – wovon ich in diesem Fall ausgehe. Aber fest steht immerhin, dass Susanna von Hohenmarschen-Klamroth alleinige Eigentümerin des Gutes mit allen Ländereien und Gebäuden war.«

»Tatsächlich? Woher weißt du das?«

»Wenn man die richtigen Leute kennt, kommt man auch an die entsprechenden Eintragungen im Grundbuch. Und eine Einsicht ins Handelsregister ist sowieso kein Problem.«

»Handelsregister? Warum hast du …?«

»Wenn du mich mal ausreden lassen würdest, kämen wir schneller voran«, sagte Scholli schmunzelnd. »Es wartet nämlich noch die Überraschung auf dich – um nicht zu sagen: die Sensation.«

»Tatsächlich? Ich höre dir zu!«, versprach Kira.

»Also: Das Grundbuch zeigt, dass der gesamte Besitz nach dem Tod von Susannas Vater auf dessen Ehefrau übergegangen ist. Und als die fünf Jahre später ebenfalls starb, wurde die Tochter Alleinerbin. Sie steht seit 2005 als Eigentümerin im Grundbuch, und daran wurde bis heute nichts geändert.« Er holte ein anderes Blatt aus der Mappe. »Im Handelsregister ist nun aber eine Firma namens *Betriebsgesellschaft Gut Hohenmarschen GmbH* eingetragen. Sie wurde 2007 gegründet, und als Geschäftszweck ist angegeben: ›Verwaltung und Betrieb der Immobilien und der landwirtschaftlichen und kaufmännischen Geschäfte von Gut Hohenmarschen‹. Alleinvertretungsberechtigter Geschäftsführer dieser Firma ist Jens Klamroth, und es gibt noch einen angestellten Verwalter.«

Kira ließ sich das Gehörte durch den Kopf gehen. Schließlich sagte sie: »Wenn ich das richtig verstehe, gehörte Susanna der ganze Laden mit allem Drum und Dran, aber die Geschäfte hat Klamroth geführt.«

Scholli nickte. »Vielleicht wollte sie mit alldem nichts zu tun haben und hat es lieber ihrem Mann überlassen. Schließlich war sie wohl mehr der musische, künstlerische Typ, wenn ich es richtig sehe. Dafür spricht, dass die GmbH kurz nach ihrer Hochzeit mit Klamroth gegründet wurde.«

»Das klingt danach, als hätte sich die Eigentümerin all dessen, was da verwaltet und betrieben wird, seit Jahren überhaupt nicht um die damit verbundenen Geschäfte gekümmert. Findest du das nicht bemerkenswert?«

»Überaus bemerkenswert«, gab Scholli zurück und nickte heftig. »Vor allem, wenn man sich vor Augen führt, was seit Gründung der Betriebsgesellschaft passiert ist.«

»Passiert? Was ist passiert?«, sagte Kira ungeduldig. Lass dir doch nicht alles aus der Nase ziehen!«

»Nun, ich muss noch weiter an einigen überaus sensiblen Strippen ziehen, aber schon jetzt ist klar, dass die *Betriebsgesellschaft Gut Hohenmarschen GmbH* sehr ... nennen wir es originelle Geschäfte macht.«

Kira fuhr wie elektrisiert auf. »Wie bitte? Was soll das heißen?«

Scholli blätterte in der Mappe hin und her, nahm einige Notizzettel in die Hand, die auf seinem Tisch lagen. »Man sollte doch meinen, dass sie dort nichts weiter machen als das Gut zu verwalten und alle wirtschaftlichen Tätigkeiten zu verrichten, die damit zusammenhängen. Aber weit gefehlt: Sie machen auch Geschäfte mit ihren eigenen Grundstücken. Und zwar ziemlich erstaunliche.«

»Sie machen *was*?«, fragte Kira erstaunt. »Was muss ich mir darunter vorstellen?«

»Da hilft ein Blick ins Grundbuch«, erwiderte Scholli. »Demnach besaß Susanna von Hohenmarschen sechsundzwanzig unterschiedlich große Grundstücke – verschiedene Ländereien, also Wiesen, Felder und Wälder des Gutes. Aber jetzt kommt's: Auf elf davon sind relativ neue Grundschulden eingetragen. Immer für ein und dieselbe Bank. Und die ist zufällig die Hausbank von Klamroths Architekturbüro, wie man auf seiner Website unschwer erkennen kann.«

Kira hatte es die Sprache verschlagen. Sie starrte ihren Kollegen mit aufgerissenen Augen an und brachte kein Wort heraus.

»Und das ist noch nicht alles«, erklärte Scholli genüsslich. »Das Geld aus den Beleihungen scheint von der *Betriebsgesellschaft Gut Hohenmarschen GmbH* an verschiedene Empfänger als Darlehen weitergegeben worden zu sein.« Er räusperte sich. »Das kann ich bisher aber nur in einem Fall belegen. Ob es mir gelingt, über meinen ... Bekannten an alle Details zu kommen, weiß ich noch nicht.«

»Lass mich raten«, sagte Kira atemlos. »Der Empfänger in diesem einen Fall ist Jens Klamroth.«

»Touché. Genauer gesagt: sein Architekturbüro.«

»Du meine Güte, Scholli! Über wie viel Geld reden wir hier?«

»Allein in diesem Fall über siebenhundertzwanzigtausend Euro.«

22

»Ich weiß nicht, ob mir das gefällt«, sagte Hauptkommissarin Helene Christ, legte Gabel und Löffel neben ihrem halb leeren Teller Spaghetti alla *Puttanesca* ab und fixierte Kira mit einem schrägen Blick.

»Was genau meinst du?«

»Tu nicht so scheinheilig. Dass du schon wieder in unseren Ermittlungen herumwirbelst natürlich.«

Kira lachte trocken auf und schob demonstrativ ihren Salatteller mit Putenstreifen und Schafskäse beiseite. »Was für eine Ausdrucksweise ... ›herumwirbelst‹! Wie stellst du dir eigentlich investigative journalistische Recherche vor? Dass ich brav im Büro sitze und endlos darauf warte, irgendwann einmal von der Polizei eine Information zu erhalten, die jeder andere auch bekommt? Oder dass zufällig jemand zur Tür hereinkommt und sagt: ›Hören Sie mal, ich weiß da etwas, das können Sie vielleicht schreiben‹?«

Helene Christ gab ein unwilliges Knurren von sich und senkte ihren Blick. Entschlossen nahm sie ihr Besteck wieder auf und machte sich schweigend über den Rest ihrer scharfen Pasta her.

»Nun sei mal nicht sauer, Helene«, sagte Kira sanft und zog ihren Teller wieder zu sich heran. »So langsam solltest du mich kennen. Ich pfusche dir und deinen Leuten nicht ins Handwerk, ich mache nur meine Arbeit. Und wenn ich auf etwas stoße, von dem ich glaube, es könnte für die Polizei von Bedeutung sein, erfährst du es umgehend. So habe ich es immer gemacht – und das weißt du auch.« Sie nahm einen Schluck von ihrer Cola *light* und fuhr fort: »Was meinst du, warum ich dich gefragt habe, ob wir heute zusammen essen wollen? Eben genau aus dem Grund, den ich dir gerade genannt habe: Ich wollte dir von meinem Erlebnis mit dieser Haushälterin Line erzählen.«

»Dafür bin ich dir auch dankbar«, räumte die Leiterin der Mordkommission ein. »Für die Frage, ob Jens Klamroth der Täter ist, kann es durchaus von Bedeutung sein, was in der Familie seiner Frau vorgefallen ist – auch wenn es schon viele Jahre zurückliegt.«

»Genau«, stimmte Kira eifrig zu. »Und deshalb müssen wir unbedingt herausfinden, *was* damals geschehen ist. Übrigens ist mein Kollege Tim Scholler auf noch etwas gestoßen, das mit Klamroth im Zusammenhang steht. Müsste dich eigentlich interessieren.« Sie nahm wieder einen Schluck von ihrer Cola und sagte gedehnt: »Es sei denn, du möchtest mit mir nicht mehr über den Fall reden.«

»Nun sei nicht gleich eingeschnappt.« Die Hauptkommissarin rang sich ein Lächeln ab. »Ich bin halt ziemlich frustriert, weil wir noch immer keine halbwegs aussichtsreiche Spur haben.«

»Haben denn die Dänen an der Brandstelle nichts gefunden – auch keine Fingerabdrücke und keine DNA?«

»Außer nachweisbaren Resten von einem Brandbeschleuniger – Benzin, um genau zu sein –, war an dem verbrannten Wrack überhaupt nichts mehr an Spuren zu sichern. Das hat der Täter ja wohl auch beabsichtigt, als er den Wagen abgefackelt hat. Aber …« Sie sah Kira wieder an. »Hm, da kommt mir eine Idee.«

»Lass hören!«

»Du könntest das eigentlich durchaus so bringen.«

»Du meinst, ich soll im Fernsehen berichten, dass die Kripo keine Spuren finden konnte?«, fragte Kira erstaunt.

»An dem verbrannten Auto des Opfers – ja, genau. Das wird den oder die Täter in Sicherheit wiegen.«

Kira kommentierte das nicht, sondern legte nur ihren Kopf schräg und sah die Kriminalistin aufmerksam an.

Die lachte auf und sagte: »Na gut: *quid pro quo* – ich habe verstanden. Also: Tatsächlich hat die Kriminaltechnik doch DNA-Spuren sichern können. Zwar nicht am Auto, dafür aber an einer Brechstange, die ein Stück entfernt im Gras lag, und auch an einer Holzlatte, die von dem Tor der Scheune stammt.« Sie fügte hinzu: »Aber das ist natürlich auf keinen Fall …«

»… für die Öffentlichkeit bestimmt«, ergänzte Kira und nickte. »Verstanden.«

»Ich verlasse mich darauf.«

»Musst du nicht immer wieder betonen«, maulte Kira.

»Hast recht, entschuldige. Derzeit wird die DNA ausgewertet und durch alle Systeme geschickt. Vielleicht kriegen wir einen Treffer.«

»Selbst wenn die DNA niemandem zugeordnet werden kann, der irgendwo gespeichert ist – nützlich könnte sie trotzdem werden, oder? Vor allem dann, wenn es einen Verdächtigen in diesem Fall gibt.«

»Muss schon ein *dringend* Tatverdächtiger sein«, erwiderte Helene. »Der fehlt uns allerdings noch.«

»Da gibt es übrigens einen Steg hinter der abgebrannten Scheune« sagte Kira möglichst beiläufig. »Ich habe gesehen, dass einer der Spurensicherer sich dort zu schaffen gemacht hat. Hat man Hinweise gefunden, ob die Leiche an der Stelle ins Wasser geworfen wurde?«

Die Miene der Hauptkommissarin wurde eisig. »Sorry, meine Liebe, darüber kann ich dir nichts sagen, solange die dänischen Kollegen sich nicht offiziell dazu äußern. Und das werden sie erst einmal nicht tun, da bin ich sicher.«

»Warum nicht?«

»Ob der Fundort des Wagens auch der Tatort war, ist zunächst ausschließlich Täterwissen. Selbst wenn man dazu Erkenntnisse hat, wird man sie klugerweise nicht öffentlich machen.«

»Völlig klar«, sagte Kira, »Macht auch nichts, wenn ich es recht bedenke. Für die Polizei mag das alles wichtig sein, um die Spur zum Täter aufzunehmen, aber die Allgemeinheit wird sich für die Frage, wo man die arme Frau in den Alsensund geworfen hat, sowieso nicht sonderlich interessieren. Viel bedeutsamer ist die Frage, von wem sie umgebracht wurde – und warum.«

Diese Bemerkung löste bei der Leiterin der Mordkommission Heiterkeit aus. »Ich hätte es nicht schöner formulieren können, Kira«, stieß sie prustend aus. »Genau das möchte die Kripo nämlich herausfinden.« Sie lehnte sich zurück. »Ich habe noch Appetit auf ein Eis. Du auch?«

»Nee, lieber nicht. Ich muss aufpassen, das weißt du doch.«

»Unsinn, das bildest du dir bloß ein. Aber sei's drum«, sagte Helene, der Gewichtsprobleme fremd waren. Als der Eisbecher kam, nahm sie den Löffel zur Hand und peilte Kira über die Spitze der Sahnehaube an. »Du wolltest mir noch etwas über Klamroth erzählen, hast du vorhin angekündigt.«

»Habt ihr euch schon mit den Bilanzen von *Klamroth & Partner* beschäftigt? Und mit den Geschäften der *Betriebsgesellschaft Gut Hohenmarschen GmbH*?«

Helene leckte nachdenklich den Löffel ab. »Natürlich ermitteln wir auch dazu. Aber …«

»… aber bevor du dich entscheidest, wie viel davon du mir erzählen willst, möchtest du erst einmal hören, was *wir* dazu recherchiert haben, richtig?«, fiel ihr Kira ins Wort. »Sorry, das Spiel gefällt mir nicht.« Sie beugte sich ein wenig vor und fügte entschlossen hinzu: »Ich verstehe mich nicht als inoffizielle Außenstelle der Flensburger Mordkommission, Helene. Wir sind schon einmal sehr gut damit gefahren, uns vertrauensvoll auszutauschen. Ich wiederhole: Wenn ich etwas herausfinde, was diesen Fall betrifft, erfährst du es von mir. Und ich bin auch immer bereit, etwas unter die Leute zu bringen, was deine Ermittlungen voranbringen könnte. Aber dafür …«

»Schon gut«, rief Helene, hob beide Hände in die Höhe und grinste. »Also: Die Abteilung Wirtschaftskriminalität des LKA nimmt gerade Klamroths Architekturbüro unter die Lupe, und sie sind dort auf ungewöhnlich hohe Kreditaufnahmen in letzter Zeit gestoßen. Mal sehen, ob die Staatsanwaltschaft grünes Licht für weitere Prüfungen gibt. Das gilt auch für die Betriebsgesellschaft auf dem Gut. Da scheinst du ja schon mehr zu wissen als das LKA …«

»Mein Kollege hat da so seine Verbindungen – vielleicht nicht alle hochoffiziell, aber offenbar effektiv«, sagte Kira und gab Helene eine kurze Zusammenfassung von Schollis Rechercheergebnissen.

Als sie damit fertig war, sagte die Hauptkommissarin nachdenklich: »Das klingt so, als hätte Klamroth sich durch Verkäufe aus dem Eigentum seiner Frau bereichert.

Das wäre schlimm, macht ihn aber noch längst nicht zum Mörder, Kira. Inzwischen haben wir seine Alibis für den Tattag überprüfen können. Er hat drei geschäftliche Termine in Hamburg gehabt, die allesamt von seinen Gesprächspartnern bestätigt wurden, und zwar zweifelsfrei. Es gibt einen Zeitraum von etwa eineinhalb Stunden, für den er kein Alibi hat, weil er angeblich zwischen zwei Terminen an den Landungsbrücken spazieren gegangen ist. Aber das ist ohne Belang, denn in der kurzen Zeit kann er unmöglich von Hamburg nach Sonderburg gefahren, seine Frau ermordet und anschließend wieder pünktlich zur nächsten Konferenz in Hamburg zurück gewesen sein.«

»Na gut, dann hat er sie zumindest nicht selbst ermordet.«

»Soll heißen?«

»Ach, lassen wir das. Jedenfalls muss er Gründe für diese Transaktionen gehabt haben. Und ich bezweifle, dass die Eigentümerin von denen etwas wusste. Sie scheint sich für diese Dinge allerdings auch nicht interessiert zu haben.«

»Ich rufe gleich nachher die Kollegen in Kiel an. Dazu will ich mehr wissen. Das Problem ist bloß, das *wir* immer den sauberen Weg gehen müssen, damit die Erkenntnisse später auch gerichtsfest sind. Und dazu muss der Staatsanwalt mitspielen.«

»Das harte Schicksal der Polizei im Rechtsstaat«, sagte Kira mit einem schmalen Lächeln. »Übrigens habe ich mit Chorleiter Sagebiehl vereinbart, eine kleine Reportage bei *canticum novum* zu machen. Motto: ›Ein Chor in Trauer‹ oder so ähnlich.«

»Klingt ziemlich kitschig.«

»Mir fällt bestimmt noch was Besseres ein. Ich dachte mir, das könnte eine gute Möglichkeit sein, mit den Mitgliedern ins persönliche Gespräch zu kommen – ganz inoffiziell. Vor allem ohne Polizei.«

Helene Christ starrte ihr Gegenüber fassungslos an. »Irre, was dir so einfällt. Aber warum eigentlich nicht? Dann solltest du allerdings auch wissen, dass ein anonymer Brief existiert, adressiert an die Mordkommission, in dem behauptet wird, Susanna von Hohenmarschens Mörder wäre in den Reihen ihres Chores zu finden.«

Kira zuckte überrascht zusammen. »Das ist ja …«

Helene wühlte in ihrer Tasche herum und zog schließlich eine Kopie des Blattes hervor, das in dem Umschlag gesteckt hatte. »Sieh es dir selbst an«, sagte sie. »Übrigens hat die Kriminaltechnik ziemlich viele Fingerabdrücke sichern können. Und auch eine Menge unterschiedlicher DNA.«

»Klingt nicht nach einem Profi.«

Helene nickte. »Eher nach Intrige. Könnte durchaus von jemandem aus dem Chor kommen. Aber so ein Brief ist ja keine ernst zu nehmende Straftat, schließlich wird niemand direkt beschuldigt. Wird uns kaum weiterbringen, fürchte ich.« Sie schob den geleerten Eisbecher beiseite und blickte Kira an. »Trotzdem ist der anonyme Brief kein Thema für die Öffentlichkeit. Zumindest jetzt noch nicht, da sind wir uns sicher einig?«

»Selbstverständlich. Das Einzige, was ich aus unserem Gespräch verwenden werde, ist, dass die Kripo an Susanna von Hohensteins verbrannten Autowrack keine verwertbaren Spuren hat sichern können. Ich werde das nachher auf unserem Online-Portal bringen. Für einen Beitrag in der Abendsendung ist das sowieso zu dünn.«

»Okay«, sagte Helene. »Bin schon gespannt auf diese Reportage über den Chor. Verrückte Idee von dir, aber vielleicht erfährst du so etwas, was die Mitglieder unseren Kollegen bisher vorenthalten haben.«

»Wenn, dann bist du die Erste, die es zu hören bekommt«, erklärte Kira übertrieben feierlich und grinste verschmitzt.

23

Jens Klamroth griff nach der Hand des Jungen, der dicht neben ihm stand, drückte sie einmal und hielt sie dann fest.

Die Trauergemeinde war gegangen, ebenso der Pastor und der Bestatter, der die Urne in dem Erdloch versenkt hatte.

Allein standen Vater und Sohn nun vor dem Urnengrab. Reglos starrte Nick auf den kleinen Hügel mit den Blumen darauf. Seine dunklen Augen waren trocken.

Auch während der Trauerfeier hatte der Junge nicht geweint. Immer wieder hatte Klamroth verstohlen zu ihm hingeschaut, doch nie eine Regung in dem blassen Gesicht entdecken können. Es war, als wäre alles Leben aus dem schmächtigen Körper gewichen. Unbewegt hatte Nick die Zeremonie über sich ergehen lassen, war dann wie ein perfekt programmierter Roboter neben seinem Vater über den Friedhof zur Grabstelle geschritten.

Erst als die schlichte Urne in der Erde verschwand, brach er sein stoisches Schweigen und sagte zwei Worte: »Tschüss, Mama.« So leise, dass selbst sein Vater neben ihm es kaum hörte.

Minutenlang standen sie nun dort, wortlos. Schließlich fragte Klamroth sanft: »Wollen wir gehen, Nick?«

Er erhielt keine Antwort. Die schmale Hand, die er immer noch umschlossen hielt, war eiskalt.

Unvermittelt sagte der Junge: »Geh schon vor. Ich bleibe noch.«

»Dann bleibe ich auch«, sagte Klamroth.

»Brauchst du nicht. Du hast bestimmt zu tun. Musst sicher schnell wieder nach Dubai, oder?«

»Ich bitte dich, Nicolaus! Das ist nicht fair!« sagte Klamroth.

»Du hast sie nicht lieb gehabt«, stellte der Junge sachlich fest.

Klamroth verschlug es die Sprache. Was konnte er schon darauf antworten?

»Egal«, kam es ruhig von seinem Sohn. »Jetzt ist es egal. Vorher war es nicht egal, aber nun ist sie ja tot.«

Waren das die Worte eines Zwölfjährigen? Alarmiert sah Klamroth ihn an und ließ seine Hand los. »Was willst du damit sagen?«

Unverwandt blickten die dunklen Augen auf den frisch aufgeworfenen Erdhügel. »Hat Mama etwas Schlimmes getan, Papa?«

Klamroth fuhr zusammen. »Was hast du da eben gefragt?«

»Musste sie sterben, weil sie etwas gemacht hat ... etwas Schlimmes eben?«

»Wie, um Himmels willen, kommst du darauf?«

»Warum sonst hat jemand sie getötet? Der Mörder muss doch einen Grund gehabt haben.«

Fassungslos schaute Klamroth seinen Sohn an, der immer noch starr auf die Stelle starrte, wo gerade Susanna von Hohenmarschen-Klamroths Asche vergraben worden war. »Das ist doch Wahnsinn! Deine Mutter hat niemandem etwas getan. Wie kommst du auf die irre Idee, sie wäre schuld an ihrem Tod? Ich verstehe dich nicht!«

»Und was ist das für ein Fluch, der auf unserer Familie liegt?«

Klamroth merkte, dass er wütend wurde. Trotzdem musste er versuchen, ruhig zu bleiben. »Das ist blanker Unsinn, Nick. Line ist nicht mehr ganz richtig im Kopf. Du darfst das dumme Zeug nicht glauben, das sie erzählt.«

»Was hat der Großvater eigentlich damals gemacht – an dem Tag, als er gestorben ist? Das war ja lange, bevor ich geboren wurde. Line sagt, da hat er den Fluch … aufge… heraus… äh, heraufbeschworen.«

Das alte Weib musste zum Schweigen gebracht werden, fuhr es Klamroth durch den Kopf. Wie konnte sie den Jungen mit diesem Geschwätz belasten? Das durfte er nicht länger zulassen.

Er beugte sich zu seinem Sohn hinunter und sah ihm in das blasse Gesicht. »Hör mir zu, Nicolaus: Es gibt keinen Fluch! Vergiss das bitte! So etwas existiert nicht, das sind Märchen!«

Schweigen. Plötzlich hob der Junge den Kopf und blickte seinem Vater in die Augen. »Ich bin kein kleines Kind mehr, Papa! Klar spinnt Line, aber es gibt bestimmt einen Grund dafür, dass sie an einen Fluch glaubt. Was, wenn Mama genau aus diesem Grund getötet wurde?«

»Es gibt keinen Fluch, also gibt es auch keinen Grund für einen Fluch«, gab Klamroth verärgert zurück. »Ich habe deine Mutter noch nicht einmal gekannt, da hatte dein Großvater – also der Vater deiner Mutter – am Steuer seines Wagens einen Herzinfarkt und ist tödlich verunglückt. Das war schlimm für die Familie, natürlich, aber sag selbst: Was daran ist geheimnisvoll?«

Eine dicke schwarze Amsel flatterte heran, stellte sich auf den kleinen Grabhügel und pickte in den Blüten der darauf abgelegten Blumen herum.

Nick beobachtet den Vogel eine Weile, dann sagte er: »Gehen wir. Aber vorsichtig bewegen, sonst fliegt sie fort.«

Er konnte es seinem Vater nicht sagen.

Seit er den Zettel gelesen hatte, der unter den Sattel seines Fahrrades geklemmt worden war, fragte Nick sich, ob es überhaupt jemanden gab, dem er davon erzählen konnte.

Seinem Vater auf keinen Fall, das war ihm sofort klar gewesen. Der hatte Mama nicht lieb gehabt, das wusste er genau. Zu oft in den letzten Jahren hatte er die dauernden Streitigkeiten zwischen ihm und Mama belauscht.

Und Line auch nicht, die würde nur wieder von bösen Mächten und dem Fluch schwätzen, der angeblich auf Hohenmarschen lag.

Tante Sylvia würde er erst recht nichts sagen, natürlich nicht. Er konnte diese herrische Frau nicht ausstehen. Sie kommandierte im Haushalt herum, zupfte ständig an seiner Kleidung und maßte sich an, Mama zu ersetzen.

Niemand konnte Mama ersetzen.

Er trat vom Fenster seines Zimmers im Obergeschoss des Gutshauses weg und legte sich auf sein Bett. Nach einer Weile griff er nach dem Harry-Potter-Buch, das auf dem Nachttisch lag, schlug es auf Seite einhundertelf auf und nahm den Zettel heraus, den er dort hineingeschoben hatte.

Deine Mutter war eine Verbrecherin.
Deshalb musste sie sterben.

Wer mochte das geschrieben und ihm vor vier Tagen an sein Fahrrad geklemmt haben, das er hinter dem Bus der Fahrbücherei abgestellt hatte, der alle drei Wochen im Ort Station machte? Derjenige musste ihn beobachtet, ihn verfolgt und den richtigen Augenblick abgewartet haben.

Musste er das der Polizei erzählen?

Nick war hin- und hergerissen. Was, wenn es stimmte? Was, wenn Mama tatsächlich etwas Schlimmes getan, sogar ein Verbrechen begangen hatte? Er konnte es zwar nicht glauben, auf gar keinen Fall – gewiss war sie keine Verbrecherin, da war er sich absolut sicher –, aber möglicherweise hatte sie ja etwas angestellt. Das passierte jedem mal.

Doch das durfte er der Polizei natürlich nicht unter die Nase reiben! Das wäre ja Verrat gewesen, zumindest so etwas Ähnliches wie Verrat. Und das auch noch nach ihrem Tod.

Nein, er würde seine Mutter nicht verraten. Er musste selbst herausbekommen, ob an dieser Behauptung etwas dran war.

Nur hatte er keine Ahnung, wie er das anstellen sollte.

Vielleicht war das Ganze ja auch bloß ein übler Scherz, den sich jemand erlaubt hatte, der auf die Hohenmarschens neidisch war.

Davon gab es einige, das wusste Nick längst.

Er steckte den Zettel wieder zwischen die Seiten, legte das Buch weg und schloss die Augen.

Das Erste, was er sah, nachdem der Schlaf ihn übermannt hatte, war ein Haufen frisch aufgeworfener, dampfender Erde, aus dem in rasender Geschwindigkeit dicht an dicht hellgrüne Stängel hervorbrachen. Wie im Zeitraffer bildeten sie Blüten aus, und einen Atemzug später leuchteten Tausende bunter Blumen auf dem Hügel. Mit durchdringendem Kreischen stürzte sich aus dem Himmel ein Schwarm schwarzer Vögel herab, die sich laut krakeelend auf dem bunten Teppich niederließen, bis ihr dicker zuckender Knäuel alle Blumen bedeckte.

24

»Das ist unglaublich!«, stieß Kira atemlos aus und starrte über Tim Schollers Schulter auf den Monitor auf seinem Schreibtisch.

Schon auf der Fahrt zum Sender hatte Scholli sie angerufen und ihr mitgeteilt, dass er auf etwas gestoßen sei, das sie ›umhauen‹ würde. Er hatte die Katze aber nicht aus dem Sack lassen wollen. »Komm rasch her und sieh es dir selber an«, war alles, was ihm zu entlocken gewesen war.

Kira hatte das widerwillig hinnehmen müssen. Sie war von Natur aus neugierig – vielleicht gar keine schlechte Veranlagung für eine investigative Journalistin. Aber das machte es ihr eben auch besonders schwer, sich in Geduld zu üben.

Kaum hatte sie mit Ditch den Raum betreten, den sie sich mit dem Kollegen teilte, ein kurzes »Moin«, ausgerufen und den Hund auf seinen Platz geschickt, baute sie sich neben Schollis Schreibtisch auf und blickte ihn fordernd an. »Na los, du hattest deinen Spaß, aber nun sag schon: Was gibt es so Sensationelles, dass es mich angeblich ›umhaut‹?«

Mit gespielter Beiläufigkeit erwiderte Scholli: »Klamroth kam nicht aus Dubai!«

»Wie bitte? Was soll das heißen?«

»Der *Emirates*-Flug, mit dem er angeblich mittags in Hamburg ankam, ist an diesem Tag ausgefallen. Die Maschine konnte wegen eines technischen Defekts gar nicht starten. Der Ersatzflug ging erst Stunden später. Landung in Hamburg um 19:40 Uhr.«

»Das ist ja ... das kann ich ... aber dann ...«, stammelte Kira, zog ihren Schreibtischstuhl heran und ließ sich darauf fallen.

»Siehst du«, feixte Scholli, »es hat dich umgehauen.«

»Wie bist du denn darauf verfallen, das zu überprüfen?«

»Der Teufel steckt immer im Detail«, zitierte Scholli eine seiner typischen Redewendungen und grinste. »Als wir unlängst alles zusammengetragen haben, was wir bisher wissen, habe ich mir in der Klamroth-Spalte notiert: ›Flug überprüfen‹.«

»Chapeau!«, sagte Kira beeindruckt.

»Eigentlich wollte ich versuchen, an die Passagierliste des Fluges zu kommen, aber das war gar nicht erforderlich, denn man hat mir gesagt, dass die *Emirates*-Maschine, die um 12:55 Uhr landen sollte, an jenem Tag überhaupt nicht in Dubai gestartet sei. Er hat also gelogen.«

Kira sagte nichts. Die Gedanken überschlugen sich in ihrem Kopf.

»Wir wissen jetzt also etwas über Klamroth, was die Kripo nicht weiß«, stellte Scholli sachlich fest. »Die Frage ist: Was machen wir daraus?«

»Noch gar nichts«, erwiderte Kira schnell. »Ich muss so fair sein, das mit Helene zu besprechen.«

»Sehe ich genauso. Zumal sich damit neue Fragen auftun: Ist Klamroth überhaupt geflogen – und von wo –, oder war er im Lande? Und wenn, warum liegt ihm so viel daran vorzutäuschen, er wäre in Dubai gewesen?«

»Helene hat mir gesagt, er habe seinen Wagen wie immer auf einem Langzeit-Parkplatz in Fuhlsbüttel abgestellt und sei damit nach der Landung nach Hause gefahren.«

»Hat er ihr vermutlich erzählt, ja ...« gab Scholli gedehnt zurück. »Ich bin sicher, das hat sie nicht überprüft – warum auch?«

»Jetzt wird sie da wohl nachhaken müssen. Obwohl es schwierig sein wird herauszufinden, ob sein Auto tatsächlich auf diesem Parkplatz gestanden hat, und ob er um die Mittagszeit von dort losgefahren ist.«

»Die Frage ist, ob das alles irgendeine Bedeutung für die Aufklärung des Mordfalles hat«, sagte Scholli. »Schließlich hat Klamroth hieb- und stichfeste Alibis für den Tattag. Das hat Frau Christ dir ja bestätigt. Der Polizei kann es also ziemlich egal sein, wo er war, als die Leiche seiner Frau dann später gefunden wurde, oder?«

Ditch, der sich nicht auf seine Decke gelegt, sondern demonstrativ sitzen geblieben war und Scholli während des gesamten Gesprächs unverwandt angestarrt hatte, stieß ein forderndes Kläffen aus.

Scholli lachte auf. »Armer Hund! Hab ich dich vernachlässigt? Aber ich musste erst dein neugieriges Frauchen zufriedenstellen.« Er griff in die Schreibtischschublade und warf Ditch nacheinander ein paar Hundeleckerli zu, die dieser geschickt mit seinem großen Maul auffing und genüsslich zerkaute, bevor er sich endlich befriedigt hinlegte.

»Ich bin wieder einmal begeistert von deinen Fähigkeiten, Scholli«, sagte Kira und reckte beide Daumen in die Höhe.

»Du meinst, wie toll ich deinen Hund verwöhne?«

»Blödmann! Du weißt genau, was ich meine. Deine Recherchearbeit ist einfach spitze.«

Eine feine Röte überlief das Gesicht des Kollegen. »Danke für die Blumen. Übrigens habe ich noch etwas Interessantes für dich.«

»Haut mich das auch wieder um?«, fragte Kira lachend.

»Weiß nicht, aber bleib vorsichtshalber erst mal sitzen.« Er tippte auf der Tastatur seines PCs herum, und ein amtlich aussehendes Formular erschien auf dem Bildschirm.

»Was ist das?«, fragte Kira.

»Einen Augenblick noch! Ich habe mir den Geschäftsbericht des Architekturbüros *Klamroth & Partner* vom letzten Jahr besorgt und dabei ...«

»›Besorgt‹?«, unterbrach ihn Kira und runzelte die Stirn.

»War nicht schwer. Kapitalgesellschaften müssen ihre Jahresabschlüsse veröffentlichen. Und wenn man dann noch Zugang zu gewissen Datenbanken hat ...« Scholli hob abwehrend die Hand. »Nein, frag nicht!«, sagte er und fuhr fort: »Man kann sich durchaus detaillierte Informationen zu den Einzelposten verschaffen, wenn man es richtig anstellt. Jedenfalls bin ich auf die Zahlung von achtzehntausend Euro an eine Firma in Griechenland gestoßen – Verwendungszweck: Mietzins.«

Kira zuckte mit den Schultern. »Wahrscheinlich für die Räumlichkeiten einer Niederlassung, die *Klamroth & Partner* dort unterhalten«, sagte sie eher gelangweilt. »Die sind doch international tätig, denke ich. Warum nicht auch in Griechenland?«

Scholli grinste breit. »So ähnlich. Ich habe mir dieses griechische Unternehmen mal etwas näher angeschaut –

und siehe da: Es gehört einem gewissen ... Trara! ... Jens Klamroth. Er hat sie 2016 in Thessaloniki gegründet.«

»Und seinem eigenen Laden zahlt er jetzt Miete?«, hakte Kira kopfschüttelnd nach. »Für welches Objekt denn?«

»Für das, aus dem diese sogenannte Firma einzig besteht, nämlich ein Haus, das sie in Elani, einem Ort auf Chalkidiki, gebaut und seither an *Klamroth & Partner* vermietet hat.«

»Hm. Kannst du dir einen Reim darauf machen?«

»Ich denke schon«, sagte Scholli. »Komm her und sieh es dir an. Dies ist ein Grundbuchauszug des Katasteramts für die Gemarkung Hohenmarschen. Hier siehst du, dass 2016 auf das größte Flurstück aus dem Besitz von Susanna von Hohenmarschen-Klamroth, bestehend aus Ackerland und bewirtschaftetem Mischwald, eine Grundschuld in Höhe von sechshundertfünfzigtausend Euro zugunsten einer Hamburger Bank eingetragen wurde. Offensichtlich die Sicherungsübereignung für ein Darlehen.«

Kira war an Schollis Tisch getreten und blickte auf das Dokument auf dem Monitor. »Das ist ja ...«

»Warte noch einen Moment, bevor du sagst, was das ist«, fiel der Kollege ihr ins Wort. »Du solltest vorher erfahren, dass die griechische Firma drei Monate nach der Sicherungsübereignung gegründet wurde und sofort mit dem Bau des Hauses auf Chalkidiki begonnen hat.«

»Für das Klamroths Architekturbüro jetzt jährlich eine hohe Miete zahlt, obwohl ...«

»... obwohl es ihm selbst gehört, ja. Und bezahlt hat er es mit einem Darlehen, für das er die Ländereien seiner Frau verpfändet hat.«

»Meinst du, sie hat dem zugestimmt?«

»Glaubst *du* das? Ich fürchte, sie hat nicht einmal davon erfahren.«

»Meine Güte, Scholli«, stieß Kira aus. »Was, wenn sie ihm auf die Schliche gekommen ist, ihn zur Rede gestellt und damit ihren eigenen Tod herbeigeführt hat?«

»Aber du weißt doch, dass er als Mörder ausscheidet, Kira! Er hat diese ...«

»Er muss sie ja nicht eigenhändig getötet haben. Vielleicht war es ein Auftragsmord, für den er selbst ein feines Alibi hat. Wenn jemand ein Motiv hatte, dann er, und ich sage dir ...«

Der Anrufton ihres Handys unterbrach sie. »Helene«, sagte sie erstaunt, als die aufs Display sah, und nahm das Gespräch an.

»Wann wolltest du deine Reportage über den Kammerchor *canticum novum* machen?«, fragte die Hauptkommissarin nach der kurzen Begrüßung.

»Ist in Planung«, erwiderte Kira. »Ich hatte vor, am kommenden Donnerstag hinzufahren, wenn sie ihren wöchentlichen Probenabend haben. Warum interessiert dich das?«

»Weil etwas passiert ist, was Einfluss auf die polizeilichen Ermittlungen hat: Ein Mitglied des Chors, ein gewisser Helmut Tessmann, hat gestern Nacht Suizid begangen.«

»Wie bitte?«, rief Kira aus. »Das ist ja ...«

»Er hat sich auf dem Dachboden seines Hauses aufgehängt.«

Kiras Gedanken überschlugen sich. »Meinst du, das hängt mit dem Mord an Susanna von Hohenmarschen zusammen?«

»Die Vermutung ist naheliegend, wenn man seinen Abschiedsbrief liest.«

25

Susanna war meine Liebe und mein Leben.
Nun bin ich endlich auf ewig mit ihr vereint.
Einen anderen Weg gab es für uns nicht.

Kira kannte die wenigen Worte inzwischen auswendig. Von einem Abschieds*brief* konnte man dabei wohl kaum sprechen.

Doch was hatten diese drei mageren Zeilen zu bedeuten, welche Botschaft verbarg sich dahinter?

Die kriminaltechnische Untersuchung hatte ergeben, dass die Sätze zweifelsfrei von Helmut Tessmann geschrieben worden waren. Der Zettel, auf dem sie standen, fand sich auf einer ausrangierten Kommode auf dem Dachboden. Direkt daneben lag der umgestürzte Hocker, auf den Tessmann gestiegen war, um sich in einer Schlinge an der Wäscheleine zu erhängen, die er über einen Dachsparren geschlungen hatte.

Kira hatte mit Helene Christ die Frage erörtert, ob der Mann sich umgebracht hatte, weil er glaubte, ohne Susanna von Hohenmarschen nicht mehr leben zu können, oder ob er sie womöglich selbst ermordet und sich drei Wochen später aus Verzweiflung getötet hatte.

War also mit dem ›anderen Weg‹, den es nicht gegeben habe, bloß sein Selbstmord gemeint, oder schloss diese Formulierung auch den Mord an Susanna ein? Und was bedeuteten in diesem Zusammenhang die Worte, er sei nur so ›auf ewig mit ihr vereint‹?

Und schließlich warf der Suizid auch wieder die Frage auf, wer den anonymen Brief an die Mordkommission verfasst hatte:

SIE FINDEN SUSANNAS MÖRDER IM KAMMERCHOR CANTICUM NOVUM.

Den Tatort hatte Kira natürlich nicht betreten und auch keine Fotos zu sehen bekommen, aber allein Helenes Bemerkung, es habe sich um eine dünne Plastik-Wäscheleine mit einem Metalldrahtkern gehandelt, ließ sie ahnen, welch qualvollen Todeskampf der Selbstmörder hatte erleiden müssen.

Ein kalter Schauer überlief sie.

Was für ein Durcheinander in diesem Fall, welch ein Wirrwarr an Ereignissen, die nicht zueinander zu passen schienen, aber auch an sich widersprechenden Informationen aus verschiedenen Richtungen und Quellen!

Welche davon waren zielführend, wenn es um die Aufklärung des Mordes an Susanna von Hohenmarschen-Klamroth ging?

Auch der Kripo blieb derzeit nichts anderes übrig, als in mindesten zwei Richtungen zu ermitteln, ohne zu wissen, ob eine davon zum Täter führte.

Es war ein Stochern im Dunklen, dachte Kira, und daran würde sich auch nicht viel ändern, wenn sie Helene Christ von Schollis Rechercheergebnissen in Kenntnis setzen würde – eher im Gegenteil: Einerseits warfen sowohl das Verhalten von Jens Klamroth als auch die Informationen über seine Geschäfte eine Menge dringlicher Fragen auf, andererseits gaben der anonyme Brief und erst recht

Helmut Tessmanns Selbstmord genügend Anlass dazu, sich intensiv mit den Sängerinnen und Sängern des Kammerchors zu beschäftigen.

Chorleiter Sagebiehl hatte sie vorhin angerufen und darum gebeten, die für nächste Woche geplante Reportage bis auf Weiteres zu verschieben. Außerdem hatte er ihr mitgeteilt, dass die Probe von *canticum novum* für den heutigen Donnerstag natürlich abgesagt wurde. Dennoch könne er sich vorstellen, dass sich einige der Sängerinnen und Sänger treffen würden, um sich über die neuerliche Katastrophe auszutauschen, von der der Chor heimgesucht worden war. Er selbst, Sagebiehl, werde jedoch nicht kommen. ›Das alles‹, hatte er niedergeschlagen gesagt, sei für ihn kaum noch zu verkraften.

Kira stellte den Wagen auf dem Parkplatz der Schule ab, fand nach kurzer Suche in dem alten Backsteingebäude den Musikraum, klopfte an die Tür und trat ein.

Nur sechs oder sieben Chormitglieder waren anwesend, überwiegend Frauen, nur zwei Männer. Als Kira in den Raum kam, verstummte das vorher lebhafte Gespräch abrupt.

»Entschuldigung, wenn ich störe«, sagte sie. »Ich bin Kira Lund. Eigentlich sollte ich ja in einer Woche hier bei Ihrem Chor für die Fernsehsendung *Unser Land am Abend* eine Reportage machen, aber …«

»Das ist doch abgesagt worden!«, rief ein junger blonder Mann. »Aus gutem Grund, will ich meinen.«

»Natürlich«, erwiderte Kira freundlich. »Daher wollte ich wenigstens heute kurz vorbeischauen, um mit Ihnen zu reden – ohne Kamera und Mikrofon.« Sie atmete einmal tief durch und legte viel Gefühl in ihre nächsten Worte. »Es muss furchtbar für Sie alle sein, in so kurzer Zeit zwei Menschen aus Ihrer Mitte zu verlieren.«

»Sehr freundlich von Ihnen«, sagte eine ältere, grauhaarige Dame, stand auf und gab Kira die Hand. »Mein Name ist Lena Haber; ich bin die Erste Vorsitzende von *canticum novum.* Nehmen Sie doch einen Augenblick bei uns Platz!«

Das tat Kira und nickte den anderen zu, die um den Tisch herumsaßen.

»Sie sind ja keine Unbekannte«, sagte ein Mittfünfziger mit einer sonoren Bassstimme. »Jedenfalls nicht für diejenigen, die regelmäßig die Abendsendung im Regionalprogramm sehen.«

»Ich verstehe nicht ganz, was Sie hier wollen«, sagte eine gepflegte dunkelhaarige Frau, die Kira auf etwa vierzig schätzte, mit spitzer Stimme. »Die Polizei hat jeden von uns schon verhört, und nun kommt auch noch jemand vom Fernsehen.«

»Ich glaube, ehrlich gesagt, nicht, dass Sie ›verhört‹ wurden«, gab Kira freundlich zurück. »Bestimmt hat man Sie nur befragt, vor allem natürlich zu dem Tag, an dem Frau von Hohenmarschen verschwunden ist, nicht wahr? Oder wurden Sie beschuldigt, etwas verbrochen zu haben?«

Die Frau errötete. »Ist mir egal, wie Sie das ausdrücken. Wir kommen seit Susannas Tod nicht mehr zur Ruhe. Unser armer Chorleiter ist schon völlig am Boden zerstört.«

»Ich habe vorhin mit ihm telefoniert«, erwiderte Kira. »Sie haben recht: Erst der Mord an Frau von Hohenmarschen und nun auch noch der Suizid von Herrn Tessmann – das setzt ihm schwer zu.«

»Mich wundert, dass du auf einmal so viel Mitgefühl mit Sagebiehl hast, Jana«, sagte der junge Blonde. »Kennt man sonst gar nicht von dir.«

»Was willst du damit sagen, Rolf?«, fuhr die Dunkelhaarige hoch und funkelte den jungen Mann an, der ihr feixend gegenübersaß. »Hör endlich auf zu stänkern!« Dann drehte sie sich zu Kira um und fragte hitzig: »Was können wir denn nun eigentlich für Sie tun?«

Hoppla, dachte Kira, hier geht's ja lustig zu. Offenbar hatte sie den richtigen Riecher gehabt, einfach mal hereinzuschauen. »Gar nichts, danke, Frau ...«

»Hellmann, Jana Hellmann«, sagte die Frau und strich sich mit einer gezierten Geste die dunklen Haare aus der Stirn.

»Unsere Starsopranistin«, erklärte der junge Mann und grinste frech. »Jedenfalls, seit ... ach, lassen wir das.«

»Nun ist es aber genug!«, ging Lena Haber dazwischen. An Kira gewandt, fuhr sie fort: »Sie müssen entschuldigen, Frau Lund, wir sind alle ziemlich runter mit den Nerven.«

»Das verstehe ich sehr gut«, beteuerte Kira treuherzig und blickte in die Runde.

Jana Hellmann saß schwer atmend mit hochrotem Gesicht auf dem Stuhl und zerknüllte ein Taschentuch zwischen ihren Fingern. Kira bekam mit, dass die jüngere Frau neben ihr fast unmerklich ein Stück von ihrer Nachbarin abgerückt war und nun angelegentlich vor sich auf die Tischplatte starrte, als wollte sie jeden Blickkontakt zu den anderen vermeiden. Die meisten Anwesenden taten es ihr nach, nur der Mann mit der tiefen Stimme krallte gerade seine Hand in den Arm des jungen Blonden – Rolf hieß er wohl und saß neben ihm –, und zischte ihm mit wutentbranntem Gesicht etwas ins Ohr.

Als säße sie in einer netten Gesprächsrunde, nahm Kira lächelnd den Faden wieder auf: »Wie gesagt, wollte ich Ihnen nur einen kurzen Besuch abstatten. Ich hoffe, die

Reportage über *canticum novum* ist nur aufgeschoben, und wir holen sie zu einem späteren Zeitpunkt nach. Würde mich freuen – und unsere Zuschauer bestimmt auch. Was sagen Sie dazu?«

»Das ist eine gute Idee«, beeilte sich die Erste Vorsitzende zu erwidern. »Wir freuen uns natürlich, wenn wir ins Fernsehen kommen. Es kann nicht schaden, unseren Chor bekannter zu machen. Vor allem, weil *canticum novum* derzeit nur im Zusammenhang mit diesen schrecklichen … Ereignissen genannt wird. Ich bin sicher, dass Professor Sagebiehl das genauso sieht. Aber erst einmal …«

»Erst einmal müssen Sie zur Ruhe kommen, völlig klar«, ergänzte Kira den Satz. Dann lehnte sie sich ein wenig vor und sagte: »Die Kripo hat ja verlauten lassen, dass Helmut Tessmann einen Abschiedsbrief hinterlassen habe. Da drängt sich natürlich die Frage auf, ob es schon vorher irgendwelche Anzeichen dafür gab, dass er sich etwas antun wollte. Haben Sie da etwas bemerkt?«

Fast alle Köpfe gingen hoch, nur die junge Frau neben der Hellmann schien noch mehr in sich zusammenzusinken, stellte Kira erstaunt fest.

»Das haben uns die Leute von der Polizei auch gefragt«, sagte Lena Haber. »Aber ich glaube, niemandem von uns ist aufgefallen, dass Helmut so etwas Schreckliches vorhatte. Sonst hätten wir doch …« Sie sah die Chormitglieder an. »Oder hat jemand von euch etwas Besonderes an Helmut …?«

»Ich weiß wirklich nicht, warum Sie uns solche Fragen stellen, Frau Lund«, wurde sie dröhnend von der tiefen Stimme des Mittfünfzigers unterbrochen. »Versuchen Sie gerade, uns auszuhorchen, um Stoff für Ihre Sendung zu kriegen?«

Ganz recht, dachte Kira, sah den Bass lächelnd an und sagte: »Tut mir leid, wenn dieser Eindruck entstanden sein sollte. Das war nicht meine Absicht.« Sie stand auf, holte ein paar Visitenkarten aus ihrer Tasche und ließ sie beiläufig auf dem Tisch liegen. »Dann will ich Sie nicht weiter stören.« Sie reichte der Ersten Vorsitzenden, die auch aufgestanden war, die Hand und sagte: »Wir bleiben in Verbindung, schlage ich vor. Sobald Sie und Professor Sagebiehl es für richtig halten, machen wir über Ihren Chor eine ausführliche Reportage, versprochen. Geben Sie mir einfach Bescheid.«

Donnerwetter, ging es ihr durch den Kopf, als sie den Volvo vom Parkplatz steuerte, in diesem Chor steckt tatsächlich viel Musik – sogar im übertragenen Sinne.

Allerdings mit einigen Missklängen.

Jetzt musste sie bloß noch einen Weg finden, sich die einzelnen Stimmen genauer anzuhören.

26

Ein Sonnenaufgang, wie von einem Expressionisten gemalt!

Ergriffen von dem geradezu mystisch anmutenden Farbenspiel am Himmel über dem Meer, blieb Kira auf der Deichkrone stehen und starrte fasziniert in die Ferne.

Von Wolkenfetzen wie mit Wattebäuschen mutwillig vertupft, mischten sich über der scharfen Linie des Horizonts auf tiefblauem Grund Rot, Gelb, Orange und Violett in kräftigen Tönen und spiegelten sich auf der Wasserfläche der Nordsee, die heute kaum von Wind gekräuselt wurde. Der Dunst von Milliarden winziger Wassertropfen, die aus dem warmen Meer in die kühle Morgenluft aufstiegen, verwischte die Farben miteinander, wie Otto Dix und Emil Nolde es auf der Leinwand mit dem Pinsel kunstvoll wiedergegeben hatten.

Minutenlang stand Kira still und sog das grandiose Bild in sich auf, währenddessen Ditch völlig aus dem Häuschen unten am Deich hin und her rannte und dabei immer wieder übermütig nach den kleinen Wellen schnappte, die ein paar Meter vor dem Deichfuß ausliefen.

Nicht immer bot sich ihm dieser Spaß, denn dazu musste die Flut gerade ihren Höchststand erreicht haben. Bei Ebbe zog sich das Wasser so weit zurück, dass es hinter vielen Hunderten von Metern Watt sogar vom Deich aus nur noch zu erahnen war.

Kira gab sich einen Ruck und setzte ihren Marsch fort. Ein Blick auf ihre Armbanduhr zeigte ihr, dass sie wohl etwas zu lange in die andächtige Betrachtung des Naturschauspiels versunken gewesen war. Nun würde sie sich beeilen müssen, um rechtzeitig ins Studio zu kommen.

Als sie und Ditch gestern spät nach Hause gekommen waren, war Lukas schon fort gewesen. Bereits am Vormittag hatte er zu einem meteorologischen Kongress nach Hannover aufbrechen müssen, der drei Tage dauern würde. Er sollte dort vor einem internationalen Fachpublikum ein Referat zum Thema *Klimarelevante Veränderungen im Strahlungshaushalt der Erde* halten, seinem Spezialgebiet. Seit Wochen hatte er an dem Vortrag gefeilt, war aber dennoch so aufgeregt gewesen, dass er die Nacht zuvor kaum Schlaf gefunden hatte.

Sie hatten noch kurz miteinander telefoniert und sich eine gute Nacht gewünscht, dann war Kira todmüde ins Bett gefallen und sofort eingeschlafen. Erst heute Morgen, als sie in ihrer Küche stand und mit kleinen Schlucken an ihrem Tee nippte, war ihr wieder die Diskussion mit Michael de Jong, dem Studioleiter, eingefallen, die sie gestern noch geführt hatte.

Mit Kiras journalistischer Herangehensweise, was den Suizid Helmut Tessmanns betraf, also den nunmehr schon zweiten Todesfall in den Reihen des Chores, war der Chef nämlich nicht einverstanden gewesen.

»Eine kurze Meldung im Nachrichtenblock – mehr halte ich nicht für angemessen«, hatte Kira gesagt.

De Jong hingegen hatte energisch gefordert: »Da müssen wir mehr draus machen!«

Daraufhin entspann sich eine kurze, aber heftige Diskussion, in der Kira hart geblieben war und sich am Ende hatte durchsetzen können.

Sie war nicht bereit gewesen, sich theatralisch mit dem Mikrofon in der Hand vor das Mehrfamilienhaus zu stellen, in dem Helmut Tessmann gewohnt hatte, und in die Kamera zu erzählen, dass der Mann oben auf dem Dachboden seinem Leben ein Ende gesetzt hatte. Also hatte sie nur eine Meldung verfasst, die in *Unser Land am Abend* von einer Kollegin verlesen wurde:

Gestern Nacht hat sich in Wees bei Flensburg ein einundfünfzigjähriger Mann das Leben genommen. Der Ingenieur war Mitglied im bekannten Kammerchor canticum novum, *dem auch die Frau aus Eiderstedt angehört hatte, die wochenlang vermisst und deren Leiche kürzlich in Sonderburg aufgefunden wurde. Inzwischen steht fest, dass sie Opfer eines Gewaltverbrechens wurde. Ob zwischen den beiden Todesfällen ein Zusammenhang besteht, ist noch unklar. Die Kriminalpolizei ermittelt nun auch in diese Richtung.*

Knapp, informativ und schnörkellos – die Art von Journalismus, die Kiras Markenzeichen war. Meistens. Auch sie gab manchmal der Versuchung nach, eine schnöde Nachricht durch geschickte Wortwahl ein wenig bunter zu machen, das musste sie zugeben.

Hier jedoch wäre das nicht angemessen gewesen, fand sie.

Das sah Mads Sievertsen wohl anders, fiel Kira ein, nachdem sie Ditch herangerufen hatte und mit ihm den Weg nach Hause einschlug. Gestern hatte sie eine Mail von dem jungen Dänen erhalten.

Wie findest du es?, hatte er geschrieben und den Link zu seinem Artikel in der Online-Ausgabe von *Lynet* angehängt.

Kaum hatte Kira die Datei geöffnet, sprangen ihr die fetten Zeilen ins Auge:

HORROR IN SONDERBURG
Das grausame Schicksal der Wasserleiche im Alsensund

Was folgte, war ein reißerischer Bericht, gespickt mit vielen Mutmaßungen. Susanna von Hohenmarschen-Klamroth, die Sievertsen im Folgenden auch als ›die deutsche Adelige‹ oder ›die schwerreiche Gutsherrin‹ bezeichnete, wurde mit ihrem vollen Namen genannt, und es gab sogar ein Foto von ihr – aufgenommen vor einem Jahr für die Reportage einer deutschen Illustrierten über die Produktion der TV-Soap *Das Erbe der Väter* auf Hohenmarschen.

Dass dem Opfer die Kehle durchgeschnitten worden war, bevor es ins Wasser geworfen wurde, fand ebenso lustvolle Erwähnung wie die Details über das Auffinden der Leiche vor dem Schloss. Natürlich gab es auch dazu ein Foto – wenn auch ein recht unscharfes –, das den Fischkutter und das Polizeiboot zeigte. Vermutlich stammte es von einem der Amateur-Handyvideos, die im Netz kursierten.

Schließlich folgten, versehen mit dem Hinweis ›Exklusive Bilder von unserem Reporter Mads Sievertsen‹, großformatige Fotos der abgebrannten Scheune und des Autowracks – selbstverständlich ebenfalls unterlegt mit grellen Kommentaren.

Das Machwerk endete mit der sensationslüsternen Behauptung, ›ganz Südjütland‹ frage sich, was ›den erbarmungslosen Killer zu seiner blutigen Tat getrieben‹ habe, und der großspurigen Versicherung: ›Wir versprechen euch: Mads Sievertsen bleibt für die Leser von *Lynet* an diesem Fall dran!‹

Kira hatte keine Ahnung, wie sie auf diesen journalistischen Müll reagieren sollte. Sievertsens Frage war ja: Wie findest du es?

Wollte er eine ehrliche Antwort? Die allerdings würde unmissverständlich ausfallen. Aber wäre es auch richtig, den Jungen so vor den Kopf zu stoßen? Er hielt große Stücke auf sie, warum auch immer. Vermutlich würde ihn ihr vernichtendes Urteil hart treffen.

Sie nahm sich vor, Scholli um Rat zu fragen. Vielleicht hatte er eine Idee, wie man dem ehrgeizigen Jungreporter die Wahrheit so beibringen konnte, dass er bereit war, sie zu akzeptieren. Und daraus etwas zu lernen.

»Ich sitze im Auto und bin auf dem Weg zum Sender. Hast du ein paar Minuten Zeit? Ich hätte da etwas für dich.«

»Klar, leg los«, kam Hauptkommissarin Christs Stimme über die Freisprechanlage.

»Ich habe *canticum novum* gestern Abend einen Besuch abgestattet«, begann Kira und fuhr fort, Professor Sagebiehl habe zwar die Chorprobe für diesen Abend abgesagt, aber einige Mitglieder seien dennoch anwesend gewesen. »Wollten sich wohl über den Freitod ihres Sängerkollegen austauschen.«

»Wie haben die Leute denn reagiert, als du da plötzlich aufgetaucht bist?«, wollte Helene wissen.

»Sagen wir: erstaunt. Ich habe ihnen erklärt, ich wolle einfach mal schauen, ob ich etwas für sie tun könne. Schließlich hatten wir für nächste Woche eine große Reportage geplant, die nun erst einmal ins Wasser fiele. Und ich kann dir sagen …«

»Entschuldigung, wenn ich dich unterbreche, aber was ist das für ein sägendes Geräusch im Hintergrund? Schleift da etwas an deinem Wagen?«

Kira lachte auf. »Nö, das ist bloß Ditch. Der liegt hinten und schnarcht. Er hat einen ausgiebigen Morgenmarsch am Deich hinter sich.«

»Beruhigend«, erwiderte Helene. »Hört sich nämlich übers Telefon so an, als fiele das Fahrzeug demnächst auseinander.«

»Das tut es sicher auch bald, allerdings nicht wegen Ditchs Schnarchen, sondern aus Altersschwäche«, gab Kira zurück. Dann wurde sie wieder ernst. »Der eigentliche Grund für meinen Besuch beim Chor gestern war natürlich, dass ich ein wenig auf den Busch klopfen wollte.«

»Und – hast du etwas erfahren?«

»Nichts Konkretes, aber da gibt es erhebliche Spannungen zwischen einigen Leuten, soviel steht fest. Ich habe den Eindruck, dass Susanna von Hohenmarschen nicht bei allen sonderlich beliebt war, aber …«

»Bei Helmut Tessmann war sie das gewiss«, warf Helene ein. »Der hat sich ihretwegen sogar umgebracht, wenn man seinen Zeilen Glauben schenken darf.«

»Zumindest im Sopran hatte sie offenbar Neiderinnen. Eine gewisse Jana Hellmann zum Beispiel – eine ziemlich aggressive Frau übrigens. Und genau der fällt jetzt wohl die Rolle der Solistin zu, weil Susanna tot ist. Und dann saß da noch eine Frau, eine jüngere, die sich sonderbar verhalten hat. So als wüsste sie etwas, das sie aber nicht sagen kann oder will. Nach ihrem Namen konnte ich nicht fragen, dazu hat sich keine passende Gelegenheit ergeben.«

»Ich werde mir die Niederschriften der Befragungen, die meine Kollegen bei den Chormitgliedern durchgeführt haben, noch einmal durchlesen. Trotzdem glaube ich nicht, dass Eifersüchteleien zwischen Sängerinnen ein handfestes Mordmotiv abgeben.«

»Da hast du wahrscheinlich recht, jedenfalls wenn es bloß um eine Konkurrenz unter den Solistinnen geht«, sagte Kira. »Die verdienen bei *canticum novum* ja kein Geld, sondern singen in ihrer Freizeit und ... blöder Kerl!«

»Wie bitte?«

»Ach, da überholt mich gerade trotz Gegenverkehrs so ein riesiger schwarzer Wandschrank mit getönten Sehschlitzen und zwingt mich zum Bremsen, weil er knapp vor mir wieder einscheren muss«, schimpfte Kira. »Übrigens, Helene: Mein Kollege Tim Scholler hat einige brisante Informationen zu Jens Klamroth gesammelt. Die möchte ich aber nicht mündlich über Mobilfunk an dich weitergeben. Ich habe eine Zusammenfassung geschrieben, die ich dir gern zuschicken würde.«

»›Brisante Informationen‹?«, fragte die Hauptkommissarin gedehnt.

»Kann man wohl sagen«, erwiderte Kira selbstbewusst und bemühte sich um kühle Sachlichkeit in der Stimme, als sie hinzufügte: »Die vermutlich noch harmloseste ist die, dass der Flug, mit dem Klamroth aus Dubai hergekommen sein will, gar nicht stattgefunden hat.«

Einige Sekunden lang nur Schweigen. Dann ein leises »Verdammt, das hätten wir ...« und wieder Stille. Schließlich sagte Helene mit belegter Stimme: »Schick es bitte nicht an die E-Mail-Adresse der Mordkommission, sondern direkt an meine persönliche. Wann kann ich damit rechnen?«

Kira bog gerade auf die Schnellstraße ab, die in die Stadt hineinführte. »In einer Viertelstunde etwa. Ich bin mir übrigens sicher, dass ich anschließend recht bald wieder von dir höre«, sagte sie aufgeräumt und beendete das Gespräch.

27

Tim Scholler saß an seinem Schreibtisch, als Kira mit Ditch das Büro betrat.

Sie warf einen Blick auf den Bildschirm und sah, dass der Kollege gerade den Sievertsen-Artikel las. »Moin, Scholli, feine Lektüre, nicht wahr?«

Ditch setzte sich wie immer schwanzwedelnd neben den Tisch und schaute seinen Freund erwartungsvoll an. Scholli griff in die Schublade, holte die Leckerli heraus und warf sie dem Hund nacheinander zu. Nachdem das letzte Stück verschlungen war, trottete das große Tier zufrieden zu seiner Decke unter dem Fenster und ließ sich darauf nieder.

»Sorry, aber unser tägliches Ritual muss sein«, erklärte Scholli grinsend, wandte sich zur Seite und deutete mit dem Kopf auf den Monitor. »Was für ein Geschmiere! Das ist der Stil der BLÖD-Zeitung.«

»Und Mads will tatsächlich wissen, ob es mir gefällt«, erwiderte Kira und verzog gequält das Gesicht. »Was soll ich ihm sagen?«

»Die Wahrheit, schlage ich vor«, sagte Scholli. »Was heißt ›Gequirlte Scheiße‹ auf Dänisch?«

Kira lachte laut auf. »Ich werde es wohl etwas diplomatischer ausdrücken, aber er kriegt schon die Wahrheit zu hören. Mal sehen, wie er es aufnimmt.« Sie setzte sich an ihren Tisch und schaltete den PC ein. »Ich habe Hauptkommissarin Christ versprochen, ihr sofort die Zusammenfassung deiner Rechercheergebnisse zu Klamroth zu schicken. Das wird heftigen Wind in die Amtsstuben der Mordkommission blasen, da bin ich sicher.«

»Weiß sie schon, was da auf sie zukommt?«

»Nur andeutungsweise. Dass Klamroth bezüglich seines Fluges von Dubai nach Hamburg gelogen hat, habe ich ihr bereits erzählt. Alles andere liest sie gleich.«

»Was, glaubst du, macht sie daraus?«, fragte Scholli.

»Ich denke, sie wird Klamroth zu einer offiziellen Vernehmung vorladen, auch wenn er für den Tag des Mordes angeblich diverse Alibis hat.«

Scholli nickte. »Und was hast du jetzt vor? Du wirkst auf mich irgendwie ... unternehmungslustig.«

Kira musste schmunzeln. »Ich habe Helene neulich darauf aufmerksam machen müssen, dass wir keine zivile Hilfsorganisation der Kripo sind, sondern unser Geld mit Journalismus verdienen. Und der besteht eben nicht nur aus Recherchen, sondern vor allem daraus, die Öffentlichkeit über deren Ergebnisse zu informieren.«

»Da hast du den Nagel wieder einmal auf den Kopf getroffen«, gab Metaphern-Scholli lachend zurück. »Aber was folgt aus dieser bahnbrechenden Erkenntnis?«

»Dass wir endlich etwas Handfestes brauchen, das wir unseren Zuschauern präsentieren können. Bisher berichten wir bloß fortwährend, dass wieder etwas passiert ist – erst eine Wasserleiche, dann ein Brand, dann ein Selbstmord. Alles nur mehr oder weniger aufregende Nachrichten. Allenfalls ein paar vorsichtige Spekulationen darüber, ob und wenn ja, wie die einzelnen Ereignisse miteinander zusammenhängen. Das ist zu wenig. Wir müssen tiefer graben, und zwar an den richtigen Stellen.«

»Und welche sind das – deiner Meinung nach?«, wollte Scholli wissen.

Kira stand auf und stützte sich auf die Tischplatte. »Gut Hohenmarschen«, erklärte sie und sah ihren Kollegen entschlossen an. »Da fahre ich so bald wie möglich noch einmal hin.« Die Kripo werde sich jetzt – nicht zuletzt wegen der neuen Erkenntnisse zu dessen bemerkenswerten Geschäften – intensiv mit Jens Klamroth befassen, erklärte sie dem staunenden Scholli, und das erscheine ihr gewiss zielführender als die Ermittlungen im Chor. »Aber Gut Hohenmarschen ist ebenfalls ein interessanter Ansatzpunkt, vor allem die alte Haushälterin, die ich bei meinem ersten Besuch getroffen habe. Du wirst mich wahrscheinlich auslachen, aber ich habe seither das Gefühl, dort wird ein dunkles Geheimnis gehütet – und das schon jahrzehntelang.«

»Dem du nun auf die Spur kommen willst«, stellte Scholli lapidar fest.

»Warum nicht? Vielleicht findet sich dabei ja ein Motiv für den Mord an Susanna von Hohenmarschen, von dem wir bisher noch nichts wussten. Einen Versuch ist es wohl wert. Ich kann mir gut vorstellen ...«

Der Anrufton ihres Smartphones unterbrach den Redefluss abrupt, und Kira holte das Gerät aus den Tiefen des Hippiesacks hervor, den sie über die Sessellehne gehängt hatte.

Das Display zeigte eine unbekannte Nummer.

»Frau Lund?«, fragte eine junge Frauenstimme, nachdem Kira den Anruf mit einem schlichten »Ja?« angenommen hatte. »Ich wollte nur ... Also, Sie waren doch gestern bei uns.«

Kira schaltete zu langsam. »Wie bitte? Wer sind Sie?«

»Ich …«, sagte die Frau zaghaft, »*canticum novum* – da waren Sie doch gestern. Ich war auch dort.«

Jetzt fiel bei Kira der Groschen: Die junge verlegene Sängerin, die sie nicht angesehen hatte! »Sie saßen neben Jana Hellmann, richtig?«

»Ja. Und ich wollte … ich dachte …« Die Stimme erstarb.

»Sie wollen mir etwas sagen, richtig?«, versuchte Kira es sanft. »Darf ich erfahren, wie Sie heißen?«

»Siri, Siri Vanstatt. Ich singe auch im Sopran. Und … Nun ja, ich habe da etwas mitbekommen … Ich weiß nicht, ob ich das den Leuten von der Polizei hätte sagen müssen … Vielleicht könnten Sie mir einen Rat …« Sie verstummte wieder.

»Wie wäre es, wenn wir uns einfach einmal in Ruhe unterhalten würden?«, schlug Kira vor. » Natürlich nicht am Telefon. Wann und wo kann ich Sie treffen?«

»Aber ich darf nicht … also, das muss vertraulich bleiben!«

»Keine Angst, als Journalistin unterliege ich auch einer Art Schweigepflicht – ähnlich wie Ärzte«, erwiderte Kira und warf Scholli einen vernichtenden Blick zu, der hörbar aufgelacht hatte und feixend zu ihr herüberblickte.

»Ich bin gerade in der Stadt«, sagte Siri Vanstatt. »Wenn Sie wollen, können wir uns gleich treffen. Vielleicht irgendwo in der Fußgängerzone?«

»Prima, so machen wir es«, sagte Kira.

Sie verabredeten sich in einem Café auf dem Holm, dem Zentrum der belebten Flensburger Fußgängerzone zwischen dem Süder- und dem Nordermarkt.

Siri Vanstatt nestelte unaufhörlich am Verschluss der Handtasche herum, die sie auf dem Schoß hatte. Ihren Kaffee hatte sie noch nicht angerührt.

»Sie wundern sich bestimmt, dass ich Sie angerufen habe«, sagte sie und hielt ihren Blick gesenkt, »aber ich musste mit jemandem darüber reden und Sie waren ...« Sie verstummte.

»Reden Sie bitte einfach weiter«, bat Kira sanft. »Dies ist ein vertrauliches Gespräch.«

»Na ja ... als Sie gestern bei uns waren, also beim Chor, haben Sie bestimmt gemerkt, dass es da Dinge gibt ... Ich habe etwas erfahren ...« Sie griff fahrig nach ihrer Kaffeetasse, führte sie aber nicht zum Mund. »Ich hab mir einfach Ihre Visitenkarte genommen und spontan beschlossen, Sie anzurufen.«

»Das war ein gute Idee.« Kira nickte. »Nun trinken Sie erst mal einen Schluck, sonst wird der Kaffee kalt. Und dann sagen Sie mir einfach, was Sie bedrückt.«

»Es geht um Jana Hellmann ...«, sagte die Frau leise.

»Ja? Die saß gestern doch neben Ihnen.«

»Sie hat mir etwas erzählt ... Vertraulich natürlich. Sie hat mir verboten, darüber zu reden.«

»Verboten?«, hakte Kira ungläubig nach. »Wie kann sie Ihnen etwas verbieten?«

»Sie ist sehr ...«, begann Siri Vanstatt, schüttelte dann unwillig den Kopf und sagte: »Egal. Jetzt, wo Helmut sich aufgehängt hat, kann ich nicht mehr schweigen.«

»Dann sprechen Sie«, forderte Kira sie auf und merkte, dass sie allmählich ungeduldig wurde.

Die Frau straffte sich und sagte: »Jana hat mir erzählt, dass Helmut Tessmann Susanna bedroht hat. Sie hat gehört, dass er zu ihr gesagt hat, er würde sie umbringen, wenn sie ihn ...« Sie stockte.

»Weiter bitte! Wenn sie *was*? Warum wollte er sie umbringen?«

»Wahrscheinlich, weil sie die Beziehung zu ihm beenden wollte. Die meisten im Chor wissen, dass Helmut und Susanna ein Verhältnis hatten. Sie haben immer versucht, das zu verheimlichen, aber ... na ja.«

»Wie lange bestand das Verhältnis?«

»Genau weiß ich das nicht, aber schon über eine längere Zeit, vielleicht sogar mehr als ein Jahr.« Sie trank einen Schluck und erzählte, Susanna von Hohenmarschen habe dann vor ein paar Monaten mit Helmut Tessmann Schluss gemacht.

»Woher wollen Sie das wissen?«, fragte Kira.

»Das hat sie Jana gegenüber erwähnt, und zwar, als die beiden verabredet haben, sich vor der Probe in dem Bistro in Sonderburg zu treffen. ›Wir sollten uns einmal aussprechen‹, soll Susanna zu Jana gesagt haben, ›schließlich habe ich längst mit Helmut Schluss gemacht.‹«

»Jana und Susanna waren sich also nicht grün, höre ich heraus«, stellte Kira trocken fest.

Siri Vanstatt nickte eifrig – ihre Verlegenheit schwand dahin, und die Lust am Klatsch gewann die Oberhand. »Von Anfang an nicht!«, sprudelte sie los. »Jana konnte nie akzeptieren, dass Susanna die erste Solostimme im Sopran war und dass Sagebiehl sie immer vorgezogen hat.« Außerdem habe Jana vor etwa zwei Jahren mit Helmut Tessmann eine Affäre gehabt, fuhr sie fort, bis Susanna ihn ihr dann »ausgespannt« habe.

Was für eine banale Beziehungsschmonzette, dachte Kira. Aber dennoch eine, die man bei der Frage nach dem Motiv durchaus ernst nehmen musste. Und zwar sowohl was das Motiv für den Mord an Susanna von Hohenmarschen betraf als auch das für Tessmanns Suizid.

»Meinen Sie, ich muss das alles der Polizei mitteilen?«, fragte Siri Vanstatt und sah Kira mit gerötetem Gesicht an.

»Haben Sie etwa den Kriminalbeamten, die die Chormitglieder befragt haben, nichts von alledem erzählt?«, fragte Kira zurück.

Die Sängerin schüttelte den Kopf. »Himmel, nein! Jana hätte doch sofort gewusst, von wem die Polizei diese Informationen bekommen hat.«

›Kindergarten‹ war das Wort, das Kira unvermittelt in den Sinn kam, doch sie sprach es natürlich nicht aus. Stattdessen fragte sie: »Was meinen Sie, hat Jana Hellmann Tessmanns Morddrohung an Susanna tatsächlich mitgehört, oder hat sie das bloß erfunden?«

»Keine Ahnung. Zuzutrauen wäre es ihr. Andererseits hat Helmut sich wenig später selbst getötet – vielleicht ja, weil er seine Drohung tatsächlich wahr gemacht hat?«

»Was können Sie mir über diesen Tessmann erzählen?« Wie gut kannten Sie ihn?«

Siri Vanstatt überlegte einen Moment. »Ach, man kennt sich im Chor natürlich ganz gut. Wir treffen uns wöchentlich, treten gemeinsam auf und feiern auch mal zusammen. Als ich vor sechs Jahren zu *canticum novum* kam, war Helmut schon Mitglied – ein sehr guter Tenor, tolle Stimme.«

»Schön, dass er gut singen konnte«, erwiderte Kira knapp. »In einem Kammerchor ist das sicher von Vorteil. Was mich mehr interessiert: Wie war er so – als Mensch und als Mann?«

»Er sah gut aus. Ein Frauentyp, könnte man sagen«, erwiderte Siri, und wieder trat eine verlegen Röte auf ihre Wangen. »Früher soll er irgendwann mal verheiratet gewesen sein, aber solange ich ihn kannte, lebte er wohl allein. Hat in irgendeiner Behörde gearbeitet – als Ingenieur, glaube ich.«

»Ein Frauentyp? Waren Sie auch in ihn verliebt?«

Jetzt färbte sich das gesamte Gesicht der jungen Frau rot, und empört wandte sie Kira beide Hände abwehrend entgegen. »Wie kommen Sie darauf? Natürlich nicht! Es hat mir gereicht zu sehen, wie gewisse andere Frauen sich an ihn rangeschmissen haben. Was soll diese komische Frage?«

»Sorry, ich wusste nicht, dass Sie das Thema dermaßen aus der Ruhe bringt«, erwiderte Kira kühl und trank ihren Kaffee aus.

»Ich hatte nichts mit Helmut, falls Sie das wissen wollten.«

»Schon gut, regen Sie sich bitte nicht auf«, sagte Kira. »Wollten Sie mir sonst noch etwas erzählen?«

»Nein«, erwiderte Siri Vanstatt pikiert. »Ich wollte auch niemanden in Schwierigkeiten bringen, aber was Jana da gehört hat, konnte ich nicht länger für mich behalten. Vor allem, weil Helmut jetzt Selbstmord begangen hat.«

»Leider aber ist das meiste, was Sie mir gerade erzählt haben, Hörensagen. Trotzdem werde ich einen Weg finden, dass die Kripo es erfährt – diskret natürlich. Was halten Sie davon, dass ich der ermittelnden Kommissarin einen Tipp gebe, ohne Sie ins Spiel zu bringen?«

»Aber dann wird man Jana trotzdem unangenehme Fragen stellen! Ich weiß nicht, ob ich das möchte.«

Kira hatte genug. »Warum haben Sie mir das alles dann überhaupt erzählt? Sie hätten schließlich auch darüber schweigen können. Haben Sie im Ernst damit gerechnet, dass ich keine Konsequenzen daraus ziehe – sogar ziehen *muss*?««

Wie ertappt, hob die junge Frau den Kopf und starrte Kira erschrocken an. »Aber ich musste das doch ... es war doch meine ... Pflicht ... sozusagen ...«

»Ich bitte Sie, Frau Vanstatt, sparen Sie sich solche Phrasen! Sie haben mich dazu benutzt, ihr Gewissen zu erleichtern, und gedacht, Sie selbst könnten sich so aus allem raushalten.« Kira zog das Portemonnaie aus der Tasche, legte einen Zehneuroschein auf den Tisch und stand auf. »Sei's drum – ich stehe zu meinem Wort. Aber eines ist sicher: Die Kripo wird sich bestimmt mit Jana Hellmann beschäftigen.«

Und zwar aus einem Grund, von dem die verhuschte Siri nichts ahnte, dachte Kira.

Ihr war nämlich vorhin der Text des anonymen Briefes an die Mordkommission in den Sinn gekommen.

28

Hauptkommissarin Helene Christ war bekannt für ihre Ausgeglichenheit – manche nannten es auch kühle Reserviertheit. Ihren Mitarbeitern gegenüber verlor sie kaum jemals die Geduld, blieb jedoch stets hartnäckig, wenn es um die Verfolgung von Ermittlungsansätzen ging.

Nur ihr wirklich Nahestehende wussten, wie mitfühlend sie von Natur aus war. Sie hatte jedoch schon früh bemerkt, dass es gerade in ihrem Beruf – und nicht zuletzt in der Funktion als Chefin – von Vorteil war, nicht allzu emphatisch aufzutreten, sondern eine gewisse Distanz zu anderen Menschen zu wahren. So lehnte sie auch das allgemein in der Behörde übliche Duzen ab, das sie für eine Unsitte hielt. Nur bei Nuri Önal hatte sie da eine Ausnahme gemacht – allerdings waren zuvor erst einmal drei Jahre ins Land gegangen.

Dass man sie hinter ihrem Rücken ›die kühle Blonde‹ nannte, war ihr bekannt, aber herzlich gleichgültig. Dennoch vermied sie sorgfältig, sich zu sehr mit einer Aura von Unnahbarkeit zu umgeben – das wäre für sie nichts anderes als Arroganz gewesen.

Selten nur bekam ihr Schutzschild einmal einen Riss. Wenn das jedoch geschah, brach aus ihr mit Macht die temperamentvolle Frau hervor, die sie eigentlich war. Im Dienst hatte das selbst ihr Stellvertreter und engster Vertrauter, Kommissar Nuri Önal, kaum jemals erlebt.

Heute jedoch …

»Komm rein, Nuri, und mach die Tür hinter dir zu!«, rief sie dem stämmigen schwarzhaarigen Mann in herrischem Ton zu.

Verwundert blickte Önal seine Chefin an, tat jedoch, wie ihm geheißen. Er sparte sich den Kommentar, dass dies ihr gemeinsames Büro sei, in dem er den ganzen Tag lang ein- und ausgehe. Einer ausdrücklichen Aufforderung einzutreten hätte es keineswegs bedurft – zumal er gerade sowieso die Ergebnisse der Ermittlungen zum persönlichen Umfeld und den Lebensumständen des toten Helmut Tessmann hatte vortragen wollen.

Doch das musste er erst einmal aufschieben, das erkannte der junge Kommissar sofort. Schweigend setzte er sich an seinen Schreibtisch, legte die Arme auf die Tischplatte und harrte dessen, was nun kommen mochte.

Lange brauchte er nicht zu warten.

»Sind wir eigentlich ein Haufen unfähiger Dilettanten, Nuri?«

Önal bemerkte, dass das Gesicht der großen Frau mit der auffallenden weißblonden Haarmähne leicht gerötet war. Ohne eine Miene zu verziehen, sah er ihr ruhig in die Augen. Schließlich nickte er gewichtig, hob andächtig beide Hände in die Höhe und erklärte scheinbar bewegt: »Eine der großen Fragen unserer Zeit, die du da stellst, Helene. Lass mich bitte einen Augenblick darüber nachdenken.«

Wütend funkelte sie ihn an. »Verarsch mich nicht, Nuri! Ich meine es ernst.«

»Glaub ich nicht. Irgendetwas geht dir gewaltig gegen den Strich, du bist stinksauer, das sehe ich. Aber deine Frage war wohl eher rhetorisch – jedenfalls hoffe ich das.«

Hauptkommissarin Christ setzte zu einer heftigen Erwiderung an, doch der junge Kommissar hob kurz die Hand, zog eine Schublade auf, entnahm ihr eine fettige Papiertüte und legte sie vor sich auf den Tisch. »Baklava«, sagte er. »Mit Pistazien. Von meiner Mutter gebacken. Die besten der Welt.« Er zog zwei dicke Stücke des saftigen türkischen Nationalgebäcks aus der Tüte und legte sie obendrauf. »Nimm dir eins. *Baklava ağrıyı giderir,* sagt Mutter immer – ›Baklava heilt den Schmerz‹.«

Nur mit Mühe gelang es Helene Christ, ernst zu bleiben. »Na, wenn das so ist …«, sagte sie, trat heran und griff nach einem der fetttriefenden zuckersüßen Gebäckstücke.

Nuri Önal nickte treuherzig, nahm sich selbst ein Stück und biss herzhaft hinein.

Er war in Husum an der Nordsee geboren und aufgewachsen, hatte dort sein Abitur gemacht und war anschließend zur Kriminalpolizei gegangen. Seine Eltern waren in den Achtzigerjahren aus der östlichen Türkei nach Deutschland gekommen und hatten sich mit einer Wäscherei in Husum eine neue Existenz aufgebaut. Inzwischen war ihr Geschäft verkauft, und sie genossen ihren Ruhestand. Die meiste Zeit des Jahres verbrachten sie in ihrer Wohnung in Tunceli, der Hauptstadt der gleichnamigen Provinz in Ostanatolien. Im Sommer aber kamen sie regelmäßig für einige Wochen zurück nach Nordfriesland, weil sie die frische Nordseeluft der drückenden Hitze in ihrer alten Heimat vorzogen. Außerdem hatten sie Sehnsucht nach ihrem Sohn und seinen beiden Schwestern, die alle in Deutschland geboren waren und hier nun auch lebten. Natürlich besuchte Nuri seine Eltern häufig in dem Ferienhaus im Husumer Dockkoog, wo sie sich alljährlich einmieteten. Sie waren sehr stolz darauf, dass er es zum ›Polizeioffizier‹ gebracht hatte, seine Mutter beklagte allerdings immer wieder, dass er als deutscher Kriminalbeamter keine schneidige Uniform trug.

»Okay, dann lass hören, was dich auf die Palme gebracht hat«, sagte Nuri, nachdem er den letzten Bissen geschluckt und sich die Finger an einem Papiertaschentuch abgewischt hatte.

Helene machte eine unwirsche Handbewegung zum Bildschirm des PCs auf ihrem Schreibtisch. »Es ist unfassbar! Ich habe gerade eine Mail von Kira Lund bekommen. Sie und ihr Kollege haben erstaunliche Dinge zu Jens Klamroth recherchiert. Und nun frage ich mich, wieso wir das nicht selbst herausgefunden haben, wieso die Fachabteilung des LKA davon anscheinend nichts weiß und ... und ... ach, verdammt ...« Sie brach ab und schnaufte wütend auf. »Das darf doch nicht wahr sein: Ausgerechnet von den Presseleuten erfahren wir, was wir längst selbst wissen müssten!«

»Was ist das denn?«

»Zum Beispiel, dass Klamroth fragwürdige finanzielle Transaktionen getätigt hat – und zwar solche, die dem Vermögen seiner Ehefrau offenbar massiv geschadet haben«, sagte Helene Christ und gab ihrem Stellvertreter weiter, was Kira gemailt hatte. Auch Klamroths Haus in Griechenland erwähnte sie, dessen Finanzierung er sich anscheinend durch die Beleihung von Grund und Boden des Gutes Hohenmarschen beschafft hatte.

Nachdem sie geendet hatte, lehnte sich Önal auf seinem Sessel zurück und sagte versonnen: »Ich frage mich, welche Quellen diese Journalisten anzapfen können, die uns offenbar verschlossen sind – zumindest in so kurzer Zeit.«

»Das ist es ja«, rief Helene heftig. »Vielleicht sind unsere Spezialisten einfach zu … na, sagen wir: zu einfallslos, um auch mal alternative Ansätze zur Informationsgewinnung zu nutzen. Oder ist unser Beamtenapparat schlicht zu unbeweglich für so was? Wenn ich allein daran denke, welche Anträge auf allen möglichen Ebenen man stellen muss, bis man Einsicht in gewisse Dokumente erhält, wer daran beteiligt werden und wer schließlich auch noch zustimmen muss …«

Ein Lächeln huschte über Önals Gesicht. »Interessantes Thema. Sollten wir bei Gelegenheit durchaus mal diskutieren. Aber zunächst können wir uns ja mit dem begnügen, was uns da in den Schoß gefallen ist.« Er warf seiner Chefin einen aufmerksamen Blick zu. »Was machen wir jetzt daraus?«

»Genau die Frage treibt mich um, seit ich Kiras Mail gelesen habe«, sagte die Hauptkommissarin, stand auf und begann, im Raum herumzuwandern. Schließlich blieb sie vor einem der Fenster stehen und blickte kurz hinaus. Dann drehte sie sich um und lehnte sich mit dem Rücken an die Fensterbank. »Du solltest übrigens noch wissen, dass Klamroth uns belogen hat«, fuhr sie fort und erzählte Önal, dass der *Emirates*-Flug aus Dubai, mit dem Susannas Mann mittags in Hamburg gelandet sein wollte, gecancelt worden war. »Und damit gerät Klamroth auf einmal doch wieder in Verdacht, mit dem Mord an seiner Frau etwas zu tun zu haben. Nicht als Täter, aber er könnte ihn durchaus in Auftrag gegeben haben«, schloss sie.

Önal wiegte seinen Kopf zweifelnd hin und her, hüllte sich jedoch in Schweigen.

»Ja natürlich, das ist reine Spekulation«, sagte Helene Christ. »Dieser Fall wird immer undurchsichtiger. Noch haben wir keinen einzigen Erfolg versprechenden Ermittlungsansatz gefunden, von irgendwelchen Beweisen ganz zu schweigen. Und was den Chor betrifft: Hiesemann und Feld sind mit ihren Befragungen der Mitglieder zwar auf einige persönliche Animositäten gestoßen, aber nichts davon taugt auch nur annähernd als Mordmotiv. Habt ihr denn etwas Brauchbares über diesen Tessmann in Erfahrung gebracht?«

»War nicht allzu schwer – ein paar Dinge kriegt sogar die Kriminalpolizei heraus«, feixte der junge Kommissar, wurde aber schnell wieder ernst. »Tessmann hat allein gelebt, war aber früher einmal verheiratet gewesen. Aus der Ehe stammt ein mittlerweile erwachsener Sohn, der in den USA lebt. Von Beruf war Tessmann Ingenieur und hat beim Bauamt gearbeitet. Er muss ein ziemlicher Eigenbrötler gewesen sein, hatte kaum Freunde, auch nicht bei *canticum novum*, wo er seit fast zehn Jahren im Tenor gesungen hat. Wenn man alles betrachtet, was wir über ihn wissen, ergibt sich das Bild eines eher langweiligen, sehr durchschnittlichen Mannes – wenn da nicht seine Obsession gewesen wäre.«

»Seine ...«

»Obsession«, bekräftigte Önal. »Anders kann man das kaum nennen, was er Susanna von Hohenmarschen gegenüber empfunden haben muss. Eine Zeit lang haben die beiden tatsächlich ein Verhältnis gehabt, das haben auch die Leute aus dem Chor bestätigt, aber aus dem, was wir bei ihm gefunden haben, geht hervor, dass Susanna von Hohenmarschen etwa vor einem halben Jahr Schluss mit ihm gemacht hat. Und aus den Monaten danach fanden sich in seiner Wohnung Liebesbriefe an seine Angebetete – ganz altmodisch auf Papier geschrieben –, in denen er sie anfleht, zu ihm zurückzukommen. Grauenvoll schwülstiges Zeug, das er allerdings nie abgeschickt hat.«

»Wahrscheinlich wollte er sie nicht kompromittieren, indem er ihr solche Post nach Hause schickt.«

»Da magst du recht haben. Er hat auch einige Gedichte für sie verfasst, ebenfalls wohl nur als Ventil für seine unerwiderte Anbetung. Und auf seinem PC ist eine Unmenge von Mails an die Dame gespeichert. Bei allem Respekt, der einem dermaßen verzweifelten Menschen gebührt – man kann die nur als völlig abgedreht bezeichnen. Wir haben das ganze Zeug natürlich gespeichert, archiviert und dokumentiert, aber du musst das nicht alles lesen, um zu wissen, dass er offensichtlich den Bezug zur Realität verloren hatte, was diese Frau betrifft.«

»Hat sie auf die Mails denn jemals geantwortet?«

»Die meisten davon sind bloß als Entwurf gespeichert. Nur etwa zehn davon hat er tatsächlich abgeschickt. Ihre Antworten darauf waren sinngemäß immer dieselben: ›Es ist aus! Lass mich endlich in Ruhe!‹, ›Belästige mich nicht länger!‹, ›Ich will nichts mehr von dir wissen – begreif das endlich!‹ – so was eben.«

Die Kriminalbeamtin kniff die Augen zusammen. »Da ist ihm irgendwann klar geworden, dass er sie nicht wiederkriegt, und dann …«

»… dann hat er ein Messer aus der Küchenschublade geholt und sie blindwütig dahingemeuchelt«, ergänzte Önal grinsend und spann munter weiter: »Anschließend hat er drei Wochen gebraucht, bis er zu der Erkenntnis gelangte, dass sein Leben nun keinen Sinn mehr hätte, und hat sich am Dachgebälk aufgeknüpft.« Er zog eine Grimasse. »Glaubst du das tatsächlich?«

Helene Christ lachte auf. »Blödmann«, stieß sie spontan aus und hob sofort beschwichtigend die Hand. »Sorry für den Ausdruck, Nuri – ist mir so rausgerutscht. Aber manchmal bringst du Sachen …«

»Gern geschehen«, erklärte Önal trocken.

»Die Antwort auf deine Frage lautet jedenfalls: nein. Er kann sie gar nicht getötet haben. Professor Sagebiehl hat ausgesagt, dass niemand aus dem Chor zum Einsingen vor der Generalprobe im *Alsion* gefehlt hat – außer Susanna von Hohenmarschen natürlich. Außerdem hat die Befragung der Mitglieder erbracht, dass Tessmann selbst nach Sonderburg gefahren ist und drei Leute aus dem Chor in seinem Wagen mitgenommen hat. Er hätte also gar nicht die Zeit gehabt, den Mord zu begehen.«

»Warum hat er dann Suizid begangen?«

»Das werden wir möglicherweise niemals genau wissen. Ich fürchte, man muss seinen Abschiedsbrief durchaus wörtlich nehmen. Er war hoffnungslos auf Susanna fixiert, wie du selbst festgestellt hast. Solange sie noch am Leben war, konnte er sich wenigstens einbilden, sie irgendwann zurückzugewinnen. Aber als sie plötzlich tot war, hatte auch sein Leben jeglichen Sinn verloren – jedenfalls für ihn.«

Der Kommissar nickte. »Obsession – wie ich sagte. Und zwar in ihrer pathologischen Form.« Er deutet auf die fettige Tüte, die vor ihm auf dem Tisch lag. »Willst du noch eins?«

Als Helene dankend ablehnte, fuhr er fort: »Bleibt die Frage, was es mit dem anonymen Brief auf sich hat, in dem jemand der Mordkommission weismachen wollte, Susanna von Hohenmarschens Mörder wäre in den Reihen des Chores zu finden.«

»Keine Ahnung, was der zu bedeuten hat«, sagte seine Chefin und zuckte mit den Schultern. »Lassen wir das erst einmal. Wir müssen uns jetzt vordringlich um Jens

Klamroth kümmern. Er muss uns viele Fragen beantworten.«

»Dann laden wir ihn also vor?«

»Und zwar sofort«, sagte Helene Christ und wollte gerade den Hörer des Telefons auf ihrem Schreibtisch abheben, als sich ihr Smartphone mit dem *Pling* meldete, das den Eingang einer Signal-Nachricht anzeigte. Sie tippte auf das Display, rief die Nachricht auf und begann zu lesen.

»Oha«, sagte sie. »Eine längere Epistel von Kira Lund – könnte interessant sein. Kümmere du dich bitte um Klamroths Vorladung, Nuri. Ich schau mir das hier erst einmal an.«

»Geht klar«, sagte der junge Kommissar und hob den Daumen. »Ich gehe dafür rüber ins Geschäftszimmer, damit du Ruhe hast.« Damit verließ er eilig den Raum.

Helene ließ sich auf ihren Sessel fallen und las gebannt, was Kira über ihr Treffen mit Siri Vanstatt geschrieben hatte. Nachdenklich legte sie dann das Smartphone wieder auf den Tisch und nickte. Das alles hörte sich danach an, als könnte die Frage nach dem Autor des anonymen Briefes bald geklärt werden.

Dazu würde allerdings noch jemand zu einem Gespräch in die Mordkommission einbestellt werden müssen.

Jana Hellmann.

29

Die B5, die wichtigste Nord-Süd-Verbindung an der Westküste, verlangte denen, die sie befuhren, stets ein Höchstmaß an Langmut ab. So auch Kira, die gerade auf dem nördlichsten Abschnitt der Bundesstraße von der dänischen Grenze bis kurz vor das Städtchen Tönning an der Eider unterwegs war. Die Straße war tagtäglich stark frequentiert, auch von Lastwagen, dennoch war sie in beiden Fahrtrichtungen überwiegend einspurig. Den Fahrern von Pkws bot sich daher nur selten eine Gelegenheit zum sicheren Überholen, und oft herrschte sowieso kilometerweit Überholverbot. Wer hier hinter einem langsamen Sattelzug oder, schlimmer noch, hinter einem landwirtschaftlichen Fahrzeug festhing, musste sich ausgiebig in Geduld üben.

Kira folgte seit mehreren Minuten in gefühltem Schritttempo einem riesigen rostigen Kasten auf Rädern, der ihr jede Sicht nach vorn versperrte. Unwirsch warf sie einen Blick auf die Uhr am Armaturenbrett und stellte fest, dass sie für die knapp sechzig Kilometer auf dieser unzumutbaren ›Fernstraße‹ bereits deutlich mehr als eine Stunde gebraucht hatte.

Neidvoll schaute sie in den Innenspiegel. Ditch lag, alle Viere von sich gestreckt, im Heck auf seiner gemütlichen Hundedecke und störte sich nicht an den Widrigkeiten des Straßenverkehrs. Das ließen zumindest die gleichmäßigen Schnarchtöne vermuten, die nach vorn drangen.

Kira entschloss sich, jetzt keinen Überholversuch mehr zu machen. Das Navi ihres Smartphones, das in einer Halterung an der Frontscheibe hing, zeigte ihr bereits die Abzweigung, die sie nehmen musste. Dort würde sie auf die Nebenstraße abbiegen, die nach Hohenmarschen führte.

Ein wenig aufgeregt war sie, musste sie sich eingestehen. Sie wurde das Gefühl nicht los, dass sie für den bevorstehenden Besuch auf Gut Hohenmarschen viel Reporterglück benötigen würde.

Angemeldet hatte sie sich natürlich nicht. Sie setzte voll auf den Überraschungseffekt und hoffte darauf, dass der Hausherr in seinem Büro in Hamburg wäre. Nur so würde sich eine Möglichkeit ergeben, ungestört mit der Haushälterin Line zu sprechen. Außerdem musste es ihr gelingen, unter dem Radar von Sylvia Klamroth zu bleiben, die auf dem Gut derzeit anscheinend das Regiment führte. Beim letzten Mal hatte die Schwägerin der ermordeten Susanna Kiras Gespräch mit Line leider im ungünstigsten Moment beendet.

Sie musste also eine gehörige Portion Glück haben, um ungestört an Line heranzukommen. Aber wenn es gelänge, könnte sie der alten Frau vielleicht entlocken, was es mit dem ›Fluch von Hohenmarschen‹ auf sich hatte und was hinter den geheimnisvollen Andeutungen steckte, die sie unlängst im Garten gemacht hatte.

Der Fluch. Kira fiel wieder Mads Sievertsens Reaktion ein, als sie ihm gestern Abend davon erzählt hatte.

Sie hatte den dänischen Nachwuchsreporter schweren Herzens angerufen – schließlich hatte er sie ja ausdrücklich um ihre Meinung zu seinem Artikel in der Online-Ausgabe von *Lynet* gebeten. Wie nicht anders zu erwarten, war er hörbar enttäuscht gewesen, als Kira ihn ziemlich ungeschminkt mit Begriffen wie ›reißerisch‹, ›sensationslüstern‹ und ›unseriös‹ konfrontierte.

Der Chefredakteur der Online-Ausgabe von *Lynet* habe da eine ganz andere Meinung gehabt, hatte Mads trotzig geantwortet. Der habe seine Fotoreportage sogar ›spannend und plastisch‹ genannt.

Eine Weile hatten sie dann noch hin und her diskutiert, wobei Kira versuchte, den ehrgeizigen jungen Mann dazu zu motivieren, ihre Kritik als Ansporn zu betrachten. Ob es allerdings für den Mitarbeiter eines Blattes vom Genre des *Lynets* ein sinnvoller Rat war, sich stilistisch zu verbessern, fragte sie sich mittlerweile selbst.

Um Mads, der merklich geknickt war, ein wenig aufzubauen, hatte sie ihm am Ende des Telefonats von ihrem Vorhaben berichtet, heute nochmals nach Hohenmarschen zu fahren und zu einem vermeintlichen Fluch zu recherchieren, der auf dem Gut liege. Zumindest habe das eine alte Hausangestellte behauptet, mit der sie unlängst auf dem Gut zusammengetroffen sei.

Sofort war der Däne Feuer und Flamme für dieses Thema gewesen und wollte unbedingt mehr darüber hören. Er sei sich sicher, hatte er begeistert behauptet, ein dunkles Geheimnis wie dieses sei genau das, ›was die Leute vom Hocker reißt‹.

»Bisher weiß ich ja auch nichts«, hatte Kira versichert und ihm halbherzig in Aussicht gestellt, ihn zu informieren, falls sie tatsächlich etwas Verwertbares herausfinde. Im selben Moment hatte sie sich schon geärgert, Sievertsen überhaupt von dieser Sache erzählt zu haben. Sie hatte nämlich keineswegs die Absicht, die Ergebnisse ihrer Recherchen mit einem anderen Journalisten zu teilen.

Nachdem sie das Gesprächs beendet hatten, war Kira noch längere Zeit nachdenklich im Haus herumgelaufen. Irgendetwas fand sie seltsam, kam aber nicht darauf, was sie störte. Erst als sie zu Bett ging, fiel es ihr ein: Warum hatte Mads Sievertsen sie eigentlich nicht gefragt, ob er sie begleiten dürfe? Wenn er so begierig war, mehr über das angebliche Geheimnis zu erfahren, das Gut Hohenmarschen umgab, wieso fuhr er denn nicht selbst hin? Er legte doch sonst wahrlich keine Zurückhaltung an den Tag, wenn es darum ging, etwas zu publizieren, das nach einer Sensation roch.

Eigenartig, fand Kira. Traute er sich nicht, journalistische Nachforschungen in Deutschland anzustellen? Nicht, dass sie Lust darauf gehabt hätte, ihn dabei zu haben, wahrlich nicht, aber sie wollte ihn dennoch demnächst einmal danach fragen.

»In zweihundertfünfzig Metern rechts abbiegen«, forderte die junge weibliche Stimme des Navis. Kira setzte den Blinker, bremste und verließ die B5.

Als der Volvo zwanzig Minuten später auf der basaltgepflasterten Zufahrt zum Gut zu ächzen und zu scheppern begann, kam Ditch mit einem unwilligen Knurren von seiner Decke hoch, und Kira fing im Spiegel seinen empörten Blick auf.

»Stell dich nicht so an«, rief sie ihm lachend zu. »Hast lang genug geschlafen.«

Wie schon bei ihrem letzten Besuch, wollte sie nicht vor das Herrenhaus fahren, sondern den Wagen hinter dem Anbau der ehemaligen Scheune parken, die inzwischen Restaurant und Hotel war. Als sie daran vorbeifuhr, sah sie, dass das *GESCHLOSSEN*-Schild immer noch neben dem Eingang hing. Die Tür zum Lieferanteneingang stand jedoch offen. Davor entluden zwei Männer gerade einen Kastenwagen und packten Kartons auf eine Handkarre.

Kira stellte den Wagen ein Stück weiter ab, stieg aus und rief den Männern zu: »Wann machen Sie wieder auf?«

»Am kommenden Wochenende«, rief einer der beiden zurück.

Kira hob dankend die Hand, beugte sich ins Auto und sagte zu Ditch: »Du bleibst erst einmal im Auto. Nachher fahren wir wieder zu dem kleinen See, an dem wir beim letzten Mal schon waren. Da kannst du dich austoben, okay?«

Ihre Ausrüstung ließ sie zurück – die alte Line würde sie damit nur verschrecken – und wollte sich gerade auf den Weg hinüber zum Gutshaus machen, als neben ihr eine helle Stimme fragte: »Ist das ein Braunbär?«

Kira fuhr herum und sah einen etwa zwölfjährigen Jungen, der neben einem Mountainbike stand, ein Smartphone in der Hand. Mit der anderen zeigte er auf das Heckfenster des Volvos.

»Nein, das ist kein Bär«, erwiderte sie ernsthaft. »Das ist Ditch, ein Hund. Allerdings ein ziemlich großer.«

»Wow«, sagte der Junge und steckte das Handy in die Gesäßtasche seiner Jeans. »Der ist bestimmt gefährlich.«

»Nö, eigentlich nicht. Nur wenn jemand mir etwas tun will, wird er böse.«

Der Junge sah sie aufmerksam an und nickte. Offenbar erwog er, was es bedeuten mochte, wenn dieses Tier böse wurde. Dann veränderte sich sein Blick auf einmal, und misstrauisch fragte er: »Sind Sie auch von der Presse?«

»Wie kommst du darauf?«, reagierte Kira mit einer Gegenfrage, auch wenn sie sich nicht wohl dabei fühlte, diesen Trick einem Kind gegenüber anzuwenden.

»Weil hier schon viele von der Presse waren«, erklärte er gewichtig. »Alles Geier, sagt mein Vater. Ich darf nicht mit denen reden.«

»Das verstehe ich gut«, sagte Kira. »Was wollten die denn alle von euch?«

»Ach, die … Es ist wegen dem, was mit Mama … äh, mit meiner Mutter passiert ist«, gab der Junge zurück und schaute verlegen zu Boden.

Kira war plötzlich wie elektrisiert. »Ich bin Kira Lund«, sagte sie und hoffte, dem Jungen würde das genügen. Um ihn von seiner ersten Frage abzulenken, schob sie – obwohl sie die Antwort schon zu kennen glaubte – schnell hinterher: »Und wer bist du?«

»Nick. Ich wohne hier.«

»Oh, dann bist du wohl der Sohn von Jens Klamroth.«

Der Junge zuckte mit den Schultern – eine sonderbare Reaktion auf ihre Feststellung, fand Kira – und sagte nachdrücklich: »Aber ich heiße nicht wie er.«

Das wusste Kira schon, seit Scholli ihr den Stammbaum der Familie gezeigt hatte. Dennoch fragte sie: »Wie denn?«

»Von Hohenmarschen. Wie meine Vorfahren«, sagte der Junge und schaute wieder zum Heckfenster des Volvos, das von Ditchs Riesenschädel vollständig ausgefüllt war. »Können Sie ihn nicht mal rauslassen? Bestimmt ist es zu eng für ihn da drinnen.«

Die Gelegenheit konnte Kira sich nicht entgehen lassen. »Okay, mache ich. Hast du Lust, ein bisschen mit ihm zu spielen?«

Die Augen des Jungen leuchteten auf. »Klar, gern!«

Kira öffnete die Klappe. »Raus mit dir, Ditch! Du hast einen neuen Spielkameraden.«

Mit einem Satz sprang der Hund heraus, setzte sich sofort schwanzwedelnd vor Nick hin und begann, ausgiebig an ihm zu schnüffeln.

»So lernt er dich kennen«, erklärte Kira.

»Weiß ich doch«, sagte der Junge altklug. »Hunde machen alles mit der Nase. Sie können nämlich hundertmal besser riechen als Menschen.« Er hob seine Hand und kraulte Ditch auf dem Kopf, was diesem zu gefallen schien, denn er bewegte den Schädel hin und her, damit auch alle Stellen erreicht wurden.

»Sieht so aus, als könntet ihr Freunde werden«, sagte Kira. »Wollen wir auf die Wiese da hinten gehen? Du musst ein paar Stöckchen suchen, die du werfen kannst. Das ist Ditchs Lieblingsspiel.«

Wenige Minuten später war Kira abgemeldet. Ditch tollte mit seinem neuen Kumpel ausgelassen auf einer abgemähten Wiese herum, während sie das Ganze belustigt vom Wegrand aus beobachtete.

Das Bild, das sich ihr bot, hatte durchaus etwas Anrührendes. Nicks feingliedrige, fast schmächtige Statur stand im krassen Gegensatz zu dem wuchtigen Körper des bärenähnlichen Hundes. Dennoch gab es nicht einen einzigen Moment, in dem Kira befürchtete, das wilde Spiel könnte für den Jungen gefährlich werden. Ditch bremste stets ab, kurz bevor er Nick umgerannt hätte, und nach einer Weile legte er sich sogar – das Wurfholz im Fang – vor dem Jungen auf den Rücken, wedelte mit der Rute und forderte Nick damit heraus, ihm die Beute wegzunehmen. Natürlich gelang das nie, doch Angst hatte der Junge offenbar keine, denn er versuchte immer wieder, das Holz aus dem beeindruckenden Gebiss des Hundes zu ziehen. Nach einer Weile ließ Ditch das dann auch immer geschehen, damit das Spiel weitergehen konnte.

Kira blickte auf ihre Armbanduhr und rief: »So, macht mal bitte Schluss. Ich habe noch etwas vor!«

Ditch hätte vermutlich noch ein paar Stunden weitertoben können, aber Nick war ziemlich erhitzt, als die beiden schließlich zurückkamen. Trotzdem fragte er enttäuscht: »Warum mussten wir denn schon aufhören?«

»Ich will mich noch mit jemandem unterhalten. Dafür bin ich eigentlich hergekommen.«

»Mit wem denn? Mein Vater ist nicht da – wie immer.« Die kindliche Stimme klang sachlich, fast kalt. »Nur Sylvia ist noch da, meine Tante.«

Kira schluckte. »Ich wollte eigentlich mit Line sprechen. Das ist doch eure Haushälterin, nicht wahr? Wie ist eigentlich ihr Nachname?«

»Lessing, Line Lessing heißt sie. Aber die ist nicht hier. Meine Tante hat sie ins Krankenhaus gebracht.«

»Wie bitte?«, gab Kira erschrocken zurück. »Wieso das denn? Ist ihr etwas passiert?«

»Sie ist verrückt geworden«, sagte Nick. »Mein Vater hat gesagt, dass sie eine Gefahr ist. Für sich und andere.«

Kira erstarrte.

30

Kommissar Önal schaute genervt auf die digitale Uhr an der Wand des Vernehmungsraums 2. In einer halben Stunde würde Jens Klamroth in der Polizeidirektion erscheinen, und er quälte sich immer noch mit dieser schrecklichen Jana Hellmann ab – mittlerweile schon viel zu lange. Es wurde Zeit, dem Schmierentheater ein Ende zu setzen.

Mit einem Ruck rutschte er auf seinem Stuhl nach vorn und sah die Frau, die ihm in einem mittelblauen Kostüm am Tisch gegenüber saß, scharf an.

»Wie lange wollen Sie mir noch weismachen, Sie hätten das hier nicht geschrieben?«, fragte er und klopfte mit dem Zeigefinger auf die Klarsichthülle, in der der Bogen mit der anonymen Nachricht steckte. »Sie wären gut beraten, endlich die Wahrheit zu sagen. Sonst nehmen wir Ihnen Fingerabdrücke und eine DNA-Probe ab. Ich bin sicher, dass die mit den Spuren übereinstimmen, die wir auf dem Papier und auf dem Umschlag haben sichern können. Und dann ...«, er setzte seine finsterste Miene auf, »haben Sie wirklich ein Problem.«

Übergangslos brach Jana Hellmann in Tränen aus.

Nuri Önal hatte nichts anderes erwartet. Bisher hatte sie immer wieder versucht, klaren Antworten auf seine Fragen auszuweichen. Alles, was sie sagte, war überaus gefühlsbetont, und schnell merkte Önal, dass sie in weit höherem Maße emotions- als intellektgesteuert war. So war es auch nicht schwer gewesen herauszufinden, dass sie Susanna von Hohenmarschen regelrecht gehasst hatte – und das gleich aus zwei Gründen: Einer davon war, dass Helmut Tessmann ihr seinerzeit den Laufpass gegeben hatte, um eine Affäre mit Susanna zu beginnen. Aus Janas Mund klang das natürlich so, als sei im Gegenteil *sie seiner* überdrüssig gewesen. Und außerdem hatte Jana es nie verwunden, dass sie als Solistin von *canticum novum* seit dem Tag abgemeldet war, an dem Chorleiter Sagebiehl Susanna zum ersten Mal eine Partie hatte singen lassen.

All das hatte die Frau so natürlich nie klar gesagt, sondern in viel wolkigen Schwulst verpackt. Stets war sie ausgewichen, wenn Önal mit seinen lästigen Fragen der Wahrheitsfindung allzu nahe kam. Dennoch gab sie dabei, ohne es selbst zu bemerken, nach und nach so viel preis, dass der erfahrene Kriminalist sich schließlich ein recht genaues Bild von ihr und ihren Motiven machen konnte.

Genau genug jedenfalls, um endlich zum Ende zu kommen, fand Önal. Ungerührt sah er Jana Hellmann dabei zu, wie sie mehrere Tempo-Taschentücher verbrauchte, um ihr tränennasses Gesicht zu trocknen, und stellte sachlich fest: »Ich sehe es so: Mit diesem anonymen Brief wollten Sie sich an Tessmann rächen. Sie haben es zwar nicht gewagt, seinen Namen zu nennen, aber darauf gehofft, dass die Polizei früher oder später auf seine gescheiterte Beziehung zu Susanna stoßen würde – und damit auf ein Mordmotiv. Oder haben Sie jemals wirklich geglaubt, dass er Susanna getötet hat?«

Er bekam nur ein klägliches Schluchzen zur Antwort.

»Na gut, das spielt eigentlich auch keine Rolle. Was ich aber endlich von Ihnen wissen will: Haben Sie diesen anonymen Brief geschrieben und in den Briefkasten der Polizeidirektion gesteckt?«

Sie gab nickend einen erstickten Laut von sich.

»Sie müssen sich schon klar artikulieren, Frau Hellmann! Ich habe Sie darüber belehrt, dass diese Befragung protokolliert wird. Das Aufnahmegerät kann Ihre Geräusche nicht deuten. Also: ja oder nein?«

»Ja«, stieß sie hervor. »Aber ich wollte doch nur ...« Sie brach ab, dann fragte sie verzagt: »Was passiert jetzt mit mir?«

Nuri Önal widerstand der billigen Versuchung, ihr weitere Seelenqualen aufzubürden. »Sie können gehen, nachdem Sie das Protokoll unterschrieben haben. Ob die Staatsanwaltschaft wegen Behinderung der polizeilichen Ermittlungen gegen Sie vorgehen wird, weiß ich nicht. Das hätten Sie sich dann aber selbst zuzuschreiben.«

Was sich wenig später im Vernehmungsraum 1 der Polizeidirektion Flensburg abspielte, war von weit mehr Brisanz als die Befragung der in ihrem weiblichen Stolz gekränkten Verfasserin des anonymen Briefes.

Jens Klamroth war mit einem Anwalt erschienen, der sich als Dr. Stewens aus Hamburg vorstellte, und saß nun an dessen Seite der Leiterin der Mordkommission und ihrem Stellvertreter gegenüber. Auf dem Tisch standen das Aufnahmegerät und auf jeder Seite ein Mikrofon.

»Herr Klamroth«, sagte Hauptkommissarin Christ, nachdem Kommissar Önal Formalien wie Angaben zur Person und die in der Strafprozessordnung vorgeschriebene Belehrung abgearbeitet hatte, »im Zuge der kriminalpolizeilichen Ermittlungen zum Tötungsdelikt an Susanna von Hohenmarschen, Ihrer Ehefrau, wurden Sie vorgeladen, um als Zeuge vernommen zu werden. Wie Ihnen Ihr Anwalt sicher schon gesagt hat, sind Sie verpflichtet, als Zeuge die Wahrheit zu sagen.«

»Oder Sie dürfen die Aussage verweigern, wenn Sie sich damit selbst der Gefahr einer Strafverfolgung aussetzen«, schob der Rechtsanwalt ein.

Helene Christ setzte ihr strahlendstes Lächeln auf. »Ach, befürchten Sie, dass das geschehen könnte?«

»Ich wollte diesen Punkt nur noch einmal herausstellen«, antwortete Stewens unverdrossen.

»Fein. Das Zeugnisverweigerungsrecht nach Paragraf fünfundfünfzig Strafprozessordnung war zwar schon Teil der Belehrung durch Herrn Önal, aber es kann ja nicht schaden, es nochmals zu erwähnen.«

»Freut mich, dass Sie das auch so sehen.« Stewens ließ nicht locker. »Abgesehen davon: In der Vorladung zur Vernehmung meines Mandanten heißt es, er solle im Rahmen der polizeilichen Ermittlungen zum Tötungsdelikt an Susanna von Hohenmarschen-Klamroth als Zeuge vernommen werden. Unterstellen Sie damit, dass Herr Klamroth über Kenntnisse zum Tathergang verfügen könnte?«

»Wir unterstellen gar nichts, Herr Dr. Stewens«, erwiderte die Hauptkommissarin geduldig. »Im Gegenteil: Herr Klamroth steht derzeit nicht unter Tatverdacht, sonst wäre er von der Staatsanwaltschaft als Beschuldigter vorgeladen worden, was Ihnen durchaus klar sein dürfte. Im Zuge unserer Ermittlungen erwarten wir jedoch von ihm als Zeugen gewisse Informationen über die Persönlichkeit des Mordopfers. Herr Klamroth soll uns einige wichtige Fragen beantworten, zum Beispiel zu bestimmten Lebensumständen seiner Frau – auch den finanziellen –, zu ihren Gewohnheiten, ihrem Freundes- und Bekanntenkreis, um einige zu nennen.«

Helene sah Klamroth an. Er wirkte angespannt, versuchte aber erkennbar, sich gelassen zu geben. In einen erstklassig geschnittenen hellen Anzug gekleidet, das cremefarbene Hemd am obersten Knopf offen, saß er in bewusst lockerer Haltung zurückgelehnt auf seinem Stuhl und begegnete wachsam ihrem Blick.

»Und was versprechen Sie sich von solchen Informationen?«, fragte der Anwalt.

»Das können Sie sich doch sicher denken«, erwiderte Helene Christ und lächelte freundlich. »Wir gehen davon aus, dass wir so neue Ermittlungsansätze erhalten, zum Beispiel hinsichtlich möglicher Tatmotive.«

»Na, wenn Sie es sagen, Frau Hauptkommissarin ...«, erwiderte Stewens süffisant. »Und ich sage Ihnen jetzt mal, was diese Zeugenvernehmung in Wirklichkeit ist: Sie ist nichts anderes als der Ersatz für eine Vernehmung als Beschuldigter, die Sie aber nicht führen können, weil die Staatsanwaltschaft es abgelehnt hat – und zwar aus guten Gründen, wie wir beide wissen –, ein Ermittlungsverfahren gegen meinen Mandanten zu eröffnen, nicht wahr?« Er lehnte sich vor, und seine Stimme bekam einen scharfen Beiklang. »Bevor Sie also anfangen, erklären Sie uns bitte, wofür mein Mandant eigentlich ein Zeuge sein soll. Er hat sich zum Zeitpunkt des Mordes an seiner Frau in Hamburg aufgehalten, wie Ihnen bekannt ist, denn Sie haben seine Alibis überprüft. Er kann also überhaupt nichts darüber wissen.«

Dumm ist der nicht, schoss es Helene durch den Kopf. Da hat Klamroth sich offenbar jemanden ausgesucht, den man ernst nehmen musste. Sie schlug die erste Seite der Mappe auf, die vor ihr lag und sagte gelassen: »Interessant, dass Sie diesen Punkt so vehement ins Feld führen, Herr Rechtsanwalt. Aber über den Tattag wollte ich gar nicht mit Ihrem Mandanten sprechen. Mich interessiert etwas anders.« Sie wandte sich Klamroth zu. »Wo waren Sie, als Sie die Nachricht vom Tod Ihrer Frau erhielten?«

»Auf der Baustelle in Dubai, die ich als Architekt betreue«, erwiderte er, und Helene meinte, einen trotzigen Unterton herauszuhören.

»Von dort sind Sie auch am Tag Ihrer Rückkehr nach Deutschland gekommen und gegen Mittag in Hamburg gelandet. Stimmt das?«

Klamroth wurde unruhig. Er warf seinem Anwalt einen kurzen Blick zu. »Habe ich Ihnen doch schon erzählt.«

»Daran erinnere ich mich durchaus«, sagte Helene gedehnt, »aber das irritiert mich eben ein wenig. An diesem Tag ist erst spät am Abend eine Maschine aus Dubai in Hamburg gelandet. Der *Emirates*-Flug, der mittags in Hamburg ankommen sollte, ist nämlich gecancelt worden.«

»Wie bitte?«, rief Klamroth alarmiert aus, und Helene erkannte, dass sie ihn damit überrumpelt hatte. Offensichtlich hatte er davon bisher keine Ahnung gehabt. »Das ist doch absoluter ... Woher haben Sie das? Das glaube ich Ihnen nicht. Ich verlange ...«

Rechtsanwalt Dr. Stewens presste seine Hand nachdrücklich auf den Arm seines Mandanten und wollte intervenieren, aber Helene fuhr ungerührt fort: »Sie haben also gelogen, was diese Frage betrifft. Mit einem Flugzeug, das gar nicht geflogen ist, weil es wegen eines technischen Defekts nicht in Dubai starten konnte, können Sie schwerlich hergekommen sein. Bitte ersparen Sie uns weitere Peinlichkeiten und sagen Sie die Wahrheit.«

Unvermittelt war der weltgewandte Stararchitekt blass geworden und blickte betreten vor sich auf den Tisch. Unter den Achseln seines leichten Anzugs begannen sich dunkle Flecken zu bilden. »Na ja …«, begann er, aber Stewens fiel ihm sofort ins Wort.

»Geben Sie jetzt erst einmal keine Erklärungen ab, Herr Klamroth.« Und zu Helene gewandt, sagte er: »Ich bitte um eine kurze Unterbrechung der Befragung, weil …«

»Vernehmung«, verbesserte ihn Kommissar Önal.

»Wie bitte?« Verärgert starrte der Anwalt auf den jungen Kriminalbeamten.

»Dies ist keine Befragung, sondern eine Vernehmung, Herr Dr. Stewens«, erwiderte Önal mit ausgesuchter Höflichkeit.

»Lassen Sie doch diese Spitzfindigkeiten!«, stieß der Anwalt aus. »Ich möchte mich jetzt unter vier Augen mit meinem Mandanten beraten, wenn's recht ist.«

»Ich habe nichts dagegen«, gab Helene Christ höflich zurück. »Vielleicht erfahren Sie auf diese Weise ja ein paar Dinge, die Herr Klamroth auch Ihnen bisher verheimlicht hat. Nur sollten Sie für Ihre Beratung noch wissen, dass uns bereits bekannt ist, mit welchem Flugzeug Ihr Mandant an jenem Tag tatsächlich nach Hamburg gekommen ist – und wo er es bestiegen hat.«

»Und welcher Flug soll das gewesen sein?«, hakte Stewens mit finsterer Miene nach.

»Wenn Sie ihm gut zureden, wird Ihnen Herr Klamroth das bestimmt gleich selbst sagen«, gab Helene Christ zurück und lächelte mild. »Dann haben Sie es sogar aus erster Hand. Aber ich darf Ihnen schon einmal mitteilen, dass uns die Passagierliste der Fluggesellschaft für die entsprechende Maschine vorliegt.« Sie beugte sich vor und sprach in ihr Mikrofon: »Unterbrechung der Zeugenvernehmung von Jens Klamroth auf Bitte seines Rechtsbeistandes um …« Nach einem kurzen Blick auf die digitale Zeitanzeige an der Wand nannte sie noch die Uhrzeit, und Kommissar Önal schaltete das Aufnahmegerät aus.

Helene erhob sich. »Sie können in das Nachbarzimmer gehen, da sind Sie ungestört. Reicht Ihnen eine halbe Stunde?«

Stewens nickte fahrig, nahm Klamroth am Arm, und gemeinsam verließen sie das Zimmer.

31

Sie sprangen über den schmalen Graben, der die Wiese vom Parkplatz hinter der Restaurantscheune abgrenzte, und gingen nebeneinander zu Nicks Fahrrad zurück. Ditch, der immer noch einen armdicken abgebrochenen Ast im Fang hatte, lief stolz mit hocherhobenem Haupt vor ihnen her. Gemeinsam schlenderten sie über den leeren Parkplatz. Kira sah, dass die hinteren Türen des Lieferwagens noch offenstanden, die beiden Männer jedoch schienen sich jetzt im Gebäude aufzuhalten.

»Weißt du, in welche Klinik man Line gebracht hat?«, fragte sie beiläufig.

»Ich glaube, es ist ein spezielles Krankenhaus in Husum«, erwiderte Nick. »Die Telefonnummer hat Tante Sylvia in der Küche an das Zettelbrett geheftet.« Er schwieg einen Moment, dann sagte er: »Aber schlimm krank kann Line eigentlich nicht sein. Sie muss nicht den ganzen Tag im Bett liegen, hat Papa gesagt. Sie bekommt dort bloß Medizin und eine ... Kehrapie oder so was.«

»Eine Therapie, aha«, antwortete Kira ernsthaft.

»Warum wollten Sie denn mit ihr sprechen?«

»Sag doch Kira und Du zu mir. Das ist nicht so förmlich.«

Der Junge warf ihr einen überraschten Blick zu und errötete leicht. »Na gut, aber eigentlich muss ich Erwachsene immer siezen. Wenn Tante Sylvia das mitkriegt, gibt's Ärger.«

»Muss sie ja nicht. Und außerdem bist du jetzt Ditchs Freund. Und damit auch meiner.«

»Toll«, sagte Nick begeistert. »Dann könnten wir doch …«

Er stockte, als sie um die Scheune bogen und etwa hundert Meter entfernt das Herrenhaus in Sicht kam. Dort öffnete sich gerade die Tür, und eine Frau trat heraus, einen Einkaufskorb in der Hand. Sie stieg die breite Steintreppe hinunter und ging zu dem metallicroten Audi-Cabrio, das ein paar Meter entfernt geparkt war.

Nick fasste Kira am Arm und zog sie zurück hinter die Hausecke. »Das ist Tante Sylvia. Sie muss jetzt selbst einkaufen. Line kann sie ja nicht mehr schicken.«

Der höhnische Unterton entging Kira nicht.

»Ditch, hier!«, befahl sie leise. Der Hund drehte sofort um, kam zurück und setzte sich – den Ast im Maul – neben sie.

»Wir warten, bis sie weg ist«, sagte Nick mit heiserer Stimme. »Dann sind wir allein im Haus. Sie wollte nach Tönning fahren, weil sie da auch noch einen Termin beim Friseur hat, hat sie heute beim Frühstück erzählt.«

Ein mulmiges Gefühl überkam Kira, sie sah den Jungen zweifelnd an, sagte aber nichts.

Ein Motor wurde gestartet, und kurz darauf kam das rote Cabrio in Sicht, das die Zufahrt hinunterfuhr und schließlich zwischen den Bäumen verschwand.

Nicks Anspannung löste sich schlagartig. »Darf ich Ditch mit in mein Zimmer nehmen?«, fragte er und sah Kira bittend an. »Sie können … äh, du kannst ja mitkommen, wenn du willst. Ich zeige dir auch ein Geheimnis.«

»Nick, tut mir leid, aber das ist keine gute Idee«, erwiderte Kira und legte dem Jungen eine Hand auf die Schulter. »Sieh mal, es wäre nicht recht, zu euch ins Haus zu gehen, ohne dass dein Vater oder deine Tante davon wissen.«

»Aber ...«, setzte Nick an, brach aber ab, und Kira sah erschrocken, dass sich seine Augen mit Tränen füllten.

Ihre Erfahrung im Umgang mit zwölfjährigen Jungen hielt sich in Grenzen, aber ein Gefühl sagte ihr, dass es nicht gut wäre, jetzt einfach wegzufahren und den Jungen allein zu lassen.

»Wir setzen uns erst einmal vor dem Haus auf die Treppe und überlegen in Ruhe, was wir machen«, schlug sie vor. »Was hältst du davon?«

Nick gab keine Antwort. Mit gesenktem Kopf schob er sein Fahrrad neben Kira über den Hof. Vor dem Herrenhaus angekommen, setzten sie sich auf die von der Sonne gewärmten Steine der Treppe. Ditch legte sich vor Nick in den Kies, ließ den Ast aus dem Fang gleiten und schaute den Jungen aus seinen dunklen Augen aufmerksam an.

Wortlos saßen sie eine Zeit lang da, dann fragte Kira sanft: »Was ist das für ein Geheimnis, das du mir zeigen wolltest?«

Nick starrte vor sich auf den Boden und schwieg.

Bedränge ihn nicht, mahnte sich Kira und schwieg ebenfalls.

Plötzlich erhob Ditch sich langsam und machte ein, zwei Schritte auf den Jungen zu. Er setzte sich vor ihn hin und sah – nun auf Augenhöhe – Nick eine Weile an, dann legte er sachte seinen Kopf auf dessen Knie.

Kira betrachtete das glückliche Lächeln, das kurz über das schmale, blasse Gesicht des Jungen huschte, während er begann, den Hund am Kopf zu kraulen. Wieder verging einige Zeit, in der rundum fast völlige Stille herrschte. Nur ein paar Vogelstimmen waren zu hören, und aus der Ferne hin und wieder das schwache Fahrtgeräusch eines Autos auf der Kreisstraße.

»Du hast gesagt, wir sind Freunde«, kam es auf einmal von Nick. »Geht das denn, wo wir uns noch gar nicht richtig kennen?«

»Hm, gute Frage«, sagte Kira. »Ich denke, das musst du selbst entscheiden. Manchmal kennt man Menschen ganz lange und schließt doch nie Freundschaft mit ihnen. Und dann wieder gibt es Gelegenheiten, da merkt man gleich, dass man jemanden mag. Das gilt für Menschen genauso wie für Tiere. Hast du ja bei dir und Ditch gemerkt. Ihr seid sofort Freunde geworden. Vom ersten Moment an.«

»Stimmt«, sagte Nick und kraulte den Hund hinter den Ohren, was diesem ein wohliges Grunzen entlockte. »Aber mit Menschen ist es doch wohl anders.«

»Meinst du?«

»Na ja ...« Er überlegte einen Moment, dann fuhr er fort: »Ich weiß nicht, ob ich dir ...« Er brach wieder ab.

»Ob du mir vertrauen kannst?«

Er nickte heftig. »Ich will ja dein Freund sein, aber ...«

»Wer sind denn die Freunde, die du hast?«, wagte sich Kira vor.

»Hier zu Hause habe ich überhaupt keine«, stieß der Junge hervor. »Hier wohnt sonst niemand, mit dem ich spielen kann.«

»Und in der Schule?«

»Ich bin auf einem Internat«, sagte Nick und erzählte, er sei schon seit der fünften Klasse in Louisenlund an der Schlei. »Da habe ich natürlich Freunde, aber hier nicht. Und seit Mama tot ist ...« Weiter kam er nicht. Wieder traten ihm Tränen in die Augen, und ein kaum merkliches Schütteln ging durch seinen Körper.

»Tut mir sehr leid, Nick, das mit deiner Mutter«, brachte Kira mühsam hervor, wobei sie versuchte, die Fassung nicht zu verlieren. Am liebsten hätte sie den Kleinen ganz fest in die Arme genommen.

»Meine Mutter war keine schlechte Frau!«, rief der Junge auf einmal so heftig, dass Ditch erschrocken zurückzuckte.

»Natürlich nicht«, erwiderte Kira nachdrücklich. »Wer behauptet das?«

Nick stand auf. Offensichtlich hatte er einen Entschluss gefasst. »Willst du kurz warten? Ich hole etwas aus meinem Zimmer, was ich dir zeigen möchte.« Er warf einen fragenden Blick auf Ditch.

»Er darf dich gern begleiten«, sagte Kira und lächelte.

»Wow, klasse – komm, Ditch!«, rief Nick, und Sekunden später rannten Kind und Hund gemeinsam ins Haus.

Ganz gewöhnliches weißes Papier, etwa DIN-A5, darauf zwei kurze Sätze, gedruckt in Verdana oder einer ähnlichen gängigen Schrifttype.

Fassungslos starrte Kira auf die beiden Zeilen, während Nick ihr erzählte, wann und wo er den Zettel, eingeklemmt unter dem Sattel seines Mountainbikes, gefunden hatte.

Deine Mutter war eine Verbrecherin.
Deshalb musste sie sterben.

»Hast du das deinem Vater gezeigt?«, fragte sie, obwohl sie sicher war, die Antwort schon zu kennen.

Nick schüttelte den Kopf, gab aber keine weitere Erklärung ab. Stattdessen griff er noch einmal zwischen die Seiten des sichtlich zerlesenen Harry-Potter-Schinkens und holte einen weiteren Zettel hervor, der dem ersten in Format und Schrift ähnelte. »Und den hab ich gestern gekriegt«, sagte er gepresst und reichte ihn Kira.

Du bist der Sohn einer Verbrecherin.
Was du erbst, gehört dir nicht.

»Um Himmels willen«, rief Kira entsetzt und hielt den Zettel zwischen Daumen und Zeigefinger, als wäre er mit einer giftigen Substanz getränkt. »Wann und wo hast du das gefunden, Nick – bitte genau!«

»Gestern Nachmittag. Da war ich auch im Dorf. Dort gibt es einen kleinen Laden mit einer Poststelle. Ich sollte für Tante Sylvia Briefmarken kaufen. Als ich wieder rauskam, steckte das Ding unter dem Sattel – genau wie beim ersten Mal.«

»Hast du einen Verdacht, von wem die Zettel stammen könnten?«, fragte Kira atemlos, ahnte aber im selben Augenblick, dass sie sich diese Frage hätte sparen können.

Der Junge schüttelte den Kopf. »Vielleicht jemand aus dem Dorf, der unsere Familie nicht leiden kann.«

»Wie kommst du darauf? Gibt es denn solche Leute?«

»Meine Mutter hat mir erklärt, dass manche Nachbarn neidisch auf uns sind, weil das Gut so groß ist und sie selbst weniger Land haben oder kein Geld oder so – keine Ahnung.«

Tausend Fragen auf einmal schossen Kira durch den Kopf.

Was hatten diese Botschaften zu bedeuten? Waren sie tatsächlich nichts weiter als die üble Geschmacklosigkeit eines Neiders? Oder aber ...

Die Alternative ließ sie kurz erschauern. Was, wenn der derjenige, der das geschrieben hatte, Susanna von Hohenmarschens Mörder war?

Sie wusste, dass sie sofort handeln musste. Sollte sich alles später doch als einigermaßen harmlos erweisen – auch gut. Aber zunächst musste man davon ausgehen, dass Gefahr drohte. Und zwar einem zwölfjährigen Kind.

»Nick, hör mir gut zu: Wegen dieser Zettel müssen wir etwas unternehmen. Ich will dir keine Angst einjagen, aber du siehst selbst, dass dich jemand beobachtet und verfolgt. Vielleicht ist das Ganze bloß ein schlechter Witz, eine Gemeinheit, aber das kann ich eigentlich nicht glauben, denn wenn ...« Sie hielt inne, als sie merkte, dass ihre Stimme immer hektischer klang, und räusperte sich. Dann fuhr sie ruhiger fort: »Das musst du alles unbedingt deinem Vater oder der Tante erzählen, und die Zettel müssen wir der Polizei übergeben!«

»Nein, kommt nicht in Frage«, erklärte der Junge kategorisch.

»Himmel, warum denn nicht?«, rief Kira.

»Und wenn das stimmt?«, brach es da aus Nick heraus. »Was, wenn Mama tatsächlich etwas Schlimmes getan hat? Das darf ich doch niemandem auf die Nase binden, schon gar nicht meinem Vater oder der Tante und vor allem nicht der Polizei«, schluchzte er. »Mama hat mich doch lieb gehabt. Das wäre ... Verrat!«

»Nick, ich habe deine Mutter nicht gekannt, aber ich weiß sicher, dass sie keine Verbrecherin war«, sagte Kira mit fester Stimme. »Diese Zettel sind eine üble Sache. Jemand verfolgt dich, und das müssen wir der Polizei mitteilen.«

Der Junge starrte eine Zeit lang ins Leere, bevor er langsam nickte, ihr in die Augen sah und zögernd sagte: »Wenn du meinst ...«

Kira sah ihm an, dass ihm gerade eine schwere Last von der Seele genommen worden war.

»Vorher werden wir aber deinen Vater anrufen, damit du ihm das alles erzählen kannst.« Sie sah, wie der Junge sich verspannte. »Das muss sein, Nick, hilft nichts. Ich werde auch mit ihm sprechen, denn ich kann für dich keine Entscheidungen treffen.«

Sie stand auf und blickte sich auf dem weitläufigen Gelände um. Auf einmal war ihr die Stille unheimlich, hatte sogar etwas Bedrohliches. »Und weißt du was – jetzt gehen wir doch zusammen ins Haus. Ich brauche eine Plastikhülle, um diese widerlichen Zettel reinzutun. Die Kripo wird sie sicher auf Spuren untersuchen wollen.«

»Fingerabdrücke und DNA-Spuren – ich weiß«, sagte Nick gewichtig und war auf einmal wieder ein normaler Zwölfjähriger.

»Genau«, bestätigte Kira und begann, die Treppe hinaufzusteigen, hielt aber plötzlich inne. Ihr war etwas eingefallen. »Sag mal, ist dir sonst etwas aufgefallen, als du diese Zettel gefunden hast? Zum Beispiel ein Auto, das da herumstand, oder jemand, der dich beobachtet hat?«

»Nö, da war nichts«, sagte Nick und stieg weiter die Stufen hoch. »Ach ja, vielleicht doch! Gestern Nachmittag, als ich den zweiten Zettel unter dem Sattel hatte, hab ich ein Auto gesehen, das sehr schnell weggefahren ist. Mit durchdrehenden Rädern. Das war irgendwie ... komisch.«

32

Als Klamroth und sein Anwalt ins Vernehmungszimmer zurückkehrten, spürte Helene Christ sofort die Spannung zwischen den beiden Männern. Offensichtlich war Dr. Stewens sauer auf seinen Mandanten, versuchte aber, sich das nicht anmerken zu lassen.

Innerlich amüsierte sich Helene darüber, denn sie wusste, dass Rechtsanwälte nichts mehr auf die Palme brachte als Mandanten, die Ihnen wichtige Informationen vorenthielten und sie damit bei den Ermittlungsbehörden auflaufen ließen.

Kaum hatte Nuri Önal das Aufnahmegerät wieder eingeschaltet und ins Mikrofon die Fortführung der Vernehmung erklärt, schoss die Hauptkommissarin ihre erste Frage ab: »Trifft es zu, Herr Klamroth, dass Sie am fraglichen Tag nicht aus Dubai kamen, sondern mit einem *Eurowings*-Flug aus Thessaloniki?«

»Ja«, war die knappe Antwort.

»Trifft es ebenfalls zu, dass Ihr Architekturbüro in Griechenland auf der Halbinsel Chalkidiki eine Filiale unterhält, und zwar in einem Haus, das Sie selbst vor etwa fünf Jahren dort gebaut haben und das im Besitz Ihrer Firma ist?«

»Ich weiß zwar nicht, was das mit dem Mord an meiner Frau zu tun hat, aber: ja.«

»Trifft es ferner zu, dass Sie sich in genau diesem Haus in Griechenland aufhielten, als Sie die Nachricht vom Tod Ihrer Frau erhielten?«

»Das ist …«, begann Klamroth, wurde aber von Stewens unterbrochen.

»Frau Christ, ich bin nicht bereit, dieses Spiel länger mitzuspielen. Sie behaupten, Herrn Klamroth hier als Zeugen im Mordfall Susanna von Hohenmarschen-Klamroth zu vernehmen. Dabei wissen Sie längst, dass er sich zum Zeitpunkt des Mordes in Hamburg aufgehalten hat. Wo genau er später war, als er die Nachricht vom Auffinden der Leiche seiner Frau erhielt, ist allein seine Sache und für die Mordermittlungen gänzlich irrelevant. Mein Mandant wird Ihre Frage nicht beantworten.«

Chapeau, dachte Helene, der Mann versteht sein Handwerk. Aber es half nichts – sie musste es weiter versuchen. Der Staatsanwalt, der einen Auftragsmord ohne hinreichende Beweise nicht in Betracht ziehen wollte, hatte ihr mit seiner Ablehnung, gegen Klamroth als Tatverdächtigen zu ermitteln, keinen anderen Weg gelassen. Sie fasste den Architekten fest in den Blick und fragte: »Haben Sie einen Verdacht, wer Ihre Frau ermordet hat?«

»Nein, habe ich nicht«, sagte er und sah sie erstaunt an. »Sonst hätte ich das der Polizei längst mitgeteilt.«

»Wissen Sie, dass Ihre Frau eine Affäre mit einem Mitglied des Kammerchors hatte, dem sie angehörte?«

Klamroth zuckte zurück. »Wie? Was? Das ist doch völlig …«

»Bevor Sie sich echauffieren«, erwiderte Helene Christ scharf, »sage ich Ihnen, dass wir das bereits herausgefunden haben. Und dass der ehemalige Liebhaber Ihrer Frau sich inzwischen das Leben genommen hat.«

»Wie bitte? Der hat Selbstmord begangen?«, stieß Klamroth hervor. »Das ist ja … War das etwa dieser … dieser … Tessmann, so hieß er wohl, der sich vor Kurzem auf dem Dachboden erhängt hat? Der hat doch dem Kammerchor angehört, habe ich in der Zeitung gelesen.«

»Kannten Sie ihn?«

»Nicht, dass ich mich erinnern könnte. Vielleicht bin ich ihm mal begegnet, als *canticum novum* einen Auftritt hatte. Aber ich verbinde kein Gesicht mit seinem Namen.« Er lehnte sich ruckartig vor. »Woher wissen Sie überhaupt, dass Susanna etwas mit diesem Typen hatte?«

»Das tut nichts zur Sache«, gab die Hauptkommissarin gelassen zurück. »Viel bedeutsamer ist, ob *Sie* davon wussten.«

»Das sehe ich ganz und gar nicht so«, schaltete sich wieder der Anwalt ein. »Was sollte Ihnen mein Mandant dazu noch sagen können, wenn Sie es sowieso schon wissen? Vielmehr hege ich die Befürchtung, Sie versuchen auf diesem Wege, Herrn Klamroth ein Motiv für den Mord an seiner Ehefrau zu unterstellen, obwohl klar ist, dass er sie gar nicht getötet haben kann. Er war an jenem Tag nicht einmal in der Nähe des Tatorts.«

»Er könnte jemanden damit beauftragt haben«, warf Kommissar Önal ein.

Stewens lachte gequält auf. »Wenn die Kriminalpolizei diesen Verdacht begründen könnte, würde die Staatsanwaltschaft längst gegen meinen Mandanten ermitteln. Da sie das jedoch nicht tut, werden wir diese gastliche Stätte nun ohne Verzug verlassen. Als Zeuge kann Ihnen Herr Klamroth nicht länger dienlich sein, wie Sie selbst bemerkt haben.« Er steckte seine Papiere in eine Mappe und griff nach unten zu seinem Aktenkoffer. »Ich hoffe, Sie erheben keinen Widerspruch, Frau Hauptkommissarin?«

»Nein, das tue ich nicht«, sagte die Angesprochene, schaute die beiden Männer an, die ihr gegenübersaßen, und nickte verständnisvoll. »Ich dachte mir natürlich, dass es so ausgehen würde, meine Herren. Darf ich Sie bitten, trotzdem noch ein paar Minuten zu bleiben? Da gibt es noch etwas, das Sie sicher interessieren wird.«

Stewens kräuselte zweifelnd seine Stirn. »Ich weiß nicht …«

»Ihr Mandant wird es sehr zu schätzen wissen, wenn Sie noch eine Weile Geduld aufbringen, Herr Dr. Stewens, das kann ich Ihnen versichern«, unterbrach ihn Helene Christ. Sie beugte sich zum Mikrofon vor, nannte die Uhrzeit, erklärte die Vernehmung für beendet und schaltete das Aufnahmegerät ab. Zu ihrem Stellvertreter sagte sie: »Nuri, bittest du jetzt den Kollegen herein?«

Önal sprang auf und verließ das Zimmer.

»Was hat das zu bedeuten?«, fragte Klamroth verunsichert.

»Haben Sie bitte ein noch wenig Geduld«, erwiderte Helene genüsslich. »Gleich werden Sie Kriminalrat Hagedorn kennenlernen. Er leitet das Dezernat Wirtschaftskriminalität im Landeskriminalamt Kiel und wird Ihnen, Herr Klamroth, den schriftlichen Bescheid über die Einleitung eines Ermittlungsverfahrens gegen Sie überreichen.«

Völlig konsterniert starrte Klamroth sie an, und sein Rechtsanwalt gab ein zischendes Geräusch von sich.

»Ein … was? Ein Ermittlungsverfahren?«, keuchte Klamroth. »Was soll ich denn …? Also, das ist doch …«

»Was für ein Theater führen Sie hier eigentlich auf, Frau Hauptkommissarin?«, fiel ihm der Anwalt ins Wort. »Sie haben meinen Mandanten zu einer Einvernahme als Zeuge vorgeladen, und nun stellt sich heraus, dass das nur ein Vorwand war. Ich erwäge, eine Dienstaufsichtsbeschwerde gegen Sie einzulegen.«

»Zur Kenntnis genommen.« Helene nickte und fuhr ohne sichtliche Gemütsbewegung fort: »Soviel ich weiß, werden Ihrem Mandanten mehrere schwere Straftaten vorgeworfen, darunter Kreditbetrug, Urkundenfälschung, Falschbilanzierung und Unterschlagung. Das wird Ihnen Kriminalrat Hagedorn sicher noch näher erläutern. Jedenfalls steht alles wohl im Zusammenhang mit gewissen Geschäften, die zwischen der *Betriebsgesellschaft Gut Hohenmarschen GmbH* und dem Architekturbüro *Klamroth & Partner* gelaufen sind. In beiden Firmen ist Herr Klamroth ja Geschäftsführer. Die Ländereien, die Susanna von Hohenmarschen gehört haben, und das bereits erwähnte Haus in Griechenland spielen dabei übrigens auch eine Rolle, habe ich erfahren.«

Die Tür ging auf, und ein kleiner, dicker Mann mit einer voluminösen dunkelbraunen Hornbrille betrat den Raum, gefolgt von Nuri Önal mit einem Packen Akten in den Armen.

»Prima, da ist Herr Hagedorn ja schon«, freute sich Helene und stand auf. »Ich mache Sie noch rasch miteinander bekannt, dann lasse ich Sie allein. Die Mordkommission hat schließlich noch andere Aufgaben zu erledigen«, erklärte sie aufgeräumt und zwinkerte dem Architekten im hellen Anzug verschwörerisch zu. »Wir müssen ja den Mörder Ihrer Frau dingfest machen, nicht wahr, Herr Klamroth?«

An der Tür drehte sie sich noch einmal um und sagte: »Ich bin übrigens ziemlich sicher, dass wir uns in diesem Zusammenhang wiedersehen. Wie Sie gleich hören werden, hat das LKA bemerkenswerte Fakten über Ihren kreativen Umgang mit den Liegenschaften von Gut Hohenmarschen gesammelt. Sollte Ihre Frau das herausgefunden haben, hätten Sie zweifellos ein handfestes Mordmotiv gehabt.«

33

Auf Jens Klamroths Handy meldete sich immer nur die Mailbox. Kira hinterließ eine dringende Rückrufbitte, und Nick gab ihr die Nummer des Architekturbüros *Klamroth & Partner* in Hamburg. Doch auch damit kam sie nicht weiter. Herr Klamroth sei mit seinem Anwalt nach Flensburg zu einem Termin gefahren und werde erst nachmittags zurückerwartet, erklärte man ihr.

»Ich werde jetzt eine Kriminalbeamtin anrufen, die ich gut kenne«, erklärte sie dem Jungen, der bäuchlings auf den Bodenfliesen der riesigen Landhausküche lag und dem wohlig grunzenden Ditch den Bauch kraulte. »Ich will ihr von den beiden Zetteln erzählen und sie um Rat fragen, wie wir weiter vorgehen sollen, einverstanden?«

»Okay«, murmelte Nick eher uninteressiert.

Kira musste schmunzeln. Kinder entspannten sich offenbar schnell, wenn sie etwas Belastendes losgeworden waren.

Hauptkommissarin Christ befinde sich in einem Verhör, hörte sie von einer Mitarbeiterin der Mordkommission Flensburg. Das würde noch dauern. Ob sie ihr etwas ausrichten solle?

Kira fragte, ob sie Kommissar Önal sprechen könne, und erfuhr, dass dieser ebenfalls dienstlich eingebunden und daher derzeit nicht zu sprechen sei.

Verdammt, dachte Kira, wieso kann ich ausgerechnet jetzt keinen der Menschen erreichen, die ich brauche? Wütend beendete sie das Gespräch.

Sie musste überlegen, was nun zu tun war, und schaute angewidert auf die durchsichtige Plastikhülle auf dem Tisch, in die sie die beiden Zettel übereinander so hineingesteckt hatte, dass sie von außen sicht- und lesbar waren.

Was – und vor allem *wer* – mochte hinter den bösartigen Sätzen stecken? Welcher Teufel war so niederträchtig, einen zwölfjährigen Jungen, der gerade seine Mutter durch ein Gewaltverbrechen verloren hatte, dermaßen einzuschüchtern und zu bedrohen?

Sie konnte Nick jetzt unmöglich allein lassen. Etwas in ihr sagte ihr, dass sie verdammt ernst nehmen musste, was da geschrieben stand.

In diesem Augenblick fiel ihr etwas ein. »Sag mal, Nick, du hast doch ein Mobiltelefon, habe ich gesehen.«

»Ja, hab ich zu Weihnachten geschenkt bekommen. Aber ich darf es nicht mit in die Schule nehmen.«

»Wie wär's, wenn wir unsere Nummern austauschen? Dann könnten wir uns immer anrufen, wenn wir Lust dazu haben.«

»Prima«, sagte der Junge und zog mit einer Hand das Gerät aus der Hosentasche, ohne das Kraulen von Ditchs Bauch mit der anderen zu unterbrechen.

Kira sagte ihm ihre Mobilfunknummer, die er bei sich speicherte, und sie tat dasselbe mit seiner. Dann sah sie sich suchend in der Küche um. Es konnte ja nicht schaden, wenn sie sich einen Kaffee machte, während sie auf einen der erhofften Rückrufe wartete. Ihr Blick fiel auf eine Pinnwand aus Kork neben dem voluminösen Kühlschrank.

»Ihr habt doch irgendwo die Telefonnummer von der Klinik, in der Line ist. Hängt die vielleicht an der Pinnwand da?«

»Ja, soll ich sie dir holen?« Die Frage war höflich, der Ton eher unwillig.

Kira lachte. »Wie könnte ich es wagen, eure Kraulorgie zu stören? Nee, ich werde sie schon selbst finden.« Sie stand auf und trat an das Bord. Nach kurzem Suchen fand sie die Notiz mit einer Husumer Nummer und dem Wort ›Line‹ darüber und nahm sie ab. »Hat Line eigentlich Verwandte, die sich um sie kümmern können?«

»Ich glaube nicht«, kam es von dem Jungen. »Sie hat nie geheiratet, das weiß ich. Und sie lebt schon ewig allein hier in ihrer kleinen Wohnung.«

Kira setzte sich wieder an den Küchentisch und gab auf ihrem Smartphone die Telefonnummer in die Internet-Suchmaschine ein.

Schon eine Minute später hatte sie herausgefunden, was sie wissen wollte. Das ›spezielle Krankenhaus‹, wie Nick es genannt hatte, war eine private Einrichtung am Stadtrand von Husum, wo man sich, wie die Website auswies, auf die Behandlung von gerontopsychiatrischen Störungen spezialisiert hatte.

Auch ohne medizinische Expertise war Kira war sofort klar, dass man Line also wegen angeblicher Demenz dort hingebracht hatte. Und sie konnte tatsächlich nicht abstreiten, dass die alte Haushälterin bei der kurzen Unterhaltung im Garten des Gutes den Eindruck geistiger Verwirrtheit auf sie gemacht hatte. Die Symptome sprachen durchaus für Demenz, das wusste sie nur allzu gut.

Ein Stich durchfuhr sie, als sie an ihren Vater dachte. Sofort meinte sie, seine ebenso lautstarken wie unsinnigen Philippiken zu hören, und schmerzhaft klar stand ihr das Bild des verhärmten Mannes in seinem viel zu großen Ohrensessel vor Augen. Niemals mehr würde ihr Vater ein eigenverantwortliches Leben führen können, das war ihr spätestens seit ihrem letzten Besuch bei ihm brutal bewusst geworden. Eine bittere Wahrheit, mit der sie sich abfinden musste.

Ob allerdings auch in Lines Fall die Einweisung in eine solche Klinik gerechtfertigt war?

Kira hatte da ihre Zweifel. Nach alldem, was sie mittlerweile erfahren hatte, roch diese Aktion stark danach, dass eine unliebsame Stimme zum Schweigen gebracht werden sollte.

Doch die Klinik schien seriös zu sein, zumindest wenn man sich die Kommentare im Internet ansah. Gewiss würde man Line nur dortbehalten, wenn auch die Ärzte zu der Erkenntnis gelangten, sie sei nicht mehr dazu in der Lage, ein freies, selbstbestimmtes Leben ohne fremde Aufsicht zu führen.

Trotzdem beschloss Kira, gar nicht erst telefonisch um eine Besuchserlaubnis nachzusuchen. Es war sicher Erfolg versprechender, persönlich und unangemeldet dort aufzukreuzen. Und genau das würde sie morgen tun. Falls man die alte Frau gegen Besuch abschottete – was ja noch keineswegs feststand –, würde sie schon Mittel und Wege finden, dennoch mit ihr zu sprechen.

Nick und Ditch lagen noch immer auf dem Boden, allerdings waren sie inzwischen müde geworden. Der Junge hatte seinen Kopf auf den Rücken des Hundes gelegt, und beide schienen zu dösen.

Erneut überfiel Kira die Lust auf einen Kaffee. Sie stand auf, um sich nach der Kaffeemaschine umzusehen, als sich draußen ein Motorengeräusch näherte. Ein Auto kam auf den Hof gefahren, der Motor wurde abgestellt, und kurz darauf erklang das Geräusch einer zuschlagenden Autotür.

»Das wird Tante Sylvia sein«, sagte Nick und setzte sich mit einem Ruck auf. Seine Stimme klang auf einmal wieder verzagt. »Wir müssen ihr doch noch nichts erzählen, oder? Besser, wir warten, bis Papa zurückruft.« Er sah Kira flehend an.

»Tut mir ehrlich leid, Nick, aber es muss sein. Sie wird sich sowieso fragen, was ich hier in eurer Küche zu suchen habe.«

»Mist«, stieß der Junge nachdrücklich aus.

Kira atmete tief durch, als die Tür aufging.

34

»Gut, dass du zurückgerufen hast«, sagte Kira, »wenn auch reichlich spät.« Sie legte die Plastikhülle mit Nicks Zetteln vor Hauptkommissarin Christ auf den Tisch und griff nach dem Kaffeebecher, den Kommissar Önal ihr reichte. »Danke, den kann ich jetzt gut gebrauchen!«

Die Kriminalistin nahm die Hülle in die Hand und las. Angewidert verzog sie ihre Mundwinkel. »Nuri, sorgst du bitte dafür, dass das hier so schnell wie möglich in die Kriminaltechnik kommt? Und sag den Kollegen, dass sie sich sofort dranmachen sollen.«

Der junge Kommissar nickte bloß und verschwand eilig.

»Ich konnte dich einfach nicht früher anrufen, tut mir leid«, sagte Helene.

»Schon gut, du hast mir ja gesagt, warum. Da war mir natürlich klar, wieso ich weder Klamroth noch dich erreichen konnte.« Gespannt lehnte sie sich vor. »Hat sich bei der Vernehmung vielleicht etwas ergeben, was du mir sagen darfst?«

Helene grinste. »Ich habe tatsächlich etwas für dich – und das darfst du auch verwenden. Aber dazu komme ich noch. Erst einmal interessiert mich die Reaktion von Klamroths Schwester, als sie die Zettel gesehen hat.«

»Sie ist eine sehr beherrschte Frau, um es positiv auszudrücken. Man merkt ihr kaum eine Gemütsbewegung an.

Der Junge hat regelrecht Angst vor ihr, das ist unübersehbar.« Kira trank von ihrem Kaffee. »Es geht eine spürbare Kälte von ihr aus. Aber sie hat die Situation sofort erkannt, das muss ich ihr lassen.«

»Was meinst du damit?«

»Sie wird das Haus nicht verlassen, bis Nicks Vater zurück ist. Und dass ich die Zettel der Kripo übergebe, fand sie richtig. Sie hat mit ihrem Smartphone Fotos davon gemacht, um sie ihrem Bruder zu zeigen. Der würde sich dann bei dir melden, um zu erfahren, wie du die Lage einschätzt.«

»Na ja ...«, antwortete Helene gedehnt, »angerufen hat er mich inzwischen bereits, aber hörbar widerwillig. Seit heute betrachtet er mich endgültig als seine Feindin, was ich ihm nicht einmal verübeln kann. Meinen Vorschlag, seinen Sohn unter Schutz zu stellen, hat er rundheraus abgelehnt. Er könne sehr gut selbst auf Nick aufpassen. Eine konkrete Bedrohung könne er sowieso nicht erkennen. Außerdem finge am kommenden Montag die Schule wieder an. Er werde seinen Sohn am Sonntag persönlich ins Internat bringen. Dort sei er gut und sicher aufgehoben, und er werde den Direktor darum bitten, dass man rund um die Uhr ein Auge auf ihn habe.«

»Meinst du, er hat recht mit seiner Einschätzung, oder ist Nick womöglich doch in Gefahr?«

Spontan hob Helene ihre Hände in die Höhe. »Ich habe keine Ahnung! Klamroth jedenfalls scheint sich keine ernsten Sorgen zu machen. Für ihn sind die Zettelbotschaften an den Jungen vor allem ein neuer Ansatz für die Ermittlungen zum Mord an seiner Frau, und seine einzige Reaktion war, die Kripo solle gefälligst jetzt endlich ihren Job machen und den Schuldigen finden. Ansonsten habe er mir nichts mehr zu sagen und werde mit mir künftig nur noch reden, wenn er dazu gezwungen werde.«

»Oha, das hört sich so an, als wärest du ihm gehörig auf die Füße getreten«, bemerkte Kira.

»Kann man so sagen. Die Vernehmung ist für ihn übel ausgegangen, das steht fest. Allerdings nicht in dem Sinne, den du dir wahrscheinlich erhoffst.« Sie sah Kira ins Gesicht. »Also pass auf, ich habe nämlich etwas für dich, was dein Journalistinnenherz erfreuen wird: Die Staatsanwaltschaft hat offiziell Ermittlungen gegen Jens Klamroth wegen des Verdachts auf diverse Wirtschaftsstraftaten aufgenommen.« Sie nahm einen Schluck aus ihrem Becher und grinste, als sie Kiras offensichtliche Verblüffung sah. »Du bist die Erste außerhalb des LKA und dieses Hauses, die davon erfährt.«

»Wow, darf ich das bringen?«, hakte Kira sofort ein.

»Darfst du – ganz offiziell sogar. Die Kripo muss sich ja auch mal erkenntlich zeigen. Schließlich warst du nicht ganz unbeteiligt daran, dass bestimmte Machenschaften dieses Herrn ans Licht gekommen sind.«

»Ermittlungen wegen Wirtschaftsstraftaten – aha«, sagte Kira gedehnt. »Aber was ist mit den Ermittlungen wegen des Verdachts, seine Frau ermordet zu haben?«

Unwirsch schüttelte die Kriminalistin den Kopf. »Er hat sie nicht getötet, Kira, und das weißt du genauso gut wie ich. Nach allem, was wir inzwischen über seine Betrügereien und den Veruntreuungen am Vermögen seiner Frau wissen, hatte er zwar ein erstklassiges Motiv – von der prekären Finanzlage, in der sich sein Architekturbüro befindet, ganz zu schweigen –, aber er hat für die Tatzeit nun mal unerschütterliche Alibis. Die haben wir zig Mal und nach allen Regeln der Kunst überprüft. Er war nicht einmal in der Nähe von Sonderburg, als Susanna von Hohenmarschen umgebracht wurde. Und ob er die Nachricht vom Auffinden der Leiche seiner Ehefrau in Dubai oder in Griechenland entgegengenommen hat, ist für die Täterfrage nicht von Bedeutung.«

»Ja, ja, stimmt alles«, knurrte Kira. »Obwohl: Es besteht immer noch die Möglichkeit, dass er den Mord geplant und in Auftrag gegeben hat.«

»Das sagt Nuri Önal auch immer noch. Und solange wir keinen anderen finden, der als Täter in Frage kommt, dürfen wir diese These auch nicht fallen lassen, aber, ehrlich gesagt: Ich glaube nicht daran.«

»Warum eigentlich hat er der Polizei unbedingt weismachen wollen, er sei in Dubai gewesen? Was hätte es ihm geschadet, wenn er von Anfang an seinen wirklichen Aufenthaltsort genannt hätte?«

Helene zuckte mit den Schultern. »Ich kann mir nur vorstellen, dass er versucht hat, die Existenz dieses Hauses auf Chalkidiki mit allen Mitteln vor uns zu verheimlichen. Gute Gründe dafür hatte er ja, denn vermutlich wurde es mit dem Geld gebaut, das er seiner Frau gestohlen hat – wenn man es so drastisch ausdrücken will.« Sie wollte noch einen Schluck Kaffee nehmen, merkte aber, dass der Becher leer war, stellte ihn wieder hin und lehnte sich zurück. »Wenn man es genau bedenkt, spricht Klamroths Verhalten sogar eher dafür, dass er mit dem Mord an seiner Frau nichts zu tun hat.«

»Wie bitte?«, rief Kira konsterniert aus.

»Überleg doch mal: Als er die Nachricht von ihrem Tod erhielt, war er in seinem Haus in Griechenland. Und deshalb hat er dieses Theater mit dem angeblichen Flug aus Dubai aufgeführt. Er meinte, damit von seinen kriminellen Transaktionen ablenken zu können, zu denen eben auch der Besitz auf dieser griechischen Halbinsel gehört.

Es war ihm klar: Wenn die Polizei sich intensiv mit ihm und seinen Geschäften befassen würde, käme sie unweigerlich auch seinen Machenschaften auf die Spur. Oder anders ausgedrückt: Der Mord an Susanna von Hohenmarschen war der GAU für ihn, und den hat er bestimmt nicht selbst herbeigeführt.«

Kira schürzte die Lippen und schwieg.

Helene lachte. »Nein, Kira, Klamroth ist nicht unser Mann. Er ist ab sofort bei den LKA-Kollegen von der Wirtschaftskriminalität in den besten Händen – was er jedoch verständlicherweise ganz anders sieht, zumal die Polizei auf richterliche Anordnung gleichzeitig seine Firma in Hamburg und Gut Hohenmarschen durchsucht und mehrere Computer und einen Haufen Akten mitgenommen hat. Außerdem darf er wegen der gegen ihn laufenden Ermittlungen das Land erst einmal nicht verlassen. Aber für die Mordkommission ist er nur noch von Interesse, falls sich wider Erwarten belastbare Hinweise darauf ergeben sollten, dass Susanna von Hohenmarschen in seinem Auftrag getötet wurde.«

Eine Weile saßen die beiden Frauen da und sagten nichts.

Unvermittelt schlug Kira mit der Faust auf den Tisch und schnaubte wütend: »Klamroth war es nicht, und auch nicht die neidische Konkurrentin oder der verschmähte Liebhaber aus dem Chor – Letzterer hat sich lieber selbst umgebracht. Susanna von Hohenmarschens Mörder läuft also noch da draußen herum. Gibt es überhaupt irgendwelche Fortschritte bei den Ermittlungen? Haben wenigstens die Dänen noch etwas gefunden – zum Beispiel auf dem Steg bei der ausgebrannten Scheune?«

Helene nickte. »Kommissar Jacobsen hat mir den Bericht der kriminaltechnischen Untersuchungen geschickt.

Das Blut auf dem Steg stammt zweifelsfrei vom Opfer. Die Vermutung liegt also nahe, dass die Leiche dort in den Sund geworfen wurde. Und es gibt auch reichlich andere DNA, aber keine Übereinstimmungen mit gespeicherten Spuren, auch nicht in den Dateien von Europol.«

»Dann hilft euch das im Augenblick nicht weiter«, stellte Kira sachlich fest und sah Helene prüfend an. »Und nun?«

Wie in Zeitlupe hoben sich die Schultern der Hauptkommissarin und senkten sich ebenso langsam wieder. Leise sagte sie: »Um ehrlich zu sein: Ich habe keine Ahnung, wo wir noch ansetzen könnten. Vielleicht bringen uns die Zettelbotschaften an den Sohn ja auf eine neue Spur ...«

Das klang wenig überzeugt, fand Kira. Sie überlegte, ob sie Helene sagen sollte, dass ihr eine Sache nicht aus dem Kopf ging, die Nick ihr erzählt hatte.

Ach was, sagte sie sich, dafür war es noch zu früh. Womöglich machte sie sich nur lächerlich damit. Erst einmal wollte sie das Gespräch mit der alten Line führen und sehen, ob sie auf ganz bestimmte Fragen Antworten bekam, mit denen sie etwas anfangen konnte. Dann könnte sie Helene immer noch davon berichten.

Und bis dahin würde sie ihrem Verdacht erst einmal allein nachgehen, beschloss sie.

Eine fatale Entscheidung, wie sich bald herausstellte. Aber als ihr das klar wurde, war es fast schon zu spät.

35

Der Ausblick war umwerfend, jedes Mal aufs Neue, vorausgesetzt, das Wetter ließ ihn zu. Wenn noch der Morgennebel über dem Land hing – was jetzt, da der Sommer zu Ende ging, gar nicht so selten war – oder der Sturm unter tief hängenden grauen Wolken den Regen gegen das Küchenfenster peitschte, war vom weiten Land nicht viel zu sehen.

Kira, stand, ihren Teepott mit beiden Händen umschlossen, vor dem Fenster. Heute konnte sie sich ausgiebig an dem Panorama ergötzen, das sie immer wieder mit einem unvergleichlichen Wohlgefühl erfüllte. Da das alte Häuschen leicht erhöht lag, hatte sie einen freien Blick über das Marschland mit seinen Wiesen, Gräben und Knicks bis hinüber zum Außendeich am Horizont. Dort, über einen Kilometer entfernt, zog die grüne Deichkrone eine messerscharfe Linie unter den blassblauen Morgenhimmel. Selbst mit bloßen Augen konnte Kira die Schafe auf dem Deich als kleine helle Flecken ausmachen, die von der im Osten aufgehenden Sonne angeleuchtet wurden.

Weit entfernt rechts, fast schon außerhalb ihres Sichtfeldes, erkannte Kira die Knudswarft, den mächtigen, zum Windschutz mit alten Bäumen umwachsenen künstlichen Erdhügel, auf dem der Hof der Asmussens stand. Auf den

Wiesen rund herum grasten Schwarzbunte, das hierzulande übliche Milchvieh.

Ein Hauch von Herbst war ins Land gezogen, das hatte Kira vorhin beim Morgenlauf mit Ditch schon bemerkt, vor allem an der Frische der Luft. Für sie hatten alle Jahreszeiten einen ganz eigenen Geruch, besonders hier draußen an der Westküste. Nirgendwo sonst roch sie den jährlichen Wechsel vom Sommer zum Herbst so intensiv – und immer schon, bevor man ihn in der Natur, zum Beispiel an der beginnenden Verfärbung der Blätter, sehen konnte.

Plötzlich kam Bewegung ins Bild, und Kira lachte auf. Bei den knorrigen, vom Wind gebeugten Krüppelkiefern hinter dem verwilderten Garten erschien Lukas mit der Schubkarre, begleitet von Ditch. Auf der Karre lagen dicke, an einem Ende zugespitzte Holzpfähle, und Ditch zog auf dem Weg einen nach dem anderen davon herunter. Zwei oder drei hatte er schon auf diese Weise ergattert, bis Lukas die Karre abstellte, einen großen Hammer mit langem Stiel in die Hand nahm und drohend damit vor dem Hund herumfuchtelte. Sein Schimpfen drang sogar durch die geschlossenen Scheiben.

Kira öffnete eine Fensterlade und rief hinaus: »Schön, dass du so einen tatkräftigen Assistenten hast!«

»Der hat nur dummes Zeug in seinem dicken Schädel«, beschwerte sich Lukas. »Ich hab sowieso keine Lust auf diesen Job, und wenn Ditch so weiter macht, bin ich nächste Woche noch nicht damit fertig.«

»Armer Mann«, bedauerte Kira ihn lachend. »Da hat man so lange studiert, bald sogar promoviert, und wofür das alles? Damit man jetzt solch niedere Arbeit verrichten muss wie morsche Zaunpfähle auszuwechseln. Du tust mir so leid.«

»Mach dich nur über mich lustig, Weib! Wirst schon sehen, was du davon hast. Wie wär's, wenn du mir helfen würdest?«

»Würd' ich schrecklich gern, wirklich, aber ich muss erst nach Husum und danach noch ins Studio, das weißt du doch. Bin ja kein Wetterfrosch, der sich am Wochenende einen faulen Lenz machen kann.«

»Pass bloß auf!«, rief Lukas, hob den Hammer in die Höhe und schwenkte ihn furchteinflößend hin und her.

Lachend warf Kira ihm eine Kusshand zu. »Tschüss, ich bin dann gleich mal weg. Macht's gut, ihr beiden!«

Sie schloss das Fenster und sah auf ihre Armbanduhr. Viel Zeit hatte sie nicht mehr. Sie wollte noch vor der Mittagsstunde in der Demenzklinik in Husum sein. Hoffentlich gelänge es ihr, irgendwie an Line heranzukommen.

Ditch würde sie heute nicht mitnehmen. Sie müsste ihn sonst die ganze Zeit über im Auto lassen, denn in einer solchen Einrichtung waren Hunde sicher nicht geduldet, schon gar keine, die die verwirrten Bewohner für aus dem Zoo entlaufene Braunbären halten könnten. Lukas hatte an diesem Wochenende frei, da er am letzten gearbeitet hatte, und wollte die Tage nutzen, um den Zaun hinter dem Haus zu reparieren. Daran hatte auch der Hund seinen Spaß, wie nicht zu übersehen war.

Sie trank den letzten Schluck Tee, machte sich für den Tag fertig und überprüfte, ob alles in ihrem Hippiesack war, was sie brauchte. Dann zog sie die Haustür hinter sich zu, ging zum Carport, stieg ins Auto und fuhr los.

Auf der Fahrt dachte sie noch einmal an den ereignisreichen Tag zurück, den sie gestern erlebt hatte, und an dem sie erst spät abends nach Hause gekommen war.

Nach ihrem Gespräch mit Helene Christ hatte sie erst einmal über das, was sie gerade von ihr erfahren hatte, eine aktuelle Meldung für die App des Senders formuliert und diese online gestellt. Danach war sie ins Studio gefahren, hatte mit Scholli einen Kurzbeitrag für *Unser Land am Abend* verfasst und im Studio aufgenommen. Der Beitrag war kurz vor Redaktionsschluss fertig geworden und konnte noch in die Sendung um halb acht hineingenommen werden. Kira berichtete darin, dass die Staatsanwaltschaft gegen den Ehemann der ermordeten Susanna von Hohenmarschen-Klamroth, deren Leiche vor einiger Zeit im Alsensund aufgefunden worden war, wegen des Verdachts auf verschiedene Wirtschaftsstraftaten Ermittlungen aufgenommen habe.

Sämtliche weiteren Mutmaßungen hatte sie sich verkniffen und sagte zum Schluss lediglich: »Ob es zwischen den Wirtschaftsverbrechen, deren Klamroth verdächtigt wird, und dem Mord an seiner Ehefrau einen Zusammenhang gibt, ist derzeit noch völlig offen.«

Als ihr diese Formulierung jetzt wieder durch den Kopf ging, musste sie schmunzeln. Der Satz entsprach einerseits der Wahrheit, hatte aber andererseits durchaus das Potenzial, gewisse Mutmaßungen auszulösen, und hielt daher das Thema weiterhin aktuell. Das sah auch Michael de Jong, der Studioleiter, offensichtlich so, denn er hatte Kira nach der Sendung einen Emoji mit hochgerecktem Daumen aufs Handy geschickt.

Es war viel leichter, als sie gedacht hatte.

Den Wagen stellte sie auf dem Besucherparkplatz ab und ging hinüber zu der Gründerzeitvilla, an der äußerlich nichts auf ein Krankenhaus schließen ließ. Lediglich ein kleines Schild neben der Eingangstür, das erst beim

Näherkommen erkennbar wurde, wies das prächtige Gebäude als *Geriatriezentrum und Fachklinik für Demenz* aus.

Wie nicht anders zu erwarten, war die Tür verschlossen. Kira entdeckte eine Gegensprechanlage und drückte die Taste, auf der *Anmeldung* stand.

»Ja, bitte?«, meldete sich ein frische junge Frauenstimme.

»Guten Tag, ich möchte Frau Line Lessing besuchen.«

»Kommen Sie herein«, kam es zu Kiras Überraschung sofort zurück, und der Türöffner summte.

Sie trat ein und stand in einer Diele mit hoher Decke. Eine junge Frau in Jeans und weiter Bluse kam auf sie zu. »Frau Lessing wird sich freuen. Sind Sie eine Verwandte?«

»Nein, eine Bekannte«, gab Kira mit großer Selbstverständlichkeit zurück. »Ich habe vor wenigen Tagen noch auf Gut Hohenmarschen mit Line gesprochen, und möchte gern sehen, wie es ihr geht.«

»Sehr schön, dann tragen Sie sich bitte ins Besucherbuch ein. Es liegt da auf dem Tisch. Frau Lessing ist im Garten, das Wetter ist ja heute so schön. Sie brauchen bloß durch die Tür da hinten zu gehen. Sie sitzt bestimmt auf der Bank am Brunnen.«

Kira kritzelte ihren Namen in das Buch und sah, dass sich heute bereits mehrere Besucher eingetragen hatten.

Nun, es war Sonnabend. Wahrscheinlich bekamen die Bewohner oder Patienten – oder was immer die Menschen hier drinnen waren – am Wochenende den meisten Besuch. Trotzdem wunderte Kira sich, dass alles so locker gehandhabt wurde. Wenn sie mit ihrer Vermutung richtig lag, hatte Klamroth die alte Haushälterin weggeschafft, weil sie etwas wusste, was er unbedingt geheim halten wollte. Und weil sie inzwischen so verwirrt war, dass sie darüber auch sprach. Kira hätte erwartet, dass Line in diesem Haus regelrecht abgeschottet wurde. Doch nichts dergleichen: Man schien Besucher sogar freudig zu empfangen.

Seltsam. Lag sie vielleicht völlig daneben mit ihrem Verdacht?

Überall in dem gepflegten Garten, der mit blühenden Stauden, mit Büschen und Bäumen bewachsen und von einem mehrfach gewundenen Rundweg durchzogen war, standen mit bunten Polstern belegte Bänke, die meisten davon im Schatten eines der größeren Bäume. Auf vielen davon saßen Leute – oftmals allein. Aber es gab auch Bänke, auf denen zwei oder drei Menschen saßen, teilweise in lautstarke Unterhaltungen vertieft.

Nach ein paar Schritten entdeckte Kira eine große, wenn auch ziemlich kitschige, auf alt getrimmte Beton-Replik eines barocken Springbrunnens. Auf den Bänken, die darum herumgruppiert waren, saß jedoch niemand – vermutlich, weil sie jetzt in der prallen Sonne standen, die zur Mittagszeit selbst im Frühherbst noch viel Kraft hatte. Aber direkt an der Umfassung des Brunnens, die Ellenbogen auf die Brüstung gelegt, lehnte Line und starrte unbewegt auf die kräftige Fontäne, die einem fetten Putto oben an der Spitze des bemerkenswerten Bauwerks aus dem Mund sprudelte und über mehrere Etagen und stufig angeordnete Becken wieder in den runden Teich hinab floss.

Sie stellte sich neben die alte Frau und sah ebenfalls schweigend auf das plätschernde Wasser. Line schien gar nicht zu bemerken, dass jemand an ihrer Seite stand. Nach einer Weile sagte Kira sanft: »Hallo, Frau Lessing, erinnern Sie sich an mich?«

Line erschrak nicht, drehte sich nur bedächtig zu Kira um, musterte sie kurz und sagte: »Natürlich, Sie sind doch Susannas Freundin.«

Darauf wollte Kira besser nicht direkt eingehen. »Wir haben vor ein paar Tagen im Garten von Gut Hohenmarschen miteinander gesprochen, erinnern Sie sich?«

»Selbstverständlich erinnere ich mich, ich bin ja nicht dement.« Sie wies mit einer ausholenden Bewegung über das Gelände rundum. »Hier laufen viele herum, die dement sind, das kann ich Ihnen sagen. Aber ich bin nur ein bisschen vergesslich, und manchmal verwechsele ich einige Dinge.« Vertraulich neigte sie ihren Kopf Kira zu. »Ich werde nicht mehr lange hierbleiben, das verspreche ich Ihnen.«

»Dann kommen Sie also bald wieder zurück nach Hohenmarschen?«, wagte sich Kira vor.

»In meine Wohnung, ja, natürlich!« Line nickte heftig.

»Wie schön für Sie.«

»Sollen Sie mich gar nicht von Susanna grüßen? Warum kommt sie denn nicht selbst her?«

Kira schluckte trocken. »Susanna ist leider tot, das haben Sie vielleicht vergessen.«

Die alte Frau sah sie verständnislos an. »Sie ist tot? Wieso sagen Sie das? Ich habe ihr gerade noch mit ihrem Baby geholfen. Reden Sie doch keinen solchen Unsinn!«

Himmel, wie entsetzlich war das denn? Kira war kurz davor, auf dem Absatz kehrt zu machen und davonzulaufen. Sie atmete ein paarmal tief durch, nahm Line sachte am Arm und fragte: »Wollen wir uns einen Augenblick da drüben in den Schatten setzen? Ich wollte Sie nämlich etwas fragen.«

»Gern«, sagte Line und folgte ihr bereitwillig. Kaum hatten sie auf der Bank unter einer Kastanie Platz genommen, erklärte sie: »Ich muss gleich wieder ins Haus und dem Baby die Flasche geben. Susanna hat nicht genug Milch für das kleine Würmchen.«

Hatte es irgendeinen Sinn, sich von dieser Frau noch halbwegs brauchbare Antworten auf die Fragen zu erhoffen, die sie ihr stellen wollte?, fragte sich Kira bang.

Was soll's, nun bin ich schon mal hier, dachte sie, also kann ich es wenigstens versuchen.

»Sie haben mir erzählt, auf Hohenmarschen sei etwas Schlimmes passiert, als Susanna etwa fünfzehn oder sechzehn Jahre alt war«, begann sie. »Und seither liege ein Fluch auf dem Gut. Was ist damals eigentlich geschehen, können Sie sich daran erinnern?«

Unvermittelt traten der Alten Tränen in die Augen. Sie wich ein Stück zur Seite und starrte Kira an, als sähe sie einen Geist. »Wie könnte ich das jemals vergessen?«, sagte sie leise, aber deutlich. »Ich weiß: Alle wollen, dass ich es vergesse, aber ich habe es aufgeschrieben, damit ich mich immer daran erinnere. Seit jenem Tag habe ich ständig mit dem Fluch gelebt, den er über uns alle gebracht hat. Auch über Susanna, die Arme. Sie war doch selbst noch ein Kind. Sagen Sie ihr bitte: Die alte Line weiß, was mit ihrem Baby geschehen ist, und dass sie keine Schuld hat – ja, bitte, das müssen Sie ihr sagen!«

Kira hatte Mühe, die Fassung zu bewahren. »Woran hat Susanna keine Schuld? Wollen Sie mir das erklären?«, versuchte sie es noch einmal.

Plötzlich sank Line der Kopf auf die Brust, und sie wurde von einem Weinkrampf geschüttelt. Kira legte ihr den Arm um die bebenden Schultern und sagte kein Wort mehr.

Nach einer gefühlten Ewigkeit murmelte die kleine Frau: »Sie hat ihr Kind nicht einmal sehen dürfen. Der

Alte hat es ihr sofort weggenommen. Ich musste es erst einmal versorgen, ihm danach die Tropfen einflößen und es in die Tasche legen. Und dann hat er es fortgeschafft.«

»›Der Alte‹? Wen meinen Sie damit, Line? Wer war das?«

»Ihr Vater natürlich, Jan-Karl. Ein böser Mensch. Alle hat er tyrannisiert, auch Lieselotte, Susannas Mutter. Sie hat am Ende den Verstand verloren. Und alles habe ich miterleben müssen, alles. Aber der Herrgott hat Jan-Karl für seine Tat bestraft. Noch am selben Tag hat ihn der Schlag getroffen. In seiner letzten Minute hat er bestimmt gedacht, er nimmt sein Geheimnis mit ins Grab, aber ...« Ruckartig hob sie den Kopf und blickte verstört hin und her. »Die Line hat alles mitbekommen, weil der alte Teufel sie gebraucht hat. Allein wäre er mit dem Baby gar nicht zurechtgekommen. Die Line hat es gewickelt und in die Tasche gelegt. Aber sie musste darüber immer den Mund halten. Dafür haben sie ihr die Stellung und die Wohnung auf Lebenszeit gegeben. Aber ... ach ... ich ...« Wie aus Trance erwacht, sah sie sich suchend um. Plötzlich rief sie laut: »Und jetzt sind sie hinter mir her! Ich darf doch nichts sagen ...« Ihr Blick wurde starr, aus trüben Augen stierte sie Kira an. »Gehören Sie zu denen? Haben *die* Sie geschickt?«, krächzte sie. »Wer sind Sie eigentlich? Wo ist Susanna? Ich muss sofort ...«

»Entspannen Sie sich, Frau Lessing, alles wird gut«, versuchte Kira, sie zu beruhigen. »Ich passe auf, dass niemandem etwas passiert.«

»Das können Sie nicht!«, schluchzte die alte Frau verzweifelt. »Der Fluch holt uns alle ein. Schon immer. So eine Tat an einem unschuldigen Kind vergibt Gott nicht, das weiß ich genau. Deshalb entkommt auch niemand auf Hohenmarschen dem Fluch, niemand!«

»Hallo, Frau Lessing, ist alles in Ordnung bei Ihnen?« rief jemand.

Kira sah, dass die Angestellte, die sie vorhin eingelassen hatte, über den Weg herankam.

»Sie dürfen Frau Lessing doch nicht so aufregen«, wies die junge Frau sie zurecht. »Was haben Sie sich dabei nur gedacht? Ihr Besuch ist beendet.« Sie fasste Line unter dem Arm und zog sie vorsichtig hoch.

»Tut mir sehr leid«, sagte Kira zerknirscht. »Ich habe nicht geahnt, dass unser Gespräch sie so aufregen würde.«

Sofort überfiel sie Scham, denn dass das eine Lüge war, wusste sie selbst am besten.

»Frau Lessing hat so gute Fortschritte gemacht, obwohl sie erst seit wenigen Tagen bei uns ist – und nun das!«, kam es erbost zurück. »Sie gehen jetzt bitte sofort!«

Kira hatte keine andere Wahl, als der Aufforderung Folge zu leisten. »Alles Gute für Sie, Line«, sagte sie und legte der Alten kurz eine Hand auf die knochige Schulter.

Line jedoch schien sie gar nicht mehr wahrzunehmen, sondern schaute mit leerem Blick über den Garten, während die junge Frau mit sanfter Stimme begütigend auf sie einredete.

Kira ging mit raschen Schritten auf dem Kiesweg zurück zum Haus und durch die Diele zum Ausgang.

Zwei Minuten später saß sie im Auto.

Wäre es nicht erst halb zwölf und helllichter Tag gewesen – sie hätte die nächsten Kneipe aufgesucht und einen Schnaps getrunken. Mindestens einen.

36

»Erstaunlich«, sagte Tim Scholler. »Ich hätte darauf gewettet, dass die Alte dort gegen Besucher abgeschirmt wird.«

»Ich habe auf der Herfahrt darüber nachgedacht«, erwiderte Kira und lehnte sich auf ihrem Schreibtischsessel zurück. »Soweit ich weiß, ist Line Lessing alleinstehend und hat keine Verwandten. Jedenfalls hat Nick mir das gesagt. Also konnte Klamroth davon ausgehen, dass sie sowieso keinen Besuch erhält. Es war aus seiner Sicht unnötig, beim Klinikpersonal Misstrauen zu wecken, indem er gefordert hätte, niemanden zu ihr zu lassen.«

»Klingt einleuchtend.«

»Und außerdem weiß ja niemand, wo sie sich aufhält. Ich habe es auch nur zufällig erfahren, weil ich Nick getroffen habe.«

Scholli nickte. »Gut, dann mal zur Sache.« Er blickte auf die Blätter, die er gerade ausgedruckt hatte. »Es geht also um ein Ereignis, das stattgefunden hat, als Susanna von Hohenmarschen sechzehn Jahre alt war.«

»Ja, und wenn ich nicht völlig falsch liege, hat sie damals ein Kind zur Welt gebracht, das ihr Vater ihr sofort weggenommen hat. Kann aber nicht schwer sein, das Datum der Geburt herauszufinden – zumindest, wenn man dem glauben darf, was Line sagt.«

»Nämlich?«

»Dass den Vater angeblich noch am selben Tag ›der Schlag getroffen‹ habe. So hat sie sich ausgedrückt. Wann war denn der Todestag von Susannas Vaters?«

Scholli fuhr mit dem Finger über das ausgedruckte Blatt. »Hier: Jan-Karl von Hohenmarschen, geboren 1938, gestorben am 13. November 2000. Da war er, wie wir schon festgestellt hatten, erst zweiundsechzig. Könnte also durchaus ein Infarkt oder so etwas gewesen sein.«

»Wenn Line recht hat, wäre also der 13.11.2000 – oder auch ein, zwei Tage davor – der Geburtstag von Susannas Kind.«

»Das ihr Vater angeblich irgendwie ›entsorgt‹ hat und danach noch am selben Tag verblichen ist«, sagte Scholli spöttisch und grinste. »Klingt wie eine Schmonzette im Stil einer schwülstigen Familiensaga.«

»Zweifellos«, stimmte Kira ihm zu. »Aber was, wenn es genauso war? Wie reagiert ein adeliger Patriarch der alten Schule – noch dazu einer, der besonders hart und unbeugsam ist, falls Lines Beschreibungen zutreffen, – wenn seine halbwüchsige Tochter ein uneheliches Kind zur Welt bringt? Ich kann mir durchaus vorstellen, dass er drastische Maßnahmen trifft, um die herrschaftliche Familie vor der Schande zu bewahren. Ganz abgesehen davon, dass möglicherweise auch Fragen des Erbrechts ein Rolle gespielt haben können.«

»Nun, die Umstände seines Todes sind sicher schnell zu klären. Bestimmt hat die Presse darüber berichtet. Er war ja ein bekannter und einflussreicher Mann, zumindest lokal.« Scholli stand auf, ging zum Kühlschrank und holte eine kleine Flasche Mineralwasser heraus. »Was mich aber eigentlich interessiert: Was versprichst du dir davon? Warum sollte ein solches Familiendrama, das sich vor über zwanzig Jahren abgespielt hat, für uns interessant sein?«

»Weiß ich selbst noch nicht. Ich werde das Gefühl einfach nicht los, dass der Mord an Susanna von Hohenmarschen mit dem zusammenhängen könnte, was damals geschehen ist. Mit dem unehelichen Kind, das sie als Teenager geboren hat, mit dem Verhalten ihres Vaters, vielleicht auch mit dessen plötzlichem Tod – keine Ahnung.« Sie zeigte auf die Wasserflasche. »Gibst du mir auch eine?«

Das tat Tim Scholler und fragte: »Hast du wenigstens eine vage Idee, um was für einen Zusammenhang es da gehen könnte?«

Kira gab keine Antwort. Sie trank in tiefen Zügen aus ihrer Flasche, während sie heftig mit sich rang. Schließlich entschloss sie sich dazu, wenigstens Scholli mit ins fragile Boot ihrer gewagten Gedankengänge zu holen, und sagte betont beiläufig: »Dazu müsste ich wissen, was aus dem Baby geworden ist.«

»Was?«, rief Scholli alarmiert. »Was hast du da gesagt? Meinst du etwa ...?«

»Weißt du, es sind diese Zettelnachrichten an Nick von Hohenmarschen, die mich nachdenklich machen. Und Helene Christ hat mir gestern noch gesagt, dass ihre Ermittlungen in einer Sackgasse stecken. Was kann es also schaden, auch mal nach einem ganz neuen Ansatz zu suchen? Zum Beispiel nach so etwas wie einem bisher gut gehüteten Familiengeheimnis.«

»Ich sehe schon die Schlagzeile«, feixte Scholli. »*Der Fluch der Hohenmarschens – tödliches Familiendrama im Herrenhaus.*«

»Tim Scholler, dir fehlt einfach die nötige sittliche Reife«, erklärte Kira in oberlehrerhaftem Ton und grinste.

»Aber im Ernst: Als Jugendliche ist Susanna – unter welchen Umständen auch immer – schwanger geworden. Ihre Niederkunft wurde sorgsam vor der Öffentlichkeit verborgen, das Baby weggeschafft und der Mantel des Schweigens über die Affäre gebreitet. Nur, dass Susannas Vater direkt nach der Geburt plötzlich verstorben ist und ihre Mutter schwermütig wurde, den Verstand verlor und ein paar Jahre später auch starb.« Ganz in sich versunken, stand Kira auf und begann, im Raum auf und ab zu gehen. »Nach der verheimlichten Geburt vergehen dann gut zwanzig Jahre, und plötzlich wird Susanna brutal getötet. Doch damit nicht genug: Kaum ist sie unter der Erde, wird plötzlich ihr Sohn bedroht, das Kind, das sie sozusagen rechtmäßig hat, nämlich ehelich.« Sie blieb stehen und sah ihren Kollegen mit funkelnden Augen an. »Ich weiß nicht, wie du es siehst, aber mich bringt diese Geschichte auf eine irre Idee.«

»Irre oder nicht – darf ich erfahren, wie sie aussieht?«

»Denk doch mal daran, wie Susanna getötet wurde. Man hat ihr die Gurgel durchgeschnitten – von einem Ohr zum anderen – und sie dann ins Wasser geworfen. Und dann der Text auf den Zetteln, die ihr Sohn unter dem Sattel seines Mountainbikes gefunden hat. Für mich riecht das förmlich nach …« Sie stockte, dann sagte sie nur: »Nun, eben nach einem ganz bestimmten Motiv.«

»Du magst es nicht aussprechen, hab ich recht?«

»Wonach riecht das alles denn für dich?«, flüchtete sich Kira in eine Gegenfrage.

»Nach Rache«, erwiderte Scholli schlicht. »Möglicherweise sogar nach einem lang geplanten Rachefeldzug.« Er räusperte sich, dann fügte er leise hinzu: »Stimmt genau, das ist irre, aber …«

»Okay«, sagte Kira und klatschte unternehmungslustig in die Hände. »Lang genug spekuliert – legen wir los! Wir müssen herausfinden, was aus Susannas erstem Kind geworden ist, das sie mit sechzehn zur Welt gebracht hat. Um es dramatisch auszudrücken: Es geht um das ungeklärte Schicksal eines verstoßenen Kindes. War es ein Junge oder ein Mädchen? Was hat der Vater mit dem Baby gemacht? Wo ist es damals hingekommen, wo aufgewachsen? Lebt es überhaupt noch, und wenn, was macht es heute?«

»Und wie willst du das anstellen? Du sagst, wir müssten das herausfinden. Hast du vielleicht auch einen Vorschlag dazu, wie wir das machen sollen?«

Kira nickte gewichtig und sagte in einem verschwörerischen Tonfall: »Line Lessing hat mir heute Mittag in einem wachen Augenblick erzählt, sie habe alles aufgeschrieben, was damals geschehen ist. Vielleicht ja auch, wohin Susannas Baby gebracht wurde, wer weiß?«

»Aufgeschrieben? Sie hat das ... aufgeschrieben?«, rief Scholli aufgeregt. »Kann man ihr das glauben?«

»Sie hat zumindest sehr glaubwürdig geklungen. Warum sollte sie so etwas sagen, wenn es nicht stimmte? Davon hätte sie ja nichts. Und sie hat es auch nicht mir gesagt, sondern in dem Moment mit sich selbst gesprochen. Den Eindruck hatte ich jedenfalls.«

»Und was willst du jetzt damit anfangen?«

»Ich werde danach suchen«, sagte Kira entschlossen. »Sie wird ein Tagebuch geführt oder alles in ein Heft geschrieben haben. Und das muss ich finden.«

»Und wo, wenn ich fragen darf?«

»In ihrer Wohnung natürlich. Hoffentlich gut versteckt, damit Klamroth es nicht findet. Falls er überhaupt danach sucht. Dazu müsste er ja erst einmal wissen oder wenigstens den Verdacht haben, dass sie solche Aufzeichnungen gemacht hat.« Sie werde also nach Hohenmarschen fahren müssen und versuchen, in Lines Wohnung zu kommen, fuhr Kira fort, griff nach ihrem Hippiesack und sah Scholli an. »Sei du bitte so lieb und versuche inzwischen, etwas über die genauen Umstände des plötzlichen Todes von Susannas Vater herauszubekommen, ja?«

»Klar, mach ich, aber ... Himmel, willst du etwa jetzt sofort dort hinfahren?«

»Klar«, gab Kira aufgeräumt zurück. »Ich bin nämlich auf die Hilfe einer ganz bestimmten Person angewiesen. Und die wird schon morgen wieder ins Internat gebracht.«

37

April 2006

Der kleine Junge schlägt die Augen auf und lauscht in die stille Dunkelheit.

Gleich muss es wieder kommen, das Geräusch. Vater ist nämlich schon im Raum. Er kann ihn riechen. Immer ist der scharfe Geruch das Erste, was ihn ankündigt, der Dunst von Schweiß und Fusel, der ihn umgibt.

Da ist es: das Geräusch. Er kennt es allzu gut. Seine Bauchmuskeln ziehen sich angstvoll zusammen.

Der Blaue Wurm.

Ein schwaches Knirschen, dann ein weiches Klatschen, wenn das Leder spielerisch mit einer Hand in die offene Handfläche der anderen geschlagen wird. Im Takt. Gleichmäßig, immer wieder.

Vater macht das gern. Und summt dabei mit seiner tiefen Stimme die verhasste Melodie.

›Alle meine Entchen schwimmen auf dem See‹.

Immer dieses Lied. Auch wenn er seine Hose herunterzieht. Und wenn er danach wieder aus dem Zimmer geht.

›Alle meine Entchen‹.

Nie gesungen, kein Wort. Nur gesummt, jedes Mal.

Seit der kleine Junge sich erinnern kann.

Plötzlich verstummt die dunkle Stimme, und der Blaue Wurm kommt aus dem Takt. Nach einer langen Pause voll bedrohlicher Stille peitscht er mit einem einzigen lauten Knall auf die Bettdecke nieder, unter der der kleine Junge sich zusammenkauert.

Der Schmerz fährt trotz der schützenden Decke scharf auf den Bauch.

Aber das ist noch gar nichts, das weiß der Junge, bloß der Auftakt.

Das Licht an der Decke geht an. Hoch über sich sieht der Junge den dunklen Mann mit dem verfilzten roten Vollbart stehen. Er schwankt hin und her. In der Hand hält er einen dicken, etwa vierzig Zentimeter langen Schlauch aus blauem Leder. Der ist, das weiß der Junge, prall mit Sand gefüllt und an den Enden fest vernäht.

Der Blaue Wurm.

Er und Vater sind unzertrennlich.

»Dubischtböshsche«, lallt Vater, und der Junge hört die Wut. »Du kleiner, miescher Mischtkerl, du ... dubischnix wert. Das bisschen Scheißkohle für dich war ssu ... vielssuwenisch.« Er hebt den Blauen Wurm in die Höhe. »Dubischverdorbn, ein Haufn Scheiße bischu.«

»Ich weiß, Vater. Und es tut mir so leid«, sagt der Junge.

Das sagt er immer.

Es hilft nie.

38

»Erst hat es wie ein Autounfall ausgesehen, aber später hat man festgestellt, dass der Fahrer einen Herzinfarkt erlitten und dadurch die Kontrolle über den Wagen verloren hat. Die Story hat bei uns sogar in einigen überregionalen Zeitungen gestanden, und die Dänen haben es auch im Fernsehen gebracht«, tönte Tim Schollers Stimme aus dem Lautsprecher der Freisprechanlage, als Kira gerade in der Schlange vor einer Baustellenampel auf der B5 stand. »Ich hab mir das meiste davon inzwischen angesehen. Das Auto sah ziemlich schlimm aus, aber wenn der Fahrer nicht schon tot oder so gut wie tot gewesen wäre, hätte er den Crash durchaus überleben können.«

»Die *Dänen*?«, hakte Kira überrascht nach. »Dann hat sich das Ganze also in Dänemark zugetragen?«

»Genau, und zwar auf der Landstraße 180 etwa zehn Kilometer nördlich von Hobro in Nordjütland.«

»Das ist nicht weit weg vom Limfjord, nicht wahr?«

»Stimmt, der liegt nur unweit höher im Norden. Und irgendwo da oben muss Jan-Karl von Hohenmarschen auch gewesen sein, bevor er den Infarkt und den Unfall hatte, denn er war in südlicher Richtung unterwegs.«

Kira sagte nichts. Tausend Gedanken rasten durch ihren Kopf, während sie den Motor anließ, weil die Ampel vorn auf grün gesprungen war und der Verkehr sich langsam wieder in Gang setzte.

»Was fangen wir jetzt damit an?«, wagte sich Scholli nach einer Weile vor.

»Erst einmal noch gar nichts«, erwiderte Kira. »Line hat gesagt, er habe das Kind direkt nach der Geburt ›weggeschafft‹. Vielleicht hat er ja genau das getan, bevor dieser Unfall passiert ist, aber das ist reine Spekulation. Vor allem: Wieso, zum Teufel, soll er dafür bis an den Limfjord gefahren sein? Etwa, um das Neugeborene dort im Wasser zu ertränken?« Scharf zog sie die Luft ein. »Nein, das ist Unsinn. Wir müssen darauf hoffen, dass ich es schaffe, an Lines Aufzeichnungen zu gelangen – falls die überhaupt existieren.«

»Meinst du tatsächlich, du kannst in die Wohnung der Alten kommen, ohne dass man dich bemerkt?«

»Wenn, dann nur mit der tatkräftigen Hilfe meines neuen Freundes. Wir haben schon ein ausgesprochen konspiratives Telefonat miteinander geführt«, fügte sie hinzu. »Er kann es kaum erwarten, sich mit mir zu treffen. Ich glaube, er hält das alles für ein großes Abenteuer.«

»Na, dann mal viel Glück«, kam es trocken von Scholli.

Das ›konspirative Telefonat‹ hatte Kira mit Nick von Hohenmarschen geführt, als sie losgefahren war. Seine Mobilfunknummer hatte sie ja auf ihrem Handy gespeichert.

Sie sei auf dem Weg nach Hohenmarschen, weil sie dringend etwas in Lines Wohnung suchen müsse, erklärte sie dem Jungen. »Es gibt nur einen Haken: Ich habe keine Ahnung, wo die Wohnung ist.«

Lines Wohnung läge im ehemaligen Backhaus, das früher einmal extra für sie umgebaut worden sei, sagte Nick. »Sie darf auf Lebenszeit darin wohnen, meinte sie immer.«

Wenn sie jemals aus der Demenzklinik wieder herauskommt, kam es Kira sofort in den Sinn, sie sprach es aber nicht aus. Stattdessen sagte sie: »Natürlich habe ich auch keinen Schlüssel. Die Frage ist also, wie ich da reinkomme.«

»Dürfte kein Problem sein«, erwiderte Nick. »Sie hat ihren Schlüssel schon häufiger drinnen vergessen und die Tür von außen zugezogen. Deshalb gibt es einen Ersatzschlüssel. Ich weiß, wo wir den finden. Außerdem kommt man auch durch die alte Waschküche von hinten in Lines Wohnung. Aber wonach willst du eigentlich suchen?«

»Nach etwas sehr Wichtigem«, sagte Kira vage. »Ich kann dir jetzt nicht allzu viel sagen, aber wenn ich recht habe mit meiner Vermutung, können wir damit vielleicht – hörst du, Nick, ich sage ausdrücklich *vielleicht*, denn sicher bin ich mir nicht – herausfinden, wer deine Mutter ...« Sie hielt kurz inne und fuhr dann fort: »... wer deiner Mutter das angetan hat.«

»Oha«, kam es leise von dem Jungen. Er schluckte hörbar, und nach einer Weile sagte er langsam und jedes Wort betonend: »Das wäre gut.«

Drei schlichte Wörter. Mehr nicht.

Kira lief ein leiser Schauern über den Rücken. In forschem Ton sagte sie: »Zunächst aber dürfen von alldem weder dein Vater noch deine Tante etwas mitbekommen. Hast du eine Idee, wie ich das anstellen kann?«

Im Alleingang werde sie das wohl nicht schaffen, erklärte Nick gewichtig. »Aber wenn ich dir helfe, kriegen wir das hin«, setzte er in jungenhafter Großspurigkeit hinzu. Er dürfe das Haus zwar nicht verlassen, »wegen dieser Zettel«, aber wenn er aus seinem Fenster klettere, würde das kein Mensch bemerken. »Hab ich schon oft gemacht – ist ganz leicht. Den Fensterflügel drücke ich dann immer von außen zu, falls mal jemand vorbeikommt und hoch schaut.«

»Sehr professionell.« Kira musste schmunzeln. »Aber das muss alles wirklich nicht sein, Nick. Ich will nicht, dass du dich verletzt. Sag mir einfach, wo ich das frühere Backhaus und den Schlüssel finde, dann ziehe ich die Sache allein durch.«

»Kommt nicht in Frage!«, stellte der Junge kategorisch fest. »Ich hocke nicht in meinem Zimmer, während du dich in Gefahr begibst. Schon gar nicht, wo es doch um meine Mutter geht. Selbstverständlich bin ich dabei!«

Von so viel kindlicher Ritterlichkeit gerührt, wagte Kira keinen weiteren Widerspruch.

Sein Vater sei in seinem Hausbüro, sagte Nick. Er müsse bis in den Abend hinein arbeiten und dürfe nicht gestört werden. »Und Tante Sylvia sitzt wieder mal im Wohnzimmer und daddelt«, fügte er verächtlich hinzu.

»Wie bitte?«, fragte Kira. »Was macht sie?«

»Sie daddelt ... äh, sie spielt Computerspiele. Macht sie oft stundenlang. Und zieht sich dabei eine Flasche Rotwein rein.«

»Nun, wenn's ihr Spaß macht«, stellte Kira lakonisch fest und setzte hinzu: »Okay, in etwa einer Stunde bin ich da. Ich rufe dich noch mal an, sobald ich auf die Zufahrt einbiege.«

Nick erklärte ihr, dass das Backhaus hinter der ehemaligen Scheune liege, in der sich jetzt Restaurant und Hotelzimmer befänden. »Kannst mit dem Wagen direkt hinfahren. Man kann es vom Gutshaus aus nicht sehen. Wir treffen uns dort. Den Schlüssel hab ich dann schon aus seinem Versteck in der Waschküche geholt.«

Das alte Schloss hakte, und die Haustür ließ sich mit dem Ersatzschlüssel nur sehr schwer aufschließen. Als es nach einigen Versuchen endlich klappte, ließ Kira den Schlüssel vorsichtshalber stecken und zog die Tür hinter sich nicht ganz zu, als sie eintraten.

Während sie sich dann im Haus zu schaffen machte, ging Nick immer wieder einmal an die Tür, schob sie einen Spalt auf und sah nach, ob jemand sich näherte. Doch weit und breit war niemand zu sehen.

Eines wurde allerdings rasch klar: Line Lessing wusste sehr wohl um die Brisanz ihrer Aufzeichnungen – wenn diese denn überhaupt existierten. Sonst hätte Kira sie längst in dem Schreibsekretär gefunden, in dem die alte Frau offenbar sämtliche Korrespondenz, die Rechnungen und alle möglichen anderen Schriftstücke säuberlich abgeheftet aufbewahrte.

Zwar fand sich in dem wunderschönen antiken Möbel auch eine Mappe mit Lines Geburtsurkunde und weiteren persönlichen Papieren, doch nirgends so etwas wie ein Tagebuch.

Frustriert wandte sich Kira den wenigen anderen Schränkchen und einem Sideboard zu, die im Wohnzimmer standen, wurde jedoch auch dort nicht fündig.

»Verdammt, wo kann sie das Ding bloß versteckt haben?«, murmelte sie und sah sich um. Außer der geräumigen Stube gab es in der Wohnung nur noch ein Bad, eine kleine Küche und ein Schlafzimmer, das nach hinten hinaus lag.

Vielleicht sollte sie es dort einmal versuchen?

»Die Luft ist rein!«, meldete pflichtbewusst der Junge, als er wieder von seinem Ausguck zurückkam. »Kann ich dir denn gar nicht helfen?«

»Komm mit ins Schlafzimmer, wir versuchen es dort. Wenn wir da auch nichts finden …« Sie ließ den Satz unvollendet.

Gemeinsam betraten sie den hinteren Raum, in dem ein voluminöser Kleiderschrank und ein Nachtschrank mit Lampe neben einem ordentlich gemachten Bett standen.

Zehn Minuten später hatte Kira den Schrank und alle drei Schubladen des Nachtschranks gründlich durchsucht.

Nichts.

Erhitzt und enttäuscht ließ sie sich auf das Bett sinken und sah Nick traurig an. »War wohl nichts, tut mir leid. Entweder es gibt gar kein Tagebuch, oder jemand hat es schon an sich genommen.«

Der Junge sah sie an, streckte seinen Arm aus und wies auf die Stelle, an der Kira saß. »Das ist doch so ein Seniorenbett, oder? Besonders hoch, damit man bequem rein und raus kommt. Der Bettkasten darunter muss riesig sein. Lass uns da noch mal reinschauen.«

Elektrisiert sprang Kira hoch. Mit Nicks Hilfe klappte sie am unteren Ende den Lattenrost hoch und stieß auf eine Menge zusammengelegter Bettbezüge und Laken und auf Winterbekleidung, darunter ein wertvoll aussehender Pelzmantel, der in einem transparenten Kleidersack steckte.

Ganz unten aber fand sich zwischen all den Textilien etwas, das wie ein mit einem Kissenbezug umwickeltes Päckchen aussah.

Kira nahm es heraus. Als sie es aus dem Bezug geholt hatte, hielt sie ein abgegriffenes, in braunes Kunstleder eingebundenes Tagebuch in der Hand.

»Das ist es, Nick«, flüsterte sie und schlug es auf.

Ungläubig rief er: »Und da soll drinstehen, was mit meiner Mutter passiert ist? Woher soll ausgerechnet Line das wissen?« Seine Stimme hatte einen trotzigen Klang angenommen.

»Es ist komplizierter«, versuchte Kira, ihn zu beschwichtigen. »Wenn Line das niedergeschrieben hat, was ich glaube, können wir darin vielleicht eine Antwort auf diese Frage finden. Aber dazu muss ich es erst einmal lesen.«

»Na los, dann lies es doch!«

»Dazu brauche ich Ruhe.« Sie hielt das Büchlein hoch, schlug es auf und ließ die Blätter durch ihre Finger gleiten. »Du siehst selbst, wie viele Seiten sie vollgeschrieben hat. Ich nehme es mit, und wir machen, dass wir hier so schnell wie möglich wieder verschwinden. Ich will nicht, dass dein Vater oder deine Tante uns hier doch noch entdecken.«

Enttäuscht, dass das Abenteuer bereits vorbei war, maulte Nick: »Na gut, wenn du meinst. Aber ich finde ...« Er stockte, sein Blick ging über Kiras Schulter hinweg und seine Augen weiteten sich.

»Was hast du?«, fragte Kira überrascht und drehte sich um.

Vor Schreck ließ sie das Tagebuch fallen. Klatschend schlug es auf dem Dielenboden auf. »Was ... was hat das ...?«, presste sie erstickt hervor. »Wieso ... ich meine ... warum ...? Um Himmels willen, das ist ...«, stammelte sie, als sie die Person erkannte, die da in der Tür zum Schlafzimmer stand und sie wortlos ansah.

Schlagartig war ihr alles klar.

39

Januar 2019

Da liegt das elende Dreckschwein, sein Peiniger. Neben dem heißen Ofen liegt er, wälzt sich hin und her und gibt dumpfe Grunzlaute von sich. Seine Augen sind blutunterlaufen, er sabbert, und der Rotz läuft ihm aus der Nase. Immer wieder versucht er sich aufzubäumen, reißt an den scharfen Fesseln, mit denen der junge Mann ihm die Hände hinter dem Rücken zusammengebunden hat, als er bewusstlos war.

Vergeblich.

Als wäre der sich windende Körper auf den schmutzstarrenden, von Bruchrissen durchzogenen Bodenfliesen ein besonders ekelhaftes Insekt, betrachtet ihn der junge Mann ebenso angewidert wie fasziniert. Und lächelt.

Es ist so leicht gewesen, den Alten zu überrumpeln.

Er hat den Kanister und seine Reisetasche hinter der Hausecke abgestellt, den Anorak mit dem UPS-Logo übergezogen und ist zum Eingang gegangen. Ein Paket vor der Brust, hat er erst geklingelt, dann geklopft, schließlich heftig mit der Faust gegen die Tür geschlagen, bis sie endlich aufging und ihm ein Schwall nach Müll stinkender, fuselgeschwängerter Luft entgegenschlug.

»Wasssissslos?«, hat der Mann mit dem verfilzten, ehemals roten, nun graugelb gewordenen Vollbart gelallt und sich schwankend mit seiner schmutzigen Klaue am Türrahmen abgestützt, um nicht umzufallen. »Hab nix beschtellt.«

Ohne ein Wort zu verschwenden, hat er ihm blitzschnell den Elektroschocker an den Hals gedrückt und ausgelöst. Wie ein schlaffer Sack ist der Alte röchelnd zu Boden gesunken, als die fünfhunderttausend Volt ihn trafen.

Nachdem die Tür hinter ihm wieder ins Schloss gefallen war, hat er den Körper vor den Ofen geschleift, Hände und Füße mit den mitgebrachten Kabelbindern fixiert, die Ofenklappe geöffnet und ordentlich Holz ins Feuer geworfen.

Jetzt steht er auf, zieht den mittlerweile rot glühenden Schürhaken aus dem Ofen, hält ihn dem Mann dicht vor das Gesicht, tut so, als wollte er ihm das heiße Eisen auf die Stirn drücken.

Das Dreckschwein kreischt entsetzt, versucht, den Kopf wegzudrehen, bäumt sich wild auf.

Der junge Mann lacht, fährt ein paarmal mit dem glühenden Metall an dem zuckenden Körper auf und ab und drückt es schließlich fest auf den Bauch des Dreckschweins. Danach dreht er den Schürhaken blitzschnell um neunzig Grad und wiederholt das Ganze.

Ein leise schmurgelndes Brandmal. Wie ein Kreuz.

Der irre Schmerzensschrei, der sich anhört wie das Kreischen einer Kreissäge. Ein Krampf durchfährt den Körper des Alten, lässt den schweren Leib kurz hochschnellen, das schmierige Hemd flammt an der Druckstelle auf, und der widerliche Geruch verbrannten Fleisches steigt dem jungen Mann in die Nase.

Das Dreckschwein verliert das Bewusstsein.

Der junge Mann geht in die Küche, öffnet die Klappe unter der schmutzstarrenden Spüle und findet einen Eimer. Er füllt ihn mit Wasser, geht zurück und leert ihn schwungvoll über dem verhassten Gesicht aus.

Ein Stöhnen, dann reißt das Dreckschwein die rotgeränderten Augen weit auf, erkennt, wer da über ihm steht, und starrt ihn hasserfüllt an.

»Ich hab dir etwas mitgebracht«, sagt der junge Mann fast freundlich. »Warte einen Augenblick, es wird dir bestimmt gefallen.«

Damit dreht er sich um, geht zur Tür, schaut vorsichtig hinaus. Natürlich ist weit und breit niemand zu sehen. Hier draußen im *Rold Skov*, dem zweitgrößten zusammenhängenden Waldgebiet Dänemarks, gibt es nichts als Bäume und Büsche. Und irgendwo dazwischen, abgeschieden und zugewuchert, das ehemalige Forsthaus. Schon damals war es verfallen gewesen, und das Dreckschwein hat dafür nicht einmal viel von dem Geld ausgeben müssen, das ihm der alte Hohenmarschen gezahlt hat.

Sein Zuhause für fast sieben Jahre. Auch *seine* Schreie hat damals niemand gehört.

Die Schreie aus der Kinderhölle.

Er holt den Kanister und die Tasche, schließt die Tür wieder hinter sich und geht zurück. »Sieh her!«, sagt er, zieht einen dicken, etwa vierzig Zentimeter langen Schlauch aus blauem Leder aus der Tasche und lässt ihn vor der Augen des Dreckschweins hin und her pendeln. »Erkennst du den wieder?«, fragt er und stellt beunruhigt fest, dass sein Stimme einen schrillen Klang hat. Er räuspert sich und fährt fort: »Dein Freund! Ich wusste ja, wo du ihn aufbewahrst. Hab ihn damals mitgenommen, als das Jugendamt mich abgeholt hat.«

Warm und wohlig pulsiert das Blut durch seinen Körper, als er die blanke Panik in den Augen des Dreckschweins bemerkt. »Ich hab ihn so lieb gehabt, dass ich ihm sogar einen Namen gegeben habe, wusstest du das eigentlich? Dein Freund heißt Blauer Wurm. Jawohl, das ist der Blaue Wurm, so heißt er.« Unwillkürlich muss er kichern und wundert sich ein wenig darüber. »Jetzt ist er zu dir zurückgekommen. Du wirst endlich wieder deinen Spaß mit ihm haben, allerdings tauschen wir diesmal zur Abwechslung die Rollen.«

Langsam tritt er heran, bis der Blaue Wurm über dem jetzt angstverzerrten Gesicht hängt, lässt ihn einige Male spielerisch hin und her schwingen, holt dann plötzlich weit aus.

Mit einem dumpf schmatzenden Laut klatscht der sandgefüllte Lederschlauch auf den Bauch. Genau auf das Brandzeichen, das er mit dem Schürhaken markiert hat.

Das Dreckschwein röchelt, versucht, etwas zu sagen.

»Ich verstehe dich nicht. Sprich deutlicher!« Jetzt sieht er es: Der dumme Kerl hat sich auf die Zunge gebissen. Blut tropft ihm aus dem Mund, während er gurgelnd versucht, etwas zu artikulieren.

Ein widerlicher Gestank steigt von dem zuckenden Körper auf. Das Dreckschwein hat sich in die Hose geschissen.

Der junge Mann lächelt verträumt, hebt den Blauen Wurm hoch und lässt ihn mit Schwung mitten in das verfluchte Gesicht krachen, das ihm mehrmals in der Woche im Traum erscheint.

Immer noch, nach all den Jahren.

Ab heute ist das vorbei: Das Gesicht wird ausgelöscht.

Und mit ihm alles andere hier, die ganze Hölle.

Es dauert noch eine halbe Stunde, bis der Blaue Wurm endlich sein Werk vollendet und seinen Schöpfer getötet hat.

Der junge Mann gießt das Benzin aus dem Kanister über die Leiche und spritzt es an die dreckverschmierten Holzwände. Noch einmal geht er vor die Tür, holt die Reserve-Gasflasche aus dem Verschlag auf der Rückseite, wo sie seit jeher gelagert wird, schleppt sie ins Haus und stellt sie neben den Ofen.

Den Blauen Wurm legt er sorgfältig der Länge nach auf die stinkende Leiche.

Aus der Reisetasche holt er die Flaschen mit dem Brandbeschleuniger, die er im Baumarkt gekauft hat, und leert sie im ganzen Haus aus. Den Inhalt der letzten gießt er in eine Schüssel, stellt eine dicke Wachskerze hinein und zündet sie an.

Zehn Minuten später erreicht er nach einem scharfen Lauf auf dem schmalen Waldweg sein Auto, das er weit entfernt abgestellt hat, steigt ein und fährt los.

Zum ersten Mal in seinem Leben ist er glücklich.

Allerdings wird er eines immer bedauern, solange er lebt: Als die Hölle explodiert, sieht und hört er nichts davon.

40

Ohne sie aus den Augen zu lassen, war er in den Flur zurückgegangen, hatte den Schlüssel aus dem Schloss gezogen und die Eingangstür, durch die er hereingeschlichen war, fest zugezogen. Dann mussten sie ihm ihre Handys übergeben, die er sofort ausschaltete.

Jetzt saß er scheinbar entspannt in Lines Fernsehsessel. Kira hatte auf dem Sofa gegenüber Platz nehmen müssen, und Nick neben ihr.

Da saßen sie nun in der gemütlichen Stube, als wären sie zu einem netten Plausch zusammengekommen. Was nicht recht dazu passen wollte, war die Pistole, die er neben sich in Griffweite auf den Beistelltisch gelegt hatte.

»Ach, Kira«, begann er mit hörbarem Bedauern in der Stimme, »ich habe befürchtet, dass du hier auftauchen würdest. Das tut mir wirklich leid. So war das nicht geplant.« Er holte tief Luft und fuhr fort: »Den Jungen beobachte ich schon seit einiger Zeit. Als ich vorhin hier ankam, war er nirgends zu sehen, aber als er dann plötzlich aus dem Fenster seines Zimmers heraussprang, war mir klar, dass etwas im Gange war. Die Dinge haben in den letzten Tagen erheblich Fahrt aufgenommen, darauf musste ich natürlich reagieren. Aber dass ich dich jetzt auch …« Er schüttelte unwirsch den Kopf. »Nun, das ist deine eigene Schuld«, stieß er hervor.

Kira konnte inzwischen wieder ruhig atmen, hatte den Schock des Wiedererkennens überwunden. Auch Nick schien einigermaßen gefasst. Vielleicht hatte er den Ernst der Lage noch gar nicht voll erfasst, dachte sie, während sie fieberhaft über einen Ausweg nachsann.

Verdammt, verdammt, warum hatte sie ausgerechnet heute Ditch zu Hause gelassen? Schon einmal hatte er ihr in einer ähnlich bedrohlichen Lage das Leben gerettet. Wäre er bei ihr gewesen, hätte sich der Kerl nicht unbehelligt hereinschleichen können – ganz sicher nicht.

Sinnlos, darüber nachzudenken. Sie musste sich etwas anderes einfallen lassen, damit Nick und sie heil hier herauskämen.

Das Wichtigste war Zeit, das war ihr sofort klar.

Sie musste Zeit gewinnen, musste den Mann so lange wie möglich am Reden halten. Bestimmt lechzte er förmlich danach, sich und seine Motive ausgiebig darzulegen, so gut glaubte sie ihn zu kennen. Wahrscheinlich erhoffte er sich sogar Verständnis für seine Taten.

»Siehst du, Nicolaus, jetzt lernst du doch noch deinen Halbbruder kennen«, sagte Mads Sievertsen und schaute dem Jungen fest in die Augen. »Leider werden wir nicht viel Zeit miteinander verbringen können. Es muss nun zu Ende gebracht werden.«

»Mein ... Halbbruder?«, flüsterte Nick ahnungslos.

»Ja, natürlich. Unsere Mutter hat mich aber nicht haben wollen, deshalb habe ich viel Schlimmes durchgemacht, sehr viel Schlimmes. Und ich ...«

»Unsinn!«, fuhr Kira so laut dazwischen, dass Mads zusammenzuckte. »Susanna wurde gar nicht gefragt. Man hat dich ihr gegen ihren Willen weggenommen.«

»So, so, das glaubst du also?«, kam es höhnisch zurück. »Woher willst du das wissen? Steht das da drin?« Er zeigte auf Lines Tagebuch, das jetzt auf dem Couchtisch lag. »Ich sage dir: Was immer die Alte da aufgeschrieben hat – sie hat nicht die geringste Ahnung von dem, was mir wirklich angetan wurde! Ihr alle habt keine Vorstellung von der Hölle auf Erden. Aber ich habe sie erlebt!« Sein Gesicht hatte sich zu einer hässlichen Fratze verzogen und seine Augen funkelten wild. »Wage es nicht, mir zu sagen, wie es gewesen ist. Du hast es nicht durchmachen müssen.«

»Ich weiß nicht, was in dem Buch da steht«, gab Kira so ruhig wie möglich zurück. »Noch konnte ich es nicht lesen. Aber es kann sowieso ausschließlich darum gehen, was damals mit dir als Baby geschehen ist. Von dem, was du anschließend durchgemacht hast, kann Line ja nichts wissen.«

Sievertsen biss sich auf die bebende Unterlippe und schwieg lange. Dann sagte er leise: »Aber *ich* habe es aufgeschrieben, in allen Einzelheiten.« Er zeigte auf Nick. »Für ihn. Das war mein Plan: Er sollte es lesen, um zu erfahren, was seine Mutter getan hat. Und dass sie deshalb sterben musste. Und du solltest es an die Öffentlichkeit bringen, Kira – exklusiv. Aber aus alldem wird ja nun nichts mehr.« Er senkte den Kopf und versank in dumpfes Brüten.

Kira war verwirrt. Was wollte er ihr mit diesen Andeutungen sagen?

»Als du hier aufgetaucht bist«, brach sie behutsam die Stille, »wurde mir schlagartig klar, dass es stimmt, was ich mir aus Lines Worten zusammengereimt habe.«

Er nickte übertrieben eifrig und sagte mit einem ironischen Unterton: »Oh ja, du bist eine tolle Reporterin, das habe ich immer gewusst. Sonst hätte ich dich auch niemals für diese Mission ausgesucht.«

»›Mission‹? Was für eine ›Mission‹?«

»Die, meine Geschichte zu veröffentlichen«, erwiderte Sievertsen mit bebender Stimme. »Die auch ein Teil der Geschichte der verkommenen Familie von Hohenmarschen ist. Wenn du damit an die Öffentlichkeit gegangen wärst …« Er brach ab, rief plötzlich aus: »Das hätte die Leute aufgestört!« und versank erneut in Schweigen. Nach einer Weile begann er wieder zu sprechen – in freundlichem Plauderton, der bei Kira eine Gänsehaut hervorrief.

»Von der Existenz dieser Line, dem Hausmädchen, das damals mitgeholfen hat, mich nach meiner Geburt fortzuschaffen, hatte ich keine Ahnung, bis du mir von ihr erzählt hast. Da konnte ich mir dann denken, wie viel du schon über das wusstest, was sie mir damals angetan haben.«

»Aber warum musstest du Nick mit diesen Zetteln verängstigen?«, fragte sie.

»Das war sozusagen die Ouvertüre«, sagte Sievertsen großspurig. »Die Vorbereitung auf das, was er bald sowieso über unsere sogenannte Mutter erfahren würde.«

»Nachdem du den zweiten Zettel unter den Sattel geklemmt hattest, hat Nick übrigens ein Auto mit dänischem Kennzeichen gesehen, das davongerast ist, einen weißen Toyota. Dein Auto, nicht wahr?«

»Gut kombiniert«, erwiderte er. »Ich war in letzter Zeit öfter hier als zu Hause, manchmal nächtelang. Es gibt einige Stellen rund um das Anwesen, von denen aus man mit einem Fernglas hervorragend beobachten kann, wer hier ein- und ausgeht.«

»Und mir gegenüber hast du immer so getan, als ob du keine eigenen Recherchen auf Hohenmarschen durchführen wolltest.« Kira lehnte sich abrupt vor, als ihr unvermittelt eine wichtige Frage einfiel, kam aber nicht dazu, sie zu stellen, denn Sievertsen deutete ihre Bewegung wohl falsch, griff blitzschnell zur Pistole, sprang auf und richtete sie auf Kiras Brust.

»Mach keinen Unsinn!«, sagte er rau.

Kira hob langsam ihre Hände in die Höhe. »Ganz ruhig, Mads, ich will dich doch nur etwas fragen. Eins verstehe ich nämlich nicht: Warum, in aller Welt, hast du überhaupt den Kontakt zu mir gesucht – damals, als Lukas und ich mit dem Boot in Sonderburg festgemacht haben?«

Ein überheblicher Ausdruck trat auf das junge, gut geschnittene Gesicht, und Kira wusste, sie hatte sich und Nick wieder einige Minuten Aufschub verschafft. Natürlich kannte sie die Antwort auf ihre Frage längst selbst, aber sie würde ihm damit eine neue Gelegenheit zum Reden verschaffen. Wenigstens hoffte sie das.

»Ich dachte, das hättest du bereits verstanden. Habe ich mich etwa nicht klar genug ausgedrückt?« Er sah ihr in die Augen. »Warum willst du mich nicht verstehen? Ich hatte dich schon damals dazu bestimmt, den Leuten die Wahrheit zu sagen. Über mich, über meine Tat, über mein Leben.« Bedauernd hob er die Schultern. »Eigentlich solltest du alles in Ruhe lesen. Ich habe mir viel Mühe damit gegeben, meine Geschichte aufzuschreiben. So, dass es dir leicht gefallen wäre, daraus eine Jahrhundertstory zu machen. Der Brief ist schon zu dir unterwegs, aber ...« Er zuckte mit den Schultern. »Nun wirst du ihn nicht mehr in Empfang nehmen können. Allein deine Schuld.«

In Kiras Kopf überschlugen sich die Gedanken.

Was wollte er ihr eigentlich sagen?

Sicher, das Denken dieses Mannes bewegte sich jenseits aller Vernunft, das war unverkennbar. Dennoch gab es da so etwas wie eine Botschaft von ihm. Nur welche?

»Du machst mich neugierig«, sagte sie, »Du willst, dass ich deine Geschichte veröffentliche, habe ich das richtig verstanden?«

»Das war mein Plan. Aber der wird nun ja nicht mehr funktionieren.«, erwiderte er obenhin und deutete mit dem Kopf auf die Pistole, die er immer noch auf Kira gerichtet hatte. »Du weißt, warum.«

»Du willst mich also erschießen?«

Sievertsen wandte seinen Blick von ihr ab. »Ich *muss*. Obwohl ich mir die Waffe für einen anderen Zweck besorgt habe.«

Kira merkte, dass sie am ganzen Körper zu zittern begann. »Aber warum, um Himmels willen?« Sie nahm all ihren Mut zusammen und versuchte, ihrer Stimme einen mitfühlenden, warmen Klang zu geben. »Ich denke, dass du Hilfe brauchst, Mads. Noch kannst du diesem Wahnsinn ein Ende setzen. Ich werde dir helfen, dich ...«

»Halt den Mund, auf der Stelle!«, kam es scharf zurück. »Ich will kein weiteres Wort davon hören. Ausgerechnet du willst mir helfen?« Er lachte verächtlich auf. »Glaubst du, ich weiß nicht, dass du mich verachtest?«

»Wie kommst du denn auf diese ...?«

»Immer hast du mich abblitzen lassen, wenn ich dir Zusammenarbeit angeboten habe, hast mich dauernd von oben herab behandelt, oder etwa nicht? Und wie hast du meinen Artikel im *Lynet* bezeichnet? ›Reißerisch‹ und ›unseriös‹ – das waren deine Worte. Du hast mich nie ernst genommen, das ist die Wahrheit. Nun, ich sage dir, das wird sich jetzt ändern, und zwar gründlich.« Für einen Moment verharrte er dort, wo er stand. Er behielt seine Geiseln wachsam im Blick, während er sich schließlich wieder in den Sessel setzte. Eine Zeit lang verharrte er in völliger Bewegungslosigkeit, während sich eine tiefe Stille im Raum ausbreitete, die auf Kira bedrohlich wirkte. Zäh und klebrig schien sie sich auf ihre Haut zu legen. Kalter Schweiß trat ihr auf die Stirn, als sie Sievertsens leeren Blick sah und bemerkte, dass seine Unterlippe zu zucken begann.

Verstohlen warf sie einen Blick auf Nick und stellte fest, dass er lautlos weinte. Sie nahm seine Hand in ihre und hielt sie fest.

Das dumpfe Schweigen hielt an und schien die Luft im Zimmer schwer zu machen. Kira meinte, ihren Druck auf der Brust zu spüren, und zwang sich dazu, ruhig und gleichmäßig zu atmen.

41

Die Dienstbesprechung beim Leiter der Polizeidirektion Flensburg war fast beendet, als das Display des stummgeschalteten Smartphones vor der Chefin der Mordkommission auf dem Konferenztisch hektisch blinkend einen Anruf anzeigte.

Hauptkommissarin Christ beugte sich vor und sah den Namen *Arne Jacobsen*. Erstaunt zog sie die Augenbrauen hoch und sagte: »Das ist *Politikommissær* Jacobsen aus Sonderburg. Den Anruf würde ich gern annehmen.«

Der Kriminaldirektor, der am Kopfende des Tisches saß, nickte. »Machen Sie nur, vielleicht hat er ja etwas Neues für uns. Könnten wir wahrhaftig gebrauchen.«

Helene nahm das Gerät hoch. »Moin, Arne«, meldete sie sich. »Was gibt's?«

»Moin, Helene! Gut, dass ich dich sofort erreiche. Es geht natürlich um den Fall unserer Wasserleiche.«

»Davon gehe ich aus«, erwiderte Helene trocken. »Sag bloß, ihr habt dazu neue Erkenntnisse …«

»Die haben wir, und die werden dich umhauen, das verspreche ich dir«, behauptete der Däne, und Helene hörte seine Aufregung heraus. »Die Frage ist allerdings, was wir damit anfangen können. Es geht um einen Laborbericht, den ich gerade …«

»Entschuldige, wenn ich dir ins Wort falle, Arne«, unterbrach ihn Helene. »Ich sitze gerade mit einigen Kollegen und unserem Chef zusammen. Darf ich dich laut stellen, dann können die anderen mithören. Vielleicht werden sie mich sogar auffangen, falls es mich wirklich umhaut.«

Jacobsen lachte auf. »Klar, gern.«

Helene schaltete den Lautsprecher ein. »So, kannst loslegen.«

»Wie gesagt, es ist bisher noch unerklärlich, aber …«

Der Kriminaldirektor jedoch ging dazwischen. Er ließ es sich nicht nehmen, die günstige Gelegenheit für eine Demonstration der freundschaftlichen deutsch-dänischen Polizeikooperation zu nutzen, und trompetete laut: »*Goddag, kære Politikommissær!* Wir sind alle gespannt darauf, was Sie uns mitteilen werden!«

Hörbar erstaunt, erwiderte der Däne höflich die Begrüßung – sogar die Anrede »Herr Kriminaldirektor« ging ihm fast akzentfrei auf Deutsch über die Lippen – und fuhr dann fort: »Es geht um eine Analyse aus den forensischen Laboruntersuchungen, die mir gerade vorgelegt wurde. Das Ergebnis ist so unwahrscheinlich, dass es zigmal gegengecheckt wurde, haben mir die Experten versichert. Deshalb hat es auch so lange gedauert, bis sie es an die Ermittlungsbehörde herausgegeben haben.«

»Nun, ich bin sicher, dass es sich um eine absolut wasserdichte Laboranalyse auf dem neuesten wissenschaftlichen Stand handelt«, erklärte die Hauptkommissarin gemessen und hatte Mühe, ihre Ungeduld zu zügeln. »Aber nun sag schon: Worüber reden wir hier eigentlich?«

»Der Mörder von Susanna von Hohenmarschen ist mit seinem Opfer verwandt«, ließ Jacobsen die Bombe platzen.

Die Kriminalbeamten, die um den Tisch herumsaßen, sahen sich überrascht an und begannen, aufgeregt durcheinanderzureden.

»Was sagst du da?«, hakte Helene ungläubig nach. »Wie habt ihr das denn ...?«

»Lass mich erklären«, sagte Kommissar Jacobsen gewichtig. »Du erinnerst dich doch daran, dass wir an der Brandruine, in der das Auto des Opfers gefunden wurde, und auf dem Steg dahinter auch Spuren gesichert haben, die nicht von der Ermordeten stammen?«

»Klar, daher gehen wir ja davon aus, dass der Mörder sein Opfer genau von jenem Steg aus ins Wasser des Alsensunds geworfen hat. Aber die Auswertung der Spuren hat ergeben, dass sie niemandem zugeordnet werden können, der irgendwo polizeilich erfasst ist – einer der Gründe übrigens, warum wir mit den Ermittlungen nicht weitergekommen sind.«

»Richtig, aber es hat sich nun herausgestellt, dass es markante Übereinstimmungen der DNA der Ermordeten mit der auf dem Steg gefundenen Fremd-DNA gibt.« Jacobsen ließ seine Worte einen Moment lang wirken, dann fügte er hinzu: »Und die Fremd-DNA ist zweifelsfrei männlich.«

»Hatte Frau von Hohenmarschen einen Bruder?«, rief der Kriminaldirektor über den Tisch.

»Nein, den hatte sie nicht«, erwiderte Helene fast tonlos. »Aber einen Sohn, nur ...«

»Aha«, schallte es vom Kopfende zurück, »dann ...«

»Nur ist der erst zwölf Jahre alt«, beendete Helene vorsichtshalber weitere Spekulationen ihres Vorgesetzten und sprach schnell wieder ins Smartphone: »Welche Schlussfolgerungen ziehen denn eure Fachleute von der forensischen Genetik aus diesen Fakten, Arne?«

»Sie können natürlich nicht sagen, wer Susanna von Hohenmarschen letztlich getötet hat, aber es sei zu neunundneunzig Prozent sicher, dass es sich bei dem Mann, der mit ihrer Leiche auf dem Steg war, um ihren leiblichen Sohn handelt.«

»Wow«, entfuhr es der Hauptkommissarin. »Das ist ja …« Sie stockte, als sie sah, dass alle am Tisch sie erwartungsvoll ansahen.

Kiras Mobiltelefon war ausgeschaltet.

Helene Christ konnte sich nicht erinnern, dass sie das jemals zuvor erlebt hatte. Kira war geradezu panisch drauf bedacht, immer erreichbar zu sein. Als Helene sie einmal damit aufgezogen und gemutmaßt hatte, sie würde ihr Handy auch ins Badezimmer mitnehmen, hatte sie mit süffisantem Lächeln erklärt, als Reporterin müsse sie stets und ständig für die Jahrhundertstory bereit sein.

Die Tür ging auf, und Kommissar Nuri Önal kam ins Büro. Er war noch ein paar Minuten im Konferenzraum geblieben, um etwas mit einem Kollegen von der Kriminaltechnik zu besprechen.

»Ich kann Kira Lund nicht erreichen«, teilte seine Chefin ihm mit.

»Darf ich fragen, warum du ausgerechnet jetzt mit unserer Haus-und-Hof-Journalistin sprechen willst?«, fragte Önal misstrauisch nach. »Hat das vielleicht mit dem zu tun, was wir gerade von unserem dänischen Kollegen erfahren haben?«

Helene schnaufte unwillig. »Sag du mir lieber, ob du es – wenigstens theoretisch – für möglich hältst, dass ein zwölfjähriger Junge seine Mutter tötet.«

»Natürlich nicht. Schon gar nicht auf die Weise, in der Susanna von Hohenmarschen umgebracht wurde.« Er deutete auf das Smartphone, das Helene immer noch in der Hand hielt. »Meinst du vielleicht, die rasende Reporterin sähe das anders?«

»Nein, Schlaumeier, meine ich nicht, aber erlaube mir eine Gegenfrage: Was weißt du über die Verwandtschaftsverhältnisse der Familie Hohenmarschen? Ich meine, außer dass Susanna mit Jens Klamroth verheiratet war und einen zwölfjährigen Sohn hatte?«

Önal räusperte sich. »Na ja …«

»Siehst du. Wir haben keine Ahnung, wer der andere Sohn sein könnte, wie alt er ist, wo er lebt und was er macht. Nur eines wissen wir definitiv: dass er zweifellos existiert. Und da ist mir eingefallen, dass Kira mir gesagt hat, sie und ihr Kollege hätten regelrechte Ahnenforschung in der Familie derer von Hohenmarschen getrieben. Wer weiß, vielleicht sind sie dabei auf etwas gestoßen, das uns hilft, den Mördersohn ausfindig zu machen.«

»Hm«, murmelte der junge Kommissar beschämt. »Und sie geht nicht ran?«

»Sie scheint ihr Handy sogar ausgeschaltet zu haben.« Helene nahm den Hörer des Diensttelefons hoch, sah auf die Liste unter der Schreibtischauflage und wählte. »Ich versuche es mal in ihrem Sender«, erklärte sie.

Tim Scholler nahm ab.

Ohne etwas von dem preiszugeben, was sie gerade von Arne Jacobsen erfahren hatte, teilte Helene dem Journalisten mit, dass sie seine Kollegin auf ihrem Handy nicht erreichen könne. »Das ist ungewöhnlich für Kira, finden Sie nicht auch?«, schloss sie.

»Das ist sogar sehr ungewöhnlich.« Scholler war sofort alarmiert, das war ihm anzumerken. Kira und er seien da einer Sache auf die Spur gekommen, sagte er zögernd.

»Was ist das für eine ›Sache‹?«, fragte Helene Christ scharf.

»Das soll Kira Ihnen besser selber sagen, aber ... nun ja, es hat mit der Familie Hohenmarschen zu tun«, gab er zögernd zurück. »Kira hat von der alten Haushälterin der Familie etwas erfahren ...« Er brach ab. Wahrscheinlich befürchtete er, der Polizei zu viel zu sagen.

Helene zuckte zusammen.

War die findige Kira womöglich – wie auch immer – schon selbst auf den bisher unbekannten Sohn gestoßen, den Mörder seiner Mutter?

Helene hütete sich, das auszuschließen. »Genau so was habe ich befürchtet«, sagte sie. »Ich muss unbedingt mit Kira sprechen – sofort. Wo, zum Teufel, steckt sie denn nun eigentlich?«

»Sie ist am Nachmittag nach Hohenmarschen gefahren ...«

Helene lief es kalt den Rücken hinunter. »Wie bitte?«, fuhr sie auf. »Sie ist auf dem Gut?«

»Davon gehe ich zumindest aus. Wenn ich sie richtig verstanden habe, hatte sie sich mit Nick, Susannas Sohn, dort verabredet. Er wollte ihr helfen in die Wohnung der Haushälterin zu gelangen, glaube ich.« Tim Scholler war zunehmend lauter geworden. Ängstlich fragte er: »Meinen Sie, es könnte ihr etwas passiert sein?«

»Das wollen wir nicht hoffen«, sagte Helene knapp. »Danke für die Auskünfte. Ich kümmere mich darum, das zu klären.«

»Darf ich Sie bitten, mich kurz zu informieren, wenn Sie wissen, was mit Kira ... ich meine ...«

»Ich weiß, was Sie Sie meinen, Herr Scholler. Sie hören von mir, versprochen«, erwiderte Helene, legte auf und sah Nuri Önal an. »Mag sein, dass ich überreagiere, aber ich habe ein verdammt unangenehmes Gefühl bei der Sache. Ruf bitte die Kollegen in Husum an. Sie sollen auf der Stelle nach Hohenmarschen fahren und überprüfen, ob auf dem Anwesen alles in Ordnung ist. Sag ihnen, es könnte sich auch um blinden Alarm handeln, aber sie sollen trotzdem sehr vorsichtig sein.«

»Mach ich«, sagte Önal und griff nach dem Hörer.

»Hoffentlich geht das gut, Nuri«, flüsterte Helene.

42

Was kommt als Nächstes?, fragte Kira sich bang und beobachtete Sievertsen, der immer noch wie erstarrt im Sessel saß und in sich hineinzulauschen schien.

Mit welchen Dämonen mochte er kämpfen? Sein Gesicht zuckte, und seine Unterlippe bebte stärker als zuvor.

Was würde geschehen, wenn er wieder in die Realität zurückkehrte? Wie lange noch könnte sie ihn am Reden halten?

Verdammt, irgendwann musste doch mal jemand auf die Idee kommen, nach dem Jungen zu sehen, feststellen, dass er nicht in seinem Zimmer war, und nach ihm suchen. Und wenn er im Haus nicht zu finden war, vielleicht auch einmal im alten Backhaus nachschauen …

»Gute Menschen«, sagte Mads plötzlich. »Die besten auf der Welt. Amelie und Hans Sievertsen, meine Adoptiveltern.« Mit verschleiertem Blick schaute er Kira an. »Als ich achtzehn wurde, haben sie mir alles erzählt. Und mir die Papiere gezeigt. Da habe ich erfahren, wer …«, er schluckte trocken, »wer das … Dreckschwein war. Und wo das Haus stand, in dem ich …« Er brach ab, atmete mehrmals tief durch und sprang plötzlich auf. Unruhig lief er im Zimmer auf und ab und sprach weiter: »Weil er dann nur für acht Jahre in den Knast musste, hat er damals der Polizei alles gestanden. Der alte Hohenmarschen hat ihm einen Haufen Geld dafür gegeben, dass er das uneheliche Kind seiner Hurentochter zu sich nimmt. Er sollte damit machen, was er wollte, aber für immer die Schnauze halten. Die Polizei hat seine Aussage protokolliert, und das Jugendamt hat meinen Adoptiveltern später eine Kopie davon gegeben. Ich weiß also, wer ich wirklich bin. Aber trotzdem: Einen Beweis für meine wahre Identität, den gibt es nicht. Keine Geburtsurkunde, keinen Eintrag in irgendein behördliches Register, nichts dergleichen.«

»Aber woher weißt du dann, dass es so ist, wie du glaubst?«, wagte Kira nachzuhaken. »Ich meine, der … der … also, dieser Mann, der dich …«

»Du meinst das Dreckschwein. Ich nenne ihn so. Einen anderen Namen hat er nicht verdient.«

»Ja, in Ordnung. Aber was, wenn der Kerl gelogen hat? Wenn es gar nicht stimmt, dass Susanna deine Mutter ist und er das nur erfunden hat? Er könnte das miese Geschäft ja auch mit einem anderen gemacht haben, oder?«

»Theoretisch schon«, räumte Sievertsen ein, »aber sehr, sehr unwahrscheinlich. Trotzdem habe ich das natürlich gecheckt, bevor ich mit meiner leiblichen Mutter das gemacht habe, was sie sich redlich verdient hatte.«

Er sagte das ganz sachlich. Kira hörte den amtlichen Tonfall, in dem er von seiner grausamen Bluttat sprach, und ein eisiger Schauer durchlief sie. »›Gecheckt‹?«, brachte sie keuchend hervor. »Was meinst du damit?«

Er unterbrach seine Wanderung, blieb abrupt stehen und starrte sie an, als würde er sich gerade erst Ihrer Gegenwart entsinnen. Als trüge er eine schwere Last auf den Schultern, schlurfte er zurück zum Sessel, stützte sich an der Lehne ab und ließ sich in die Polster fallen. »Was ich zu tun habe, weiß ich schon, seit ich denken kann. Aber ich musste erst volljährig werden, bevor sie mir die Informationen gaben, die ich brauchte, um endlich handeln zu können.« Er hielt kurz inne, schloss für einen Moment die Augen und schien in sich hineinzulauschen. Dann fuhr er fort: »Zuerst war das Dreckschwein dran. Ich habe ihn mitsamt seiner verfluchten stinkenden Behausung in die Luft gejagt. Da hatte ich gerade mein *Studentereksamen* – Abitur sagt ihr hier dazu – gemacht und in Aarhus mit dem Studium begonnen. Und danach … Ha, danach war endlich mein liebes Mütterchen dran. Jeden verdammten Tag, jede durchwachte Nacht habe ich mir ausgemalt, wie es wohl sein würde, wenn ich ihr das heimzahle, was ich gelitten habe, weil sie mich in Stich gelassen hat.« Sein Gesicht bekam einen furchterregenden Ausdruck, als er die Worte ausstieß.

Kira schwieg dazu. Es hatte keinen Sinn, ihm nochmals zu widersprechen, das war ihr inzwischen klar. Etwas in seinem verwirrten Geist, eine krankhafte Blockierung, ließ keine andere Interpretation der Gründe für sein unsägliches Leid zu.

Besorgt sah sie zu Nick. Seine Tränen waren getrocknet, und neue hatte er nicht mehr geweint. Die ganze Zeit über hatte er kein Wort gesagt, saß jetzt ganz still da und hielt den Blick auf den Boden gerichtet. Es schien, als wäre er nur noch körperlich anwesend, mit seinem Geist jedoch weit weg.

Hatte er überhaupt mitbekommen, was Mads gerade erzählt hatte?

Kira konnte nur hoffen, dass dem Jungen der furchtbare Sinn der Worte gar nicht bewusst geworden war.

»Das Ganze musste natürlich gründlich vorbereitet werden«, nahm Sievertsen den Faden wieder auf, als stünde er unter einem Zwang, alles loszuwerden. »Ich habe sie fast zwei Jahre lang im Auge behalten. Nach einiger Zeit kannte ich ihre Gewohnheiten, habe viele Fotos von ihr gemacht. Ich wusste von ihrem Chor, habe sie singen gehört und war auch in der Nähe, als sie mit ihrem Sängerfreund herumgehurt hat. Ich habe sogar ein hübsches Video von den beiden auf der Wiese hinter einem Parkplatz an der B76.« Er schaute Kira herausfordernd an. »Ihre ekelhaftes Gestöhne war kaum zu ertragen, das kannst du mir glauben.« Mitgerissen von seinen Erinnerungen, sprang er wieder auf und redete weiter, während er mit raschen kurzen Schritten im Raum herumlief.

»An ihre DNA für einen Mutterschaftstest zu kommen, war überhaupt kein Problem. Und als das geklärt war, brauchte ich nur noch auf eine passende Gelegenheit zu warten. Die Generalprobe ihres Chores in Sonderburg kam da wie gerufen. Sie hat sofort angebissen, als ich ihr die Nachricht aufs Handy geschickt, sie um ein Treffen gebeten und ›Dein erster Sohn‹ darunter geschrieben habe. Ich brauchte nur noch in der alten Hütte auf sie zu warten. Sie war übrigens pünktlich. Bestimmt hatte sie panische Angst davor, dass ich meine Drohung wahr machen würde, das publik zu machen, was sie und ihre feine Familie mir angetan haben.« Er blieb stehen, und seine Stimme wurde schneidend. »Ich habe nur für Gerechtigkeit gesorgt – jedenfalls, soweit es die überhaupt noch geben konnte nach all den Jahren.« Seine Hand fuhr an den Gürtel, und er zog die Pistole hervor. »Und damit ist alles gesagt. Kommen wir zum Ende. Zwar anders, als ich es geplant habe, aber das ist allein deine Schuld.«

Eiskalt überlief es Kira, und krächzend stieß sie hervor: »Einen Moment noch, Mads! Sag mir noch, wie es kam, dass du an mich herangetreten bist, statt dich im Hintergrund zu halten, wie Täter das doch normalerweise tun.«

»Du willst Zeit schinden, nicht wahr? Ich dachte, ich hätte dir das schon erklärt.« Sein verächtliches Lachen klang beunruhigend. »Aber von mir aus: Ich brauchte jemanden, der meine Geschichte veröffentlichen würde – eines Tages, wenn alles vorbei wäre. Und da kamst du wie gerufen. Ich hatte die adelige Hure gerade getötet, da bot mir die Uni an, bei *Lynet* ein Praktikum zu machen. Das war mir natürlich sehr recht, denn ich wusste ja, dass die Wasserleiche irgendwann irgendwo angeschwemmt werden und ein riesiges Medienecho auslösen würde. Da war es nur gut, dass ich als Reporter mittendrin sein konnte. Und als du aufs Spielfeld kamst, war mit klar, dass ich zu dir Kontakt aufbauen musste. Einerseits, um auf dem Laufenden zu sein, was deine Recherchen in diesem Fall betraf. Und andererseits wollte ich dich kennenlernen, um zu sehen, ob du der Aufgabe gewachsen bist, die ich für dich vorgesehen hatte.«

Kira nickte. »Du hast mich also benutzt.«

»Tu nicht so, als hättest du mich nicht ausgebremst, wo immer du konntest. Aber lassen wir das jetzt.« Er sah zum Fenster. »Es wird dunkel. Wir müssen zum Schluss kommen.«

»Was soll das heißen?«

Er griff in die Beintasche seiner Cargo-Jeans und förderte ein längliches Metallrohr zutage, das er auf den Lauf der Pistole schraubte.

Ein Schalldämpfer, schoss es Kira durch den Kopf, und ihr wurde schlagartig übel.

Wollte er sie tatsächlich an Ort und Stelle erschießen?

Mit dem Mut der Verzweiflung brachte sie gerade noch »Heute mal nicht mit dem Messer?« hervor und schluckte hart.

»Aber wieso denn? Wie kommst du darauf?«, fragte Sievertsen irritiert. »Ihr habt doch nichts verbrochen, wofür ihr bestraft werden müsst. Es ist nun trotzdem notwendig geworden, das wirst du sicher verstehen.« Mit einem prüfenden Blick betrachtete er die Waffe in seiner Hand. »Mit einer Schusswaffe geht es schnell, ihr werdet so gut wie nichts spüren.«

Kira stellte sich dicht vor Nick und presste flehend hervor: »Mads, lass den Jungen laufen, bitte! Er kann dir doch nicht schaden.«

»Zu spät. Alles.« Er schüttelte bedauernd den Kopf und hob bedächtig die Pistole hoch.

»Waffe fallen lassen, sofort!« Ein lauter Schrei, der Kiras Ohren klirren ließ. Sie fuhr herum. Verblüfft sah sie, dass ein Mann in der Tür zur Küche stand, eine doppelläufige Flinte im Anschlag. Die Enden der langen, matt glänzenden Läufe zeigten auf Mads Sievertsens Brust.

Nick setzte sich ruckartig in seiner Ecke des Sofas auf. Unvermittelt schien er aus seiner Lethargie aufgewacht zu sein und flüsterte ungläubig: »Papa?«

»Ich sage es nicht noch einmal«, knurrte der Mann mit dem Jagdgewehr. »Weg mit der Pistole, wird's bald?«

Bisher hatte Mads Sievertsen völlig bewegungslos auf der Stelle verharrt. Nun drehte er sich wie in Zeitlupe zu den auf ihn gerichteten Gewehrläufen hin, ohne jedoch die Pistole herunterzunehmen. Sein Finger blieb am Abzug, und die Pistole folgte genau seiner Körperbewegung.

Sein Gesicht nahm einen Ausdruck an, den Kira noch nie bei einem Menschen gesehen hatte.

Und sie erkannte in dieser Sekunde, was er zu bedeuten hatte. Und was hinter alldem steckte, was er gesagt hatte.

Dann explodierte der Raum auf einmal mit einem infernalischen Knall.

Reflexhaft konnte sich Kira gerade noch auf Nick werfen, bevor ihr schwarz vor Augen wurde.

Epilog

Sachte hebt und senkt sich das Boot in der leichten Dünung. Kira liegt in der Koje und genießt mit allen Sinnen das wohlige Gefühl, sanft gewiegt zu werden.

Durch das schmale Kajütfenster in der Bordwand sieht sie das erste Morgenlicht, schwach noch, über dem Wasser und fühlt ungläubig die Ruhe, die sich ganz allmählich in ihr ausbreitet.

Endlich.

Die ersten Nächte nach jenem Tag sind ein einziger Horror gewesen. Und es ist bis heute nicht viel besser geworden. Ohne die Tabletten kann Kira sie immer noch nicht überstehen. Doch auch wenn sie halb betäubt ist von den Psychopharmaka, wenn sie gerade in den so dringend nötigen Schlaf hinübergleitet – der Knall des Gewehrs reißt sie viel zu oft wieder zurück, lässt ihr Herz wild schlagen und treibt ihr kalten Schweiß auf die Stirn.

Dann liegt sie aufs Neue in Lines Wohnzimmer, atmet das ätzende Kordit ein und sieht Bilder, die kein Mensch je sehen sollte.

Es ist etwas besser geworden, seit Lukas und sie vorgestern an Bord gegangen sind. Fast traut Kira sich nicht, es zu glauben, aber die letzten beiden Nächte waren nicht ganz so schlimm wie die davor. Soweit sie sich erinnert, hat sie diesmal sogar seit Mitternacht durchgeschlafen.

Ganz ruhig liegt sie da, zwingt sich dazu, in gleichmäßigen Zügen langsam ein- und auszuatmen.

Die Stille rundum ist vollkommen – wäre da nicht immer noch das leise Pfeifen in ihren Ohren.

Doch das ist auszuhalten, wird von Tag zu Tag schwächer. Der Arzt, der sie seit dem schrecklichen Tag vor zwei Wochen wegen ihres Knalltraumas behandelt, hat ihr Hoffnung gemacht, dass der Tinnitus und die leichte Taubheit, die sie immer noch plagen, bald völlig verschwunden sein werden.

Sie dreht ihren Kopf zur Seite, wo neben ihr Lukas in tiefem Schlaf liegt. Im Rhythmus seiner Atemzüge bewegt sich die Bettdecke, die er sich bis zum Hals hochgezogen hat. Nur sein Kopf mit dem verwuschelten Haarschopf schaut oben heraus. Vermutlich kommen auch leise Geräusche aus seinem halb geöffneten Mund, aber die tönen offenbar auf einer Frequenz, die Kiras malträtiertes Gehör noch nicht wahrnehmen kann.

Dabei ist der im wahren Wortsinn ohrenbetäubende Lärm, den das Abfeuern der Jagdflinte in dem kleinen Raum entfesselt hat, keineswegs das Schlimmste gewesen. Bei Weitem grauenvoller war das, was sie *gesehen* hat, als sie aus ihrer kurzen Ohnmacht erwacht ist. Die Schrotladung hat innerhalb von Sekundenbruchteilen Mads Sievertsens Kopf in tausend blutige Partikel zerbersten lassen, die sich im gesamten Raum verteilten. Nachdem der Pulverdampf verzogen war, blickte sie auf den schmierigen roten Brei auf der Tapete an der Wand, vor der Sievertsens kopflose Leiche lag.

Ihren Tinnitus wird sie irgendwann loswerden, dieses Bild aber nie, das ist ihr klar. Sie wird es wahrscheinlich bis ans Ende ihrer Tage mit sich herumtragen, wird lernen müssen, damit zu leben.

»Versuchen Sie, das Bild, die ganze Szene, als eine furchtbare, aber nicht mehr zu löschende Erinnerung einzuordnen und dann im Geist in einem Ordner abzuheften, auf dem *Erledigt* steht«, hat Rana Salinger gesagt, die Psychotherapeutin, die sie jetzt zweimal in der Woche aufsucht.

Nun, sie würde es jedenfalls versuchen.

Rana hat ihr auch zugeredet, als sie ihr von Lukas' Vorschlag berichtet hat, spontan ein Boot für ein verlängertes Wochenende zu chartern und einfach aufs Blaue in die Dänische Südsee zu segeln, die ja direkt vor ihrer Haustür liegt.

»Großartige Idee«, hat sie sofort gesagt. »Lassen Sie sich den Kopf vom Wind freiblasen und genießen Sie das frische herbstliche Wetter. Aber vergessen Sie ihre Tabletten nicht. Und rufen Sie mich sofort an – egal, zu welcher Uhrzeit –, wenn es Ihnen schlecht geht.«

Vorsichtig, um Lukas nicht zu wecken, schiebt Kira ihre Decke beiseite, steht auf, nimmt ihre Kleidung unter den Arm und geht nach achtern. In der Kombüse setzt sie den Gasherd in Betrieb und stellt einen Kessel mit Wasser auf. Jetzt noch rasch die Zähne putzen und eine Katzenwäsche in der Nasszelle, dann endlich kann sie fröstelnd in ihren flauschigen Jogginganzug schlüpfen.

Gut, dass sie daran gedacht hat, die dickere Version ein-zupacken und auch die warme, mit Fleece gefütterte Steppjacke mitzunehmen. Zwar liegt ein stabiles Hoch über dem Land, das für klaren Himmel und viel Sonnenschein sorgt, dennoch ist es schon empfindlich kalt jetzt, Anfang Oktober. Vor allem am frühen Morgen.

Das Wasser fängt an zu kochen, und Kira schaltet die Flamme aus. Sie hängt einen Teebeutel in ihren Becher, tut ein Stück Würfelzucker hinein und gießt das heiße Wasser darüber.

Aus alter Gewohnheit, von der sie auch im Urlaub nie lassen kann, nimmt sie ihr Smartphone in die Hand, wählt die App für das Radioprogramm ihres Senders und tippt auf *Live.* Gleich wird ein Kollege oder eine Kollegin am Mikrofon sein – mal hören, wer heute früh Dienst hat.

Sie stellt die Musik auf eine Lautstärke ein, die sie gerade noch hören kann. Hoffentlich wacht Lukas davon nicht trotzdem auf …

Gerade läuft *This Night* von Billy Joel, ein Popsong, den Kira sehr mag. Nicht zuletzt, weil Joel sich dafür von einem bekannten Stück aus der Klassik hat inspirieren lassen, nämlich von Beethovens *Pathétique.*

Kaum fällt ihr das wieder ein, muss sie an das Telefonat denken, das sie, kurz bevor sie an Bord gegangen ist, mit Professor Sagebiehl, dem Leiter des Kammerchors *canticum novum* geführt hat. Sie hatte ihn eigentlich nur angerufen, um zu klären, wann er und seine Sängerinnen und Sänger bereit für die geplante Reportage wären. Aber es wurde dann ein langes, ziemlich deprimierendes Gespräch, in dem Sagebiehl ihr erklärte, dass *canticum novum* wohl auf absehbare Zeit nicht in der Lage sei, zu dem zurückzufinden, was man als ›normale‹ Chorarbeit bezeichnen könne – von der Planung eines Konzertauftritts ganz zu schweigen. Zu tief sitze der Schock über den Mord an Susanna von Hohenmarschen und über Helmut Tessmanns Suizid. Sagebiehl hatte sogar wenig Hoffnung, dass der Chor überhaupt wieder zu alter Qualität zurückkehren werde, ganz abgesehen davon, dass eine so brillante Sopranistin wie Susanna unersetzlich sei.

Kira wollte darauf nichts anderes einfallen, als dem bedrückten Mann ihr Mitgefühl auszudrücken.

Auch das ungewisse Schicksal eines der einstmals besten Chöre im Norden ist also eine schlimme Folge der furchtbaren Ereignisse, die sie seit Michael de Jongs Anruf an ihrem vorletzten Urlaubstag auf See hautnah miterlebt hat.

Ereignisse, deren Ursachen jedoch weit in die Vergangenheit zurückreichen, wie sie heute weiß.

Ihr Blick geht hinüber zum Kartentisch, auf dem ihr Notebook steht. Der USB-Stick steckt immer noch im Port.

Bevor sie endlich müde genug wurde, um in die Koje zu kriechen, hat sie sich gestern Nacht – gegen Lukas' heftigen Protest – wieder einmal die dreizehn Seiten angetan, die Mads Sievertsen ›seine Geschichte‹ genannt hat.

Sie musste es einfach nochmals lesen, kann nicht loslassen, weiß nicht, ob sie es jemals fertigbringen wird, das grauenvolle Schicksal, von dem die Sätze zeugen, als bittere Wahrheit zu akzeptieren. Als etwas, das kein Mensch jemals erleiden dürfte. Und das doch passiert ist.

Was nichts rechtfertigt – schon gar nicht entschuldigt.

Und doch alles erklärt.

Der Blaue Wurm.

Die unsäglichen Qualen der Kindheit in der Hütte im Wald.

Der Vater, der keiner ist. Und seine Frau, der es fast so schlecht geht wie dem Kind. Und die irgendwann auf einmal nicht mehr da ist.

Die Angst des kleinen Jungen, die niemals aufhört.

Der Vater, der keiner ist, der immer wütender wird, seit die Frau fort ist.

Und der Blaue Wurm.

Die Tage, an denen der Junge wund, manchmal blutig aufgerissen ist und vor Schmerzen nicht sitzen kann.

Und immer wieder der Blaue Wurm.

Und die entsetzliche Angst.

Die Polizei, die kommt, weil endlich jemand den Vater, der keiner ist, angezeigt hat.

Die Frau vom Jugendamt, die das Kind mitnimmt.

Die Ärzte, die seine Wunden versorgen.

Die Angst, die trotzdem nie weggeht.

Das Kinderheim, wo niemand mit dem kleinen Jungen etwas anzufangen weiß, weil er nicht sprechen kann. Wo keiner es wagt, ihn in den Arm zu nehmen.

Schließlich die beiden Menschen aus Kopenhagen, Amelie und Hans Sievertsen, die das Kind bei sich aufnehmen, es später adoptieren.

Und die Angst dennoch nie besiegen können.

Kira wirft im Vorbeigehen einen scheuen Blick auf das Notebook und den Stick und steigt, den Teepott in der einen Hand und die andere am Handlauf, die Niedergangstreppe hinauf ins Cockpit der kleinen Yacht.

Zwei Tage ist sie im Krankenhaus gewesen, zur Beobachtung. Aber außer ihrem Knalltrauma hat sie keine Verletzungen davongetragen. Keine körperlichen jedenfalls. Auf ihrem Weg nach Hause, halb taub noch, hat sie dann Scholli im Sender einen kurzen Besuch abgestattet. Schon aus der Klinik hatte sie ihm eine Signal-Nachricht geschickt, um ihn zu beruhigen, weil er zu einer Unzeit im Krankenhaus aufgetaucht und vom diensthabenden Pfleger fortgeschickt worden war.

Stumm hat er sie in die Arme genommen, sie lange festgehalten und ihr schließlich erzählt, dass er nach Helene Christs Anruf immer wieder vergeblich versucht habe, sie auf ihrem Handy zu erreichen. Er sei fast durchgedreht, weil dann stundenlang kein Rückruf der Polizei erfolgte. Erst als es schon dunkel geworden sei, habe die Hauptkommissarin sich endlich gemeldet.

»Was genau auf Hohenmarschen geschehen war, wollte sie mir nicht erzählen«, sagte Scholli, »sondern nur, dass dir nichts Ernsthaftes zugestoßen sei. Was war ich froh, als du mir wenig später die Nachricht geschickt hast!«

Und dann hat er ihr das gefütterte Kuvert gegeben, das mit der Post gekommen war.

Als sie es öffnete, ist der USB-Stick herausgefallen. Im Umschlag hat ein zusammengefaltetes Blatt gesteckt.

Wenn du dies liest, bin ich tot. Und das ist gut so.
Ich bin ein Mörder, aber ich habe mich selbst gerichtet.
Was ich getan habe, war notwendig.
Ich habe meine Mission erfüllt, nur dafür habe ich gelebt. Nichts anderes war je von Bedeutung für mich.
Auf dem Stick findest du meine Geschichte.
Mach was draus – ich verlasse mich auf dich.
Du bist eine tolle Reporterin!

Keine Anrede, keine Unterschrift.

Mads Sievertsen hat seinen eigenen Tod als logische Konsequenz dessen gesehen, was tun zu müssen er geglaubt hat. Dass ausgerechnet Jens Klamroth ihm die Aufgabe abnehmen würde, sich selbst zu richten, wusste er natürlich nicht, als er diese Zeilen schrieb.

Kira nimmt einen Schluck von ihrem Tee, stellt den Becher auf eine Sitzbank, macht ein paar Kniebeugen, dehnt und streckt sich ausgiebig und dreht sich dabei langsam einmal um die eigene Achse.

Der Blick über die malerische Bucht von Dyvig im Nordwesten der Insel Alsen ist atemberaubend schön. Die herbstbunten Blätter der Bäume am Ufer, der Morgennebel, der wie eine duftig weiche Watteschicht über dem Wasser liegt, die Enten und Möwen, die friedlich nebeneinander dümpeln.

Tief saugt Kira den frischen Duft nach Salz und See ein.

Weit und breit liegt kein anderes Boot hier vor Anker – der Vorteil der späten Jahreszeit. Selbst die Stege im Yachthafen drüben am Ostufer sind nur noch spärlich belegt.

Lukas hatte recht damit, diesen kurzen Törn zu organisieren, das wird Kira immer klarer. Sie ist ihm so dankbar dafür. Nie hat sie sich in den letzten vierzehn Tagen auch nur halb so gut gefühlt wie jetzt.

Scholli hat sofort mit Feuereifer zu recherchieren begonnen, als Kira ihm ein paar Details aus Mads Sievertsens trauriger Lebensgeschichte erzählt hat. Schnell ist er dabei auf einen Skandal gestoßen, der im Jahr 2006 ganz Dänemark erschüttert hatte. Alle Medien berichteten damals über den völlig verwahrlosten sechsjährigen Jungen, der aus der Gewalt seines Vaters befreit wurde, nachdem er anscheinend von Geburt an in einem abgelegenen Haus wie ein Tier gehalten und übel misshandelt worden war. Später kam heraus, dass sein Peiniger gar nicht der Vater war. Die wahre Identität des Kindes konnte jedoch angeblich nie geklärt werden.

Auch von einem anderen Ereignis, das sich Anfang 2019 zugetragen hatte, fanden sich Bilder und Berichte überall im Netz. Damals war jenes Haus in einem Wald in Nordjütland, aus dem das Kind dreizehn Jahre zuvor befreit worden war, mitsamt seinem Bewohner in die Luft geflogen. Verwertbare Spuren zur Ermittlung der Ursachen für die Explosion waren keine zu finden. Die Verwüstung war vollständig. Man konnte nur vermuten, dass es sich um eine Gasexplosion handelte, ausgelöst durch defekte Leitungen.

Kira hat nur traurig gelächelt, als Scholli ihr das vorlas.

»Die ganze Story schreit geradezu nach einer Doku«, hat Michael de Jong, der Chef, begeistert ausgerufen.

»Sobald ich dafür bereit bin«, hat Kira nur gesagt und ist gegangen.

Natürlich drängte auch die Kripo. Es gab eine Menge Fragen, die man Kira stellen wollte. Kaum konnte sie wieder halbwegs hören, besuchte Helene Christ sie zu Hause und berichtete, dass ihre dänischen Kollegen in Sievertsens Wohnung Susanna von Hohenmarschens Handy gefunden hatten. Darauf befand sich auch die Kurznachricht, mit der ihr Sohn sie an den Ort gelockt hatte, an dem er sie dann ermordete.

Als Zeugin der Ereignisse in Lines Wohnung gab Kira dann wahrheitsgemäß zu Protokoll, dass Jens Klamroth in Notwehr geschossen hat.

Ein plötzliches mehrstimmiges Quaken durchbricht die Morgenstille und reißt sie aus ihren Gedanken. Sie schaut drei Enten hinterher, die über das Boot fliegen und ein paar Meter vor dem Bug mit lautem Platschen auf dem Wasser niedergehen.

Unvermittelt überläuft sie ein kalter Schauer. Bis heute mag sie nicht darüber nachdenken, wie alles ausgegangen wäre, hätte Klamroth nicht überall auf dem Anwesen nach Nick gesucht, weil der trotz mehrfachen Rufens nicht zum Abendessen erschienen und im Haus nicht auffindbar gewesen war. Als er Licht in den Fenstern von Lines Wohnung gesehen und vorsichtig hineingeschaut hatte, war ihm sofort klar gewesen, dass er handeln musste. Er war ins Gutshaus zurückgerannt, hatte sein Jagdgewehr geladen und sich damit durch die Waschküche von hinten in das ehemalige Backhaus geschlichen.

Was immer man Klamroth ansonsten vorwerfen konnte: Er hatte mutig gehandelt und zwei Leben gerettet – auch das eines zwölfjährigen Kindes.

Kira treten wieder die Tränen in die Augen. Das geschieht unausweichlich, sobald sie an Nick denkt. Sie kann nichts dagegen machen.

Der arme Junge wird noch lange brauchen, um die furchtbaren Erlebnisse dieses Tages zu verarbeiten.

Zwar hat er nicht beobachten müssen, was die verschossene Schrotladung mit Mads Sievertsens Kopf machte, weil Kira ihn rechtzeitig mit ihrem Körper schützen konnte. Was er jedoch anschließend gesehen hat, reicht völlig aus, ihn schwer zu traumatisieren. Deshalb wird er derzeit noch in einer Hamburger Fachklinik für Kinder- und Jugendpsychiatrie behandelt. Fast täglich schreiben Kira und er sich Signal-Kurznachrichten, in denen sich Nick immer nach Ditch erkundigt. Kira schickt ihm dann Fotos von seinem Freund und hat sich vorgenommen, ihn zusammen mit Ditch zu besuchen, sobald sie wieder fit ist.

»Bist du da draußen?« ruft Lukas von unten herauf und holt sie aus ihren Gedanken. Sein zerzauster Haarschopf erscheint im Niedergang. »Guten Morgen, mein Schatz! Geht es dir heute besser?«

»Viel besser«, sagt Kira, trinkt den letzten Schluck Tee und wischt sich mit dem Ärmel über die Augen.

Drüben im Osten steigt gerade die Sonne hinter der Insel aus dem Meer auf.

Randnotizen

Diese Geschichte ist frei erfunden. Etwaige Ähnlichkeiten mit lebenden oder verstorbenen Personen wären rein zufällig und unbeabsichtigt.

Dies ist – ein Jahr nach »Haie unter dem Eis« – schon der zweite Band meiner neuen Reihe mit der jungen Videojournalistin Kira Lund und mit Hauptkommissarin Helene Christ, der Leiterin der Flensburger Mordkommission. Ich freue mich darüber, dass die Idee einer sich trotz durchaus unterschiedlicher beruflicher Interessen vorsichtig entwickelnden Freundschaft zwischen diesen beiden Frauen gut ankommt, wie ich den Rückmeldungen meiner Leserinnen und Leser entnehmen darf.

Manchmal allerdings werde ich gefragt, ob es eigentlich realistisch sei, dass eine Reporterin und eine Kriminalbeamtin zur Aufklärung von Gewaltverbrechen hin und wieder gemeinsame Sache machen. Meine Gegenfrage lautet: Warum nicht? Wieso sollte eine kluge Kriminalistin nicht die ›inoffiziellen‹ Möglichkeiten einer ihr vertrauten Journalistin nutzen, um an Informationen zu gelangen, die sie auf dem Dienstweg kaum beschaffen kann, ohne die gesetzlichen Vorschriften zu verletzen? Und eine investigative Reporterin wiederum scheint mir gut beraten, gewisse Rechercheergebnisse mit der Chefermittlerin der Kripo zu teilen und dabei – soweit zulässig und vertretbar – Material für ihre TV-Beiträge zu sammeln. Ein inzwischen pensionierter Kriminalbeamter hat mir vor Kurzem erzählt, dass er gerade in kniffligen Fällen, in denen es darauf ankam, bestimmte Details an die Öffentlichkeit zu bringen, um Täter ›aufzuscheuchen‹, die vertrauensvolle Zusammenarbeit mit ausgewählten Medienleuten ganz bewusst genutzt hat.

Schließlich ein Wort noch zum Thema Corona: Die Pandemie kommt auch in »Todeslied« nicht vor. Ich weigere mich, sie zum Thema eines Spannungsromans zu machen. Mittlerweile geboostert und bei Bedarf stets aufs Neue getestet, sehe ich fasziniert dem Irrwitz zu, der sich auf unseren Straßen austobt, und frage mich manchmal, ob wir dabei sind, den Verstand zu verlieren.

Der Umgang mit einer Pandemie in der liberalen Demokratie – das ist ganz sicher ein hoch spannendes Thema für soziologische, psychologische oder auch politikwissenschaftliche Sachbücher. Und durchaus auch für gesellschaftskritische Gegenwartsromane.

Dieser literarischen Aufgabe mögen sich aber gern andere annehmen.

Dank

Auch bei diesem Roman war ich auf den Rat und die Fachkenntnisse einiger Menschen angewiesen, die mir zur Seite gestanden haben. Ihnen allen gilt mein herzlicher Dank.

In »Todeslied« spielt ein Kammerchor mit seinen Sängerinnen und Sängern eine wichtige Rolle. Ich habe selbst viele Jahre lang mit großer Begeisterung in einem solchen – dem *Nordland Kammerchor* – gesungen, dem ich diesen Roman gewidmet habe. Was lag also näher, als dessen heutige Mitglieder nach ihren Ideen für eine Kriminalgeschichte zu fragen, die in einem ähnlichen (natürlich fiktiven) Chor und in dessen Umfeld angesiedelt ist? Einige der durchaus kreativen Einfälle konnte ich nutzen, wofür ich dankbar bin. Besonderer Dank gilt dabei Dr. Jens-Uwe von Rohden – Gründer und Leiter des *Nordland Kammerchors* und mein langjähriger guter Freund – und seiner Frau Ilse für ihre Tipps, auch jene zum Konzertprogramm des von mir für dieses Buch erfundenen Chores *canticum novum.*

Sehr dankbar bin ich wieder meinen dänischen Nachbarn Mia und Erik M. Mølbach für die Hilfe bei jenen Passagen, die mit dänischer Kultur und Sprache, aber auch mit den Besonderheiten des Zusammenlebens von Deutschen und Dänen auf beiden Seiten der Grenze zu tun haben.

Großer Dank gilt auch meiner fantastischen langjährigen Agentin Conny Heindl, Geschäftsführerin der Literaturagentur Drews in Augsburg. Sie hat den Verlagsvertrag über die Kira-Lund-Reihe vermittelt, deren zweite Folge ich mit diesem Roman vorlege. Danke, liebe Conny!

Herzlichen Dank schicke ich natürlich nach München an Eliane Wurzer bei PIPER und an ihre Mitarbeiterinnen, die meine Bücher nun schon seit zwei Jahren konstruktiv und stets ansprechbar begleiten. Und dass die Reihe jetzt sogar ins Verlagsprogramm *PIPER Populäre Belletristik* aufsteigen durfte, ist ein weiteres Dankeschön wert!

Mit diesem Roman hat Christiane Geldmacher schon zum vierten Mal die Redaktion für eines meiner Bücher übernommen, und wieder war es ein Vergnügen, mit ihr zusammenzuarbeiten. Ihr konstruktives Lektorat und ihre originellen Ideen haben »Todeslied« viel besser gemacht.

Wie immer aber gilt der herzlichste Dank meiner Familie – allen voran meiner Frau Kirsten. Ohne ihre Aufmunterung und ihr liebevolles Verständnis hätte ich die schwierigen Phasen des Schreibens, die gerade unter den coronabedingten Restriktionen vermehrt aufgetreten sind, nicht überwinden können.

Schließlich danke ich insbesondere all den Menschen, die meine Bücher in stetig wachsender Zahl lesen. Möge auch dieser Roman Ihnen und euch ein paar genüssliche Stunden voll Spannung und Lesevergnügen bereiten!

H. Dieter Neumann
Frühjahr 2022

Immer alle Lesungen des Autors aktuell unter ***www.hdieterneumann.de***